Tongolele
no sabía bailar

Sergio Ramírez

Tongolele
no sabía bailar

ALFAGUARA

Papel certificado por el Forest Stewardship Council®

MIXTO
Papel procedente de
fuentes responsables
FSC
www.fsc.org   FSC® C117695

Penguin
Random House
Grupo Editorial

Primera edición: septiembre de 2021
Primera reimpresión: septiembre de 2021

© 2021, Sergio Ramírez Mercado
© 2021, Penguin Random House Grupo Editorial S.A. de C.V.
Blvd. Miguel de Cervantes Savedra núm. 301, 1er piso,
col. Granada, del. Miguel Hidalgo, 11520 Ciudad de México
© 2021, Penguin Random House Grupo Editorial, S.A.U.
Travessera de Gràcia, 47-49. 08021 Barcelona

© Diseño: Penguin Random House Grupo Editorial, inspirado en un diseño original de Enric Satué

Printed in Spain – Impreso en España

ISBN: 978-84-204-6053-6
Depósito legal: B-8964-2021

Compuesto en MT Color & Diseño, S.L.
Impreso en Unigraf, Móstoles (Madrid)

AL60536

Esta obra de ficción toma en cuenta los hechos sucedidos a partir de abril del 2018 en Nicaragua, cuando una serie de manifestaciones populares desató una brutal represión estatal. Los personajes, sin embargo, son todos de la invención del autor.

Mi tributo a los centenares de jóvenes caídos, y a sus familiares que siguen reclamando justicia.

Para Salvador Velásquez (Chava) y para Esther,
por los memorables días buenos
en Baton Rouge

El coro:
¡A la plaza, a la plaza, habitantes
de Micenas!: vengan y verán terribles
prodigios de felices tiranos.

EURÍPIDES, *Electra*

Wikipedia

Dolores Morales

El inspector Dolores Morales (Managua, Nicaragua, 18 de agosto de 1959) es un antiguo guerrillero de la lucha contra el dictador Anastasio Somoza Debayle, depuesto por la revolución triunfante del Frente Sandinista de Liberación Nacional (FSLN) en julio de 1979. Fue miembro de línea de la Policía Sandinista desde su fundación (más tarde Policía Nacional) y tras recibir la baja se convirtió en un investigador privado.

Biografía

Nacido en el barrio Campo Bruce, al oriente de la ciudad de Managua, su padre, también de nombre Dolores Morales, de oficio ebanista, y su madre, Concepción (Conchita) Rayo, se separaron, debido al mal vivir del primero, y la madre emigró en busca de fortuna a Costa Rica, donde se perdió todo rastro de ella. Por tanto, el niño, hijo único, fue criado por su abuela materna, Catalina Rayo, quien tenía un puesto de abarrotes en el Mercado San Miguel, en el corazón de la vieja capital destruida por el terremoto del 22 de diciembre de 1972.

Siendo aún adolescente entró en las filas del FSLN bajo el seudónimo Artemio, y tras ser parte de los comandos urbanos en la capital, en 1978 pasó a incorporarse a una de las columnas guerrilleras del Frente Sur que pugnaban por avanzar hacia el interior del país desde la frontera con Costa Rica, comandada por el sacerdote asturiano Gaspar García Laviana, de la Orden del Sagrado Corazón.

En noviembre de ese mismo año, en uno de los combates para apoderarse de la colina 33, el mismo donde cayó herido mortalmente el propio padre García Laviana, un balazo de Galil le deshizo los huesos de la rodilla. Tras serle amputada la pierna, pues amenazaba la gangrena, fue trasladado a Cuba donde le implantaron una prótesis.

Tras la creación de la Policía Sandinista resultó asignado a la Dirección de Investigación de Drogas, donde llegó a obtener el grado de inspector, y en esas dependencias se encontraba prestando sus servicios cuando sobrevino la caída del poder del FSLN tras las elecciones de febrero de 1990 que ganó la candidata opositora Violeta Chamorro (1990-1997).

Allí continuó sirviendo, sumido en el anonimato, en medio de las transformaciones sufridas por la institución, que pasó a llamarse Policía Nacional, despojada de su carácter partidario. Apegado a la modestia, siguió usando su pequeño Lada de fabricación rusa, bastante maltratado.

Saltó a la fama en el año 1999, cuando bajo el gobierno de Arnoldo Alemán (1997-2002), del mismo Partido Liberal de Somoza, encabezó un operativo que terminó con la captura de los capos de la droga Wellington Abadía Rodríguez Espino, alias el Mancebo, del cartel de Cali, y Sealtiel Obligado Masías, alias el Arcángel, del cártel de Sinaloa, ambos capturados en una finca de las laderas del volcán Mombacho, cerca de la ciudad de Granada, donde se habría dado una reunión de coordinación de ambas organizaciones criminales, y puestos en manos de la DEA para ser llevados prisioneros a Estados Unidos.

Dada la corrupción ya imperante, tal acción desagradó a las altas autoridades del gobierno, y el ministro de Gobernación ordenó su retiro del servicio en connivencia con el primer comisionado César Augusto Canda, bajo el pretexto de que se trataba de una acción inconsulta, y así su carrera dentro de la institución terminó abruptamente.

Después de algún tiempo de inactividad, durante el cual sus tendencias hacia el alcoholismo se hicieron evidentes, y ya bajo el nuevo régimen del comandante Daniel Ortega, invirtió su fondo de retiro, que habían tardado en liquidarle, en abrir una agencia de investigaciones privadas. A este fin logró rentar un módulo en el Shopping Center Guanacaste, en el barrio Bolonia, al occidente de Managua, habiendo antes servido el local para alojar una tienda de ropa infantil. Armados de una cámara fotográfica, él y su asociada se dedicaron a espiar y documentar los encuentros de parejas furtivas, por encargo de cónyuges ofendidos.

De esta rutina lo sacó un sorpresivo encargo del millonario Miguel Soto Colmenares, quien le solicitó investigar el caso de la desaparición de su hijastra, Marcela Soto Contreras, bajo oferta de un atractivo honorario. La pesquisa dejó patente la sórdida personalidad de Soto, y también sus vínculos con el régimen, siendo su intermediario y valedor el comisionado Anastasio Prado, alias Tongolele, jefe de los servicios secretos, y un personaje ubicuo que prefería mantenerse en el anonimato; una biela maestra, pero silenciosa, de la máquina de poder.

El inspector Morales logró seguir el rastro de la desaparecida en los meandros del Mercado Oriental de Managua, conducido por un viejo conocido, Serafín Manzanares, alias Rambo, subalterno suyo en el Frente Sur; y habiendo traspasado los límites que su cliente le había puesto, pues había detrás un secreto que buscaba a toda costa preservar, ordenó una persecución contra él para neutralizar su injerencia en el caso, en el que, de todas maneras, decidió seguir involucrado. A petición de Soto, Tongolele ordenó capturarlo y lo mandó al destierro en Honduras, junto con Rambo, a través del puesto fronterizo de Las Manos.

Relaciones sentimentales

En el Frente Sur conoció a la joven panameña Eterna Viciosa, de seudónimo Cándida, combatiente de la columna Victoriano Lorenzo, con quien contrajo matrimonio en ceremonia oficiada por el padre García Laviana. Fue una relación que no habría de durar, dada su afición constante a las camas ajenas, debilidad suya más persistente que la del licor.

Su relación más duradera es la que establece con Fanny Toruño, telefonista de servicio al público en la empresa de telecomunicaciones Enitel, casada con un topógrafo del Plantel de Carreteras. Enferma de cáncer, fue abandonada por el marido. Esta amante se convierte en colaboradora suya, al opinar libremente sobre las investigaciones en marcha, y acertar no pocas veces en sus juicios.

Asociados más cercanos

En las pesquisas que precedieron a la captura de los capos de los cárteles de Cali y Sinaloa, tuvo un papel preponderante el subinspector Bert Dixon, Lord Dixon, originario de la ciudad de Bluefields, en la costa del Caribe, también antiguo combatiente guerrillero, quien pereció a consecuencia de un atentado en el barrio Domitila Lugo de Managua, cuando el Lada del inspector Morales, en el que ambos viajaban, fue ametrallado por sicarios al servicio de los mencionados cárteles. Él salió ileso, pero difícilmente logró reponerse de la muerte de Lord Dixon, dada la íntima amistad de ambos.

Destaca en su entorno doña Sofía Smith, colaboradora de las redes clandestinas del FSLN, en su papel de correo, y madre de un combatiente caído en la insurrección de los barrios orientales de Managua en 1979. Ella pasó a trabajar como afanadora en la Dirección de Investigación de Drogas, y dado su talento natural para las pesquisas policiales, se convirtió en su asesora de hecho. Disciplinada militante del FSLN en los años de la revolución, siguió fiel, sin embargo, a su fe protestante, feligresa de la iglesia Agua Viva en su barrio El Edén, el mismo donde tiene también su casa el inspector Morales.

Hechos políticos insoslayables

Para el tiempo en que se establece como investigador privado ocurren cambios políticos de trascendencia en Nicaragua, pues el comandante Daniel Ortega, quien había presidido el gobierno durante la década revolucionaria de los ochenta, regresa al poder en 2006 gracias a un pacto con Arnoldo Alemán, su antiguo adversario. Ortega permanece en la presidencia a través de sucesivas reelecciones, la tercera de ellas en 2016, ocasión en que su esposa, la señora Rosario Murillo, primera dama, y cabeza ejecutiva del gobierno, es electa vicepresidenta de la República. En la medida que el matrimonio consolida su poder familiar, se consolida también una nueva clase de capitalistas provenientes de las propias filas del FSLN, o de su periferia.

En el año 2018 se produce un levantamiento cívico, protagonizado por los jóvenes y acompañado por amplias capas de la población, que se ve reprimido brutalmente tanto por la Policía Nacional como por las fuerzas paramilitares fieles a Ortega y su esposa. Esta represión deja un saldo de más de cuatrocientos muertos, centenares de heridos y prisioneros, y miles de exiliados.

Referencias

La tercera parte del relato se inicia en el puesto fronterizo de Las Manos, del lado hondureño, cuando el inspector Morales, acompañado de Rambo, se dispone a regresar a Nicaragua de manera clandestina, después de que doña Sofía le transmita la noticia de que Fanny ha sufrido una recaída en su enfermedad…

(https://es.wikipedia.org/wiki/Dolores_Morales)

Primera parte

Mira esas tristes, que aguja y lanzadera
y huso dejaron por meterse de adivinas,
y causar maleficios con yerbas y figuras...

DANTE,
Inferno, canto XX

1. El Gato de Oro

Las ráfagas de viento soplaban espaciadas pero puntuales doblando los débiles troncos de los pinos incipientes que se aferraban a las laderas desnudas del cerro de La Campana. El inspector Morales casi podía medir cada cuánto tiempo le cortaba la cara aquel tajo de hielo: dos minutos entre cada caricia filosa, cuando menos.

Acampaban al pie del cerro, al lado de la trocha de macadam, Rambo acuclillado junto a él en un hueco entre dos piedras cubiertas de musgo, como una piel de terciopelo, pero el refugio no los defendía de la cuchillada que parecía divertirse en rebanarles la nuca, las orejas y los cachetes.

Apenas se hiciera otra vez de noche bordearían el cerro atravesando una mancha de plátanos —les había explicado Gato de Oro, para alcanzar el camino llano que cruzaba un pastizal abandonado—, y al final de ese camino estaba Dipilto Viejo, ya al borde de la carretera asfaltada que subía desde Ocotal hasta el puesto fronterizo de Las Manos, la misma que habían recorrido cuando el día anterior los llevaban esposados para deportarlos a Honduras.

Hasta ahora todo iba bien con Gato de Oro, el baqueano que la suerte les había deparado en el lado hondureño de la frontera.

Llegada la noche se habían recostado en busca del sueño en el tren de llantas de un cabezal, en el patio de estacionamiento de furgones donde los choferes se acomodaban en hamacas colgadas debajo de los contenedores, cuando sintieron pasos en la grava y lo vieron inclinado frente a ellos, agitando cerca de sus caras la ristra de billetes de lotería asegurados con una pinza de tender ropa.

Era una especie de gigante tosco, que a la luz de las luminarias del estacionamiento parecía brillar bañado en polvo de oro, los ojos azules estriados de rojo, inquietos y burlones bajo el ala del sombrero de fieltro manchado de sudor, el cuerpo fornido asentado en sus botas de fajina. Llevaba camisa de franela a cuadros rojos y verdes, y pantalones de azulón, con una gruesa faja de baqueta.

—Qué ocurrencia la de este caballero andar vendiendo lotería a la gente dormida —dijo Rambo.

—La suerte no tiene horario, ni fecha ni calendario. Cómprenme en cinco, que la mitad del diez es la suerte.

—¿Alguna vez has vendido el premio mayor? —preguntó el inspector Morales.

—Se los he estado guardando a ustedes, para que vean cómo los aprecio.

—¿Y de dónde saliste vos con esa estampa de santo de iglesia? —lo midió detenidamente con la vista el inspector Morales.

—Así somos todos aquí en Las Segovias, porque descendemos del mismo cura que vino de la Pomerania hace dos siglos, y se aposentó en Dipilto.

—Un solo cura repartiendo estoques a diestra y siniestra —dijo Rambo.

—Digamos más bien, repartiendo agua bendita con el mismo hisopo. Cómo sería que el obispo que vino en visita apostólica desde León a lomo de mula ordenó que todo el pueblo se dispersara para alejar el pecado.

—¿Cuál era ese pecado? —siguió midiéndolo el inspector Morales.

—Hombres y mujeres mancornados, viniendo del mismo tronco bendito. Una sola parentela caliente.

—Habrá quedado en pellejo y huesos ese santo varón, después de tanto jolgorio —dijo Rambo.

—Daba lástima verlo en el puro cacaste, acabado y sin juelgo. El mismo obispo que mandó a toda aquella prole a agarrar cada quien su camino le impartió la extremaunción.

—Le das más cuerda y no tarda en contar que su tatarabuela era una monja de clausura a la que el cura de la Pomerania corrompió. Serafín.

—Una monja ursulina que sufría el mal incurable de la ninfomanía, y que a lo mejor era su propia hija, o hermana —el gigante se sentó en medio de los dos, guardando debajo de la camisa de franela los billetes de lotería.

—En mi vida he visto a nadie más desconsiderado de la boca, jefe. No perdona ni a su propia tatarabuela.

—Me llamo Genaro Ortez y Ortez, pero me dicen por mal apodo Gato de Oro, su servidor y amigo. Y estoy a sus órdenes para regresarlos sanos y salvos a Nicaragua.

—¿Y cómo sabés que queremos volver a Nicaragua? —preguntó el inspector Morales.

—Les he estado dando seguimiento desde que les quitaron las esposas en la guardarraya y los empujaron para este lado —dijo Gato de Oro—: si vinieron expulsados, Genaro, cavilé, y no hacen por donde buscar viaje para Tegucigalpa, es que no se resignan y quieren adentrarse de vuelta.

—El vencedor de lotería que calumnia a su tatarabuela pasa a coyote diligente después de ofrecer el premio mayor a unos desgraciados —dijo Rambo.

—Pero para eso estás vos, Genaro —Gato de Oro gesticulaba como si hablara consigo mismo frente a un espejo—. Sin vos, estas oscuras golondrinas no volverán de sus aleros los nidos a colgar.

—Y para colmo de males también se sabe la poesía de las golondrinas de un solo verano de Rubén Darío, jefe.

—¿Y cuánto cuestan tus servicios?

—Cinco mil pesitos, con la bonificación de mi grata compañía. Los dejo sanos y salvos en cualquier tramo de la carretera a Ocotal donde ustedes me indiquen. Se aceptan dólares, córdobas o lempiras.

—El gatito angora sacó las uñitas —y Rambo hizo como que daba un zarpazo.

—Lástima que nos privemos de tu grata compañía —suspiró el inspector Morales—; pero si nos paran de cabeza, no nos cae de las bolsas ni una monedita de un real.

—¿Y algo de valor? ¿Un reloj? ¿Una soguilla, una esclava?

El inspector Morales sacó del bolsillo trasero del pantalón el teléfono Samsung Galaxy, como una cigarrera de lujo, que le había obsequiado la Fanny.

—¿Suficiente con esto?

Gato de Oro tomó el celular con delicadeza y lo alzó frente a sus ojos para que lo alcanzara el resplandor de la luminaria que brillaba en lo alto del poste.

—Pues, usadito y todo, algo le sacaré —y se lo metió en el bolsillo de la camisa.

—Te lo entrego cuando nos separemos —el inspector Morales extendió la mano para reclamar el teléfono de vuelta—; no me voy a quedar incomunicado hasta entonces. Y el chip no entra en el trato. Se lo quito cuando nos despidamos.

Gato de Oro vaciló un momento, pero le devolvió el teléfono.

—Hecho. Ahora sólo quítenme una curiosidad: ¿qué fue lo que hicieron para que los vinieran a dejar con semejante comitiva, enchachados y todo?

—Ah, ése es cuento largo, y te lo quedo debiendo —el inspector Morales puso cara de aburrido.

—La verdad es que aquí mi amigo, así renco como lo ves, y algo panzón como también lo ves, se le metió en la cama a la esposa de un comisionado, alta verga de la policía; y como yo fui su cómplice en el albur, saqué mi parte del castigo también.

—Me estás faltando al respeto con todos esos calificativos denigrantes, Serafín.

—Más bien lo estoy ensalzando, jefe; con todo y todo, a usted no hay quien se le ponga delante en asunto de catres ajenos.

—Cualquier cosa puede ser mi honorable amigo del bastón, menos salteador de aposentos —se rio Gato de Oro—. Tiene cara de hombre circunspecto.

—No te equivoqués. Con sólo que se quite los calzoncillos y los sacuda, quedan preñadas todas las mujeres en un kilómetro a la redonda.

—Eso pasaba con el tata cura. Por eso el obispo le prohibió usar calzoncillos.

—A lo mejor resultan ustedes dos parientes. No sería raro que el jefe descendiera también de ese mismo cura garañón.

—Ya que no quieren decirme la verdad, mejor levanten entonces el culo, que hay que empezar a caminar.

—¿Ahorita mismo? Si es plena medianoche —se quejó Rambo.

—¿Y qué querés? ¿Que nos agarren los migrañas a plena luz del sol? No es de paseo que vamos. Y más con este mujeriego renco, nos vamos a tardar el doble en llegar.

—Ya viste, Serafín, a lo que me expone tu irrespeto.

—¿Dónde quieren que los deje?

—En cualquier lugar de la carretera donde podamos agarrar transporte de vuelta a Managua —alzó los hombros el inspector Morales.

—Dipilto Viejo entonces. Allí tengo un cuñado, Leonel Medina, dueño de la gasolinera Uno, y también de un microbús llamado El Gorrión, que hace la ruta hasta Ocotal.

—Tal vez tu cuñado resulta más caritativo que vos y no nos cobra el viaje —dijo Rambo.

—O me acepta el bastón en pago —propuso el inspector Morales.

—Vénganse detrás de mí uno por uno, guardando la distancia, y haciendo como que buscan dónde echar una meada.

Pasaron por el costado de un galpón de mercancías de una tienda duty free y el celador, armado de una escopeta, que se protegía del sereno arrebujado en una toalla metida debajo del sombrero, los persiguió con la mirada.

Dejaron atrás una batería de casetas de excusado y alcanzaron un cerco de alambre de púas del que colgaba, entre blusas y pantalones todavía húmedos, un blúmer rojo corinto en el que se leía en la parte frontal, en letras coquetas, NO MEANS NO.

Gato de Oro alzó las hiladas de alambre, metió el cuerpo para pasar debajo, y los otros dos hicieron lo mismo.

—Ya se encuentran ustedes en territorio patrio —susurró Gato de Oro—. Pero no vayan a cantar las sagradas notas del himno nacional porque los oyen desde el puesto de mando los migrañas.

Siempre en la delantera, llevaba una lámpara de pilas que encendía de vez en cuando para orientarse, siguiendo cómo iba la ronda de un plantío de viejos arbustos de café arábigo que empezaban a enseñar sus primeros frutos rojos.

Una media hora después salieron a la trocha de macadam abierta entre laderas, que corría paralela a la carretera pavimentada, distante un poco más de un kilómetro hacia el oeste.

Caminaban por la orilla de la trocha, según las instrucciones de Gato de Oro, quien también los había prevenido de ocultarse entre los matorrales cada vez que alumbraran los faros de un vehículo, pues por allí rondaban patrullas motorizadas. Era una marcha de por lo menos ocho kilómetros, y el paso del inspector Morales de verdad la hacía difícil; la contera de su bastón se quedaba pegada en el barro bajo el lecho de hojas podridas, o el pie tropezaba con las raíces ocultas de los árboles, lo que obligaba a Rambo a irlo sosteniendo por el codo. Delante de ellos, Gato de Oro se distraía cantando en voz muy baja un estribillo que repetía de manera obsesiva:

Al otro lado del hombre
estaba un río parado
dándole agua a su capote
embozado en su caballo...

Poco antes del amanecer llegaron al pie del cerro de La Campana. Enfrente, al lado opuesto de la trocha, se alzaba el cerro de San Roque, por cuya ladera subían desperdigadas las casas de un asentamiento.

Entre las dos piedras, del tamaño de un hombre de mediana estatura cada una, estaba aquel hueco donde esperarían hasta que cayera de nuevo la noche.

—Cuando tengan urgencia de mear, se mean a gusto sin salir de la rendija, y si es asunto de cagar, también aquí mismo se vacían, que el tufo de la mierda no mata a nadie —los aleccionó Gato de Oro.

Mayor cuidado cuando subiera el sol. Nadie debía oírlos ni respirar mientras esperaban pacientes a que cayera la noche. Si los descubrían eran muertos, porque en lo alto del cerro de San Roque había una caseta de los migrañas y el guardián de turno tenía anteojos de larga vista, y equipo de radio para avisar a las patrullas motorizadas cualquier novedad. El puesto se hallaba donde se veía parpadear la brasa rojiza de la antena.

—¿Y vos? —le preguntó Rambo.

En la penumbra, porque ya clareaba, advirtieron que Gato de Oro estaba riéndose otra vez.

—A mí me conocen de sobra por estos parajes; así que tranquilino me voy a desayunar a la comidería de las Culecas, aquí no más en el caserío.

—Yo con unos huevitos de amor, frijoles refritos, cuajada fresca y tortilla de comal me conformaría —se relamió Rambo.

—Yo mis frijoles los quiero con crema, y la tortilla bien tostada —lo imitó el inspector Morales.

—Bien les traería de comer, pero de dónde tela si no hay araña —suspiró Gato de Oro—. El celular no me va a rendir para tanto.

—¿Y el resto del día te lo vas a pasar donde esas Culecas? —preguntó Rambo.

—Después de desayunar me cruzo a Dipilto Viejo, almuerzo, hago mi siesta, y a las siete en punto de la noche estoy por ustedes.

Y ya cruzaba la trocha cuando regresó, como si hubiera olvidado algo muy importante.

—¿Ustedes han oído de la zorra que estaba estudiando inglés? El profesor está haciendo con ella ejercicios de conversación y le pregunta: ¿Jaguar yu? Y viene ella y le contesta: No, I am zorri.

Los miró uno por uno, los ojos llenos de risa, luego se llevó la mano a la boca para reprimir la carcajada, y riéndose por lo bajo volvió a agarrar camino.

—De risa seguro no nos vas a matar, jefe, pero sí de hambre.

El sol comenzó a alzarse detrás del cerro de San Roque y ponía los primeros destellos en las láminas de los techos de las casas forradas de tablas sin cepillar, en cada cumbrera una antena parabólica, y una urdimbre de alambres eléctricos sostenidos por horcones que iba por todo el asentamiento.

De este lado, en la cima del cerro de La Campana, rebanada por los tractores, se perfilaba el árbol metálico rojo fucsia que habían divisado el día anterior desde la carretera, y a su lado ya estaba en pie, atornillado a su pedestal, el otro, amarillo canario, que la cuadrilla izaba entonces con una grúa; faltaba instalar los restantes, el verde esmeralda y el violeta genciana. Los operarios habían dejado la grúa en el sitio para seguir en su trabajo, y también la garrucha gigante de cable eléctrico. Cuando estuvieran todos los árboles iluminados, el resplandor sería visible desde los pueblos y caseríos vecinos.

A cada ráfaga de viento se apretaban más dentro de la hendidura, el inspector Morales con el bastón entre las rodillas, la cabeza hundida en el pecho.

—Me estoy acordando de una canción sobre la cumbre de una montaña que cantaba mi abuela Catalina —tosió, desgarrando una flema gruesa.

Su abuela Catalina hacía puros chilcagre que vendía en su tramo del Mercado San Miguel en Managua. En una tabla asentada sobre las rodillas cortaba las hojas de tabaco con una navaja sin cacha, de filo resplandeciente, y tras poner un puñito de picadura enrollaba la capa pegándola luego con almidón; solía cantar entonces la habanera que el jueves santo, en la representación de la Judea del Cuadro Dramático de Radio Mundial en el teatro Luciérnaga, entonaba Boanerges, «el hijo del trueno», enamorado de María Magdalena:

Nací en la cumbre de una montaña
vibrando el rayo deslumbrador
creí en el seno de una cabaña
y hoy que soy hombre,
y hoy que soy hombre
muero de amor...

—Morir de amor es una cosa triste, como le iba a pasar a usted con la Marcela, esa niña huesitos de pollo, que ahora estará refocilándose con su viejo novio en Miami Beach —dijo Rambo—; pero morir de hambre es crueldad peor. Este Gato de Oro es un desalmado sin entrañas.

—Cómo fuimos a llegar a esta situación tan desvalida, Serafín; no tener siquiera un pocillo de café que llevarnos a la boca; aunque fuera amargo el café, aunque fuera aguado.

—Y todo esto, confiando en que Gato de Oro no nos vaya a entregar de vuelta en manos de Tongolele.

—No creás que no se me ha ocurrido. A lo mejor en eso anda ahorita, cerrando el trato en el cuartelito allá arriba.

—Y ahora sí que Tongolele lo mete a usted en El Chipote. Ahora sí Tuco y Tico lo refunden en la pileta hasta que se le salga el agua por boca y narices.

—Nada de eso me asusta, Serafín. Para mí hay cosas peores.

—Ya me va a decir cuando lo saquen chorreando agua y sienta que le estallan los pulmones y que el corazón lo vomita por la boca, como me sucedió a mí. ¿Qué cosa peor puede haber?

—Imagínate que se me muera la Fanny.

Rambo guardó silencio por un rato.

—¿Le queda carga para ponerle un mensaje a doña Sofía, y así preguntar cómo salieron los exámenes que le iban a hacer en el hospital? —preguntó al fin.

—Eso va a tomar tiempo, Serafín, es una resonancia magnética. Hasta mediodía no se sabrá.

—Pues entonces llame directamente a la Fanny. Muda no se ha quedado con la enfermedad.

—Yo soy muy pendejo para esos trámites. ¿Qué le voy a decir?

—No le luce la cobardía. Usted ha sido siempre hombre de huevos.

—Qué vamos a hacer. Tengo un corazón cobarde. Y el corazón nada tiene que ver con los huevos.

Una nueva ráfaga de viento entró furiosa por la oquedad, como si quisiera desalojarlos a la fuerza. Rambo miró hacia el camino, y descubrió a Gato de Oro que bajaba del caserío acariciándose con gusto la barriga. Parecía más alto y corpulento, y más dorado a la luz del sol.

—Allí viene el desgraciado y va a pasar de largo para Dipilto Viejo, sin darnos cuenta siquiera de todas las ricuras que se comió.

El inspector Morales enderezó la cabeza, y lo vio también, tranquilo y satisfecho, escarbándose ahora los dientes con un palillo. Después abrió las piernas y pujó para pedorrearse, las manos en la cintura como si fuera a iniciar un paso de baile.

La grava era caliza, de manera que la trocha se extendía como un rastro blanco que fulguraba entre los breñales de las orillas, reptando debajo de los genízaros y los guanacastes que se alzaban detrás de los cercos de alambre en el límite de los cafetales.

Gato de Oro se disponía a cruzar el camino cuando apareció en una curva una camioneta Hilux que se acercaba lentamente, sin ningún ruido, como si el chofer hubiera apagado el motor. Las llantas martajaban los pedruscos y levantaban una ligera nube de aquel polvo de tiza.

Como salidos de la nada, dos hombres armados se irguieron en la tina de la camioneta y lo apuntaron con sus fusiles. Gato de Oro retrocedió varios pasos, vaciló, y quiso echarse a correr, otra vez cerro arriba, mientras el sombrero se le volaba de la cabeza, pero al sonar los disparos en ráfaga, como si se hubiera tropezado, puso una rodilla en tierra, luego la otra, y quedó tendido de espaldas.

La camioneta siguió hacia el norte, rumbo a la frontera, sin acelerar nunca la marcha, y los hombres volvieron a desaparecer en el fondo de la tina.

Rambo volteó a mirar al inspector Morales.

—¿Qué es lo que ha pasado, jefe? —preguntó, la voz convertida en un silbido ronco.

—Lo mataron.

—¿Cómo que lo mataron? —volvió a preguntar Rambo, y lo agarró por el brazo.

—Dos ráfagas cortas, una por fusil —el inspector Morales no quitaba la vista del cuerpo de Gato de Oro, que había quedado con una mano extendida hacia delante, por encima de la cabeza, y la otra pegada al costado. Una mancha de sangre oscura comenzaba a extenderse sobre la camisa a cuadros.

—Fueron los de la camioneta —Rambo parecía como si hasta ahora lo estuviera descubriendo.

—Venían escondidos en la tina, bajo una lona. Llevaban la cara tapada.

—¿Me volví dundo, acaso, jefe? Me parece que lo veo todo hasta que usted me lo está contando.

—El chofer era el único con la cara descubierta. La camioneta no tenía placas.

—¿No le digo? Yo ni del color de esa camioneta me acuerdo.

—Una Hilux verde, aquí lo tengo todo —el inspector Morales le enseñó el teléfono.

—¿Qué me quiere decir? ¿Que lo filmó?

—Vi acercarse la camioneta, me dio no sé qué pálpito, y saqué el teléfono.

La gente del caserío había comenzado a asomarse a sus puertas, pero pasó un largo rato antes de que nadie se arrimara al cadáver, ahora en medio de un gran charco de sangre, hasta que aparecieron dos mujeres, una de suéter, la otra con una chaqueta de varón que le venía grande. Bajaban una tras otra el cerro, la que iba adelante, la del suéter, llevando una cobija jaspeada con manchas de tigre, con la que tapó a Gato de Oro. Sólo quedaron descubiertas las mangas de los pantalones de azulón y las botas.

La que venía atrás, la de la chaqueta de varón, fue a buscar el sombrero que el viento había alejado un buen trecho, y lo colocó sobre la cobija que ya empezaba a embeberse de sangre.

—Ésas deben ser las Culecas, jefe; las que le dieron su último desayuno.

Las dos mujeres permanecieron de pie junto al cadáver, las cabezas agachadas. Parecían rezar. Luego la de la chaqueta de varón le dijo algo a la otra, y la ráfaga de viento trajo hasta el escondite algunas palabras sueltas: monseñor Ortez... su tío... avisarle... Ocotal... teléfono... pero no hay cómo...

Luego se fueron por donde habían venido, moviendo la cabeza con desesperanza.

—Tenemos que irnos de aquí antes de que los de la camioneta regresen, Serafín.

—¿Cree que van a volver por nosotros?

—No nos vamos a quedar a averiguarlo.

En la cresta del cerro de La Campana habían aparecido ya los primeros operarios de la cuadrilla. El inspector

Morales salió de primero del escondite. Recordaba la ruta indicada por Gato de Oro: bordear el cerro, encontrar el platanal, y luego seguir a través del potrero para llegar a Dipilto Viejo.

—Aclárele bien al ignorante de su socio, aquí presente, que la poesía de las oscuras golondrinas no es de Darío, sino de Bécquer —dijo Lord Dixon.

—Te aparecés tarde, y encima se te ocurre venir hablando de poesía cuando los paramilitares acaban de matar a Gato de Oro y puede que regresen a arreglar cuentas con nosotros.

—¿Y cuál es la novedad, camarada? —dijo Lord Dixon—. Entre paramilitares tendrá que vivir de ahora en adelante.

2. Copas y bastos

Ya atardece ese lunes cuando el portón eléctrico pintado de negro se descorre para dar salida a un taxi Kia Morning, color gris platino, que enfila hacia la carretera a Masaya; y al volver a cerrarse, la casa de tejas arábigas, cuyas paredes no han recibido desde hace tiempo una mano de pintura, queda de nuevo escondida tras el muro que corona una serpentina de alambre de púas.

Es una cuadra de poco tráfico, al fondo de la avenida del Campo en Residencial Las Colinas, y los frondosos chilamates sembrados a ambos lados crean una penumbra de aguas estancadas en las veredas donde nunca se ven peatones. La casa aloja ahora, en apariencia, una agencia aduanera, según la placa metálica adosada en el muro, al lado del portón.

El comisionado Anastasio Prado, a quien, para su disgusto, propios y extraños llaman Tongolele debido al mechón blanco de su cabello, pues recuerda al de la bailarina de bataclán de las películas mexicanas, va al volante del taxi. Detenido en la fila que aguarda el cambio de luces del semáforo para salir hacia la carretera, se asoma al espejo retrovisor y comprueba que una nueva fístula, dura y enrojecida, le ha brotado cerca de la comisura de la boca; y luego, no sin fruición, la aprieta con los dedos, sintiendo la honda punzada de dolor.

Es su martirio haberse quedado con aquel virulento acné juvenil para toda la vida, la cara alfombrada de cicatrices rosáceas que bien hubiera querido arrancarse como si fuera una máscara para encontrar debajo otra, de piel tan tersa como las de los anuncios de cremas faciales de las revistas de belleza.

Aunque su cara tan maltratada es poco conocida, la regla de Tongolele es no llamar la atención; por eso la placa y los emblemas de taxi, y por eso tampoco lo sigue ningún vehículo escolta. Después de tantos años de brega en el oficio, la mejor medida de seguridad sigue siendo el anonimato.

De todas maneras, es un taxi al que nadie va a hacerle nunca la parada porque siempre lleva atrás un pasajero, el capitán Pedro Claver Salvatierra, Pedrón, o Pedrito, su infaltable custodio, y jefe de operaciones, ayuda de cámara, bufón y confidente; al pie del asiento delantero, a su alcance, por si las casualidades de la vida, descansa un AK de culata plegable, puesto en ráfaga y libre del seguro.

Pedrón apenas cabe en el asiento del Kia, las rodillas encogidas y la cabeza rozando el forro del techo, la enorme mano nerviosa extendida a su lado, cerca de los dedos la metralleta Uzi y sus dos cargadores de repuesto, también por si las casualidades de la vida.

—¿Dónde te encontré, Pedrito? —le preguntaba a veces, por matar el rato, como se lo pregunta ahora.

Y el gigantón de piel atezada, pelo rebelde al peine y labios gruesos que movía como si los dientes no le cupieran en la boca, respondía, como responde ahora, hablando con gran despliegue de las manos:

—Escondido en una bodega de la cocina de la Compañía de Reemplazos en el Campo de Marte, comisionado.

Al mediodía del 19 de julio de 1979, la tropa guerrillera al mando de Tongolele recorría las instalaciones militares desiertas del Campo de Marte, y en los corredores, en los dormitorios, en los baños, en el patio de maniobras, iban encontrando un reguero de cascos de infantería, botas, cananas, zambrones, yataganes, uniformes pintos, fusiles de guerra; llegaron a la cocina, mandó abrir de una patada la puerta de aquella bodega que habían cerrado desde dentro, obvio porque en la aldaba no había ningún candado, y allí adentro estaba Pedrón, en cuclillas, cubriéndose la cabeza con los brazos.

—Y en la mano, ¿qué es lo que tenías en una de las manos que no se distinguía bien, allí entre las sombras de tu escondite?

—Mi clarinete, comisionado.

—Te hubiera rafagueado sin asco si no es que me percato a tiempo de que no era un arma, sino tu pitoreta —se ríe Tongolele.

Un hombrón sosteniendo entre temblores aquel virote encima de la cabeza, un músico de la banda filarmónica de la Guardia Nacional que quiso huir llevándose su instrumento, pero no había alcanzado a hacerlo y mejor fue a esconderse en la bodega de la cocina donde sólo quedaba el tufo a queso rancio y a cebolla. Y el clarinete temblaba en sus manos, unas manos más de boxeador que de clarinetista, y temblaba todo su corpachón como si tuviera el mal de san Vito.

Le enseñó el clarinete, como ofreciéndoselo, y a Tongolele lo que le dio fue risa, como ahora se ríe.

—¿Sabés disparar un arma?, te pregunté. No me digás que lo único que sabés hacer es soplar esa mierda en las paradas militares.

Pedrón calló entonces al principio, como vuelve a callar ahora antes de responder:

—Nos dieron entrenamiento militar de último momento junto con los demás músicos, pero también a los cuques y a los barrenderos.

—¿Qué clase de arma te enseñaron a manejar? —preguntó Tongolele sin dejar de apuntarlo.

—Un Garand, señor —respondió Pedrón, por lo bajo.

—Más alto, que no te oigo —lo increpó.

—Un Garand —volvió a decir Pedrón, pero su voz era cada vez más baja—. Y nos enseñaron arrastre y avance, arme y desarme, y tiro en cadencia.

—Y además de tocar marchas en las paradas militares, allí estabas vos, soplando la boquilla, cuando los generales serviles le llevaban serenata en su cumpleaños a Somoza —le dice ahora Tongolele.

—Positivo, señor, nos llevaban en un camión cada 5 de diciembre a cantarle *Las mañanitas* al general, primero a El Retiro, cuando vivía con su esposa legítima, doña Hope, después a la residencia de La Curva, allá arriba en la loma de Tiscapa, ya cuando vivía con doña Dinorah.

—Su querida.

—Esposa o querida, ¿acaso me tocaba a mí escoger a quien quería el general que le calentara la cama?

—Te adopté porque me diste risa, o porque me diste lástima, quién sabe. Nadie te quería, todos desconfiaban de vos porque eras guardia, aunque hubieras sido sólo un triste clarinetista.

—Entonces usted tuvo a bien mandarme a Cuba a reeducarme —y ahora Pedrón se ríe, como si aquello de reeducarlo hubiera sido una picardía.

Seis meses de entrenamiento con las Tropas Especiales en Palma Soriano, un cursillo de inteligencia y contrainteligencia en Villa Marista, más un seminario de formación ideológica en la Escuela Nacional de Cuadros Ñico López.

—Suficiente para lavarte de tus pecados. En el Ministerio del Interior te masticaron, te tragaron, y después se olvidaron de vos.

El taxi se incorpora al tráfico de la carretera en dirección al sur, una larga y lenta cola de luces traseras como brasas rojas. Es la hora en que la ciudad se vacía hacia las urbanizaciones cada vez más numerosas que bordean la carretera a Masaya, o se extienden por las comarcas aledañas, Veracruz, Esquipulas, Valle de Gothel, y hacia los municipios vecinos desperdigados en las cercanías del volcán Santiago, Ticuantepe, Nindirí, Masaya, un vasto páramo poroso la oscura colada de lava, y la eterna columna de gases envenenados aventando hacia el oeste, hacia el océano Pacífico, quemando con su aliento azufrado toda vegetación.

Ahora va Tongolele a visitar a su madre en Residencial Aranjuez, en valle de Gothel, porque es el día de su cumpleaños.

—Qué casualidad más grande que su nombre de pila sea Anastasio, comisionado —dice Pedrón—; como Somoza el viejo.

—Y como el hijo, al que vos le llevabas serenata, y como el hijo del hijo, que ya no pudo ser dictador —responde Tongolele.

—Gusto y gana de su papá, me imagino —Pedrón asume una cara de plena inocencia.

—Mi papá era un servil entre los serviles. Me puso Anastasio y le mandó un telegrama al dictador dándole la noticia: «Naciome robusto varón llevará nombre paladín ilustre nuestra Nicaragua». La menor cantidad posible de palabras, porque se pagaba por palabra.

—Menos mal que no le puso Paladín, comisionado. Pero algún buen regalo le habrán mandado desde el Palacio de Tiscapa.

—Una cucharita de plata. Para que mi mamá me diera el mogo.

—Y hablando de su mamá, ¿cuántos años es que cumple la dama?

—Se lo pregunté hoy en la mañana cuando la llamé para felicitarla, pero dice que ha perdido la cuenta.

—Un triunfo haber llegado hasta aquí sin deberle nada a mi propio hijo —le había respondido esa mañana, jocosa, pero ya un tanto hiriente.

—¿Su mamá se quedó viuda bastante joven, ¿verdad, comisionado?

—A los cuarenta años.

—Ni cuenta parecías darte de que tuve que cerrar la farmacia cuando quedó desabastecida, nada más las vitrinas y estantes pelados —le había recordado otra vez ella, como tantas veces.

—¿Y es que yo andaba acaso de vago, en francachelas? —había respondido otra vez él—. A veces no comía, a veces no dormía, triunfamos, y los enemigos de la revolución salían hasta debajo de las piedras.

—Ni siquiera una simple palabra para tu madre —volvió ella a su queja—: no está en la oficina, compañera, está ocupado, compañera, se halla en reunión, compañera, ¿algún recado, compañera?

—¿Y cuándo fue que su mamá se convirtió en sajurina? —pregunta Pedrón, aunque ya lo sabe.

—En esos años de la guerra de los contras, cuando yo ni comía ni dormía, y ella cerró la farmacia porque no había ni una Mejoral para vender. Aprendió primero a echar las cartas de la baraja española, y a interpretar el horóscopo.

—Según entiendo, era nieta de un vidente célebre en León, el sabio Gregorio.

—Y cuando el señor falleció, los libros de su biblioteca fueron a dar a las manos de mi mamá —asiente Tongolele—. Quién iba a decirle que todos esos mamotretos de los que mi papá se burlaba le iban a ser útiles en su nueva profesión, para acercarse a los espíritus flotantes.

Los guardaba bajo llave en una vitrina de la trastienda de la farmacia, y ya viuda los sacaba de vez en cuando para hojearlos, acodada en el mostrador, en las horas desiertas de clientes: el *Digesto de la suerte* del doctor Papus, *La voz del silencio* de Madame Blavatsky, las profecías de Allan Kardec, *El caballero y la espada: secretos de la cartomancia* del doctor Brassier.

—Usted lo trae en la sangre, vea si no la fama de su bisabuelo, que curaba con el pensamiento, y venían a consultarle hasta de El Salvador y Honduras.

—Ya te he dicho que cuando me retire pongo mi consultorio, y vos vas a ser mi asistente, te luciría bien el turbante.

—¿Y cuándo fue que usted se enteró, comisionado, que ella andaba en ese negocio de sacar la suerte y adivinar el porvenir?

—Desde el principio, porque mi oficio es saber. Pero la dejaba estar. Si así podía distraerse, que se distrajera, que no se pasara la vida acusándome de haberla abandonado.

La escuchaba quejarse por teléfono, la escuchaba quejarse las contadas veces que la visitaba, cada uno en una mecedora, balanceándose los dos lentamente sin darse la cara, mientras mantenía entre las suyas aquella mano regordeta, cada vez más llena de pecas, tersa y huidiza como un pez que pugna por volver al agua.

—Y tu hermana, la Alba Rosa, otra ingrata, desaparecida también de mi vida —había continuado ella en el teléfono, la voz cascada llegándole entre toses—: primero en las brigadas de corte de algodón de la Juventud Sandinista en Cosigüina, después en un batallón de mujeres, enviada a la frontera con Honduras.

—Andábamos en lo que andábamos, mamá —había vuelto a responder Tongolele, ya impaciente.

—Y para remate, su carta de despedida cuando se me fue a la guerrilla salvadoreña —siguió ella—. Que si Nicaragua venció, El Salvador vencerá. Otra guerra, virgen santa, como si con la de aquí no hubiera sido suficiente.

—En sus comienzos adivinaba la suerte a cambio de algún producto de primera necesidad, según cuenta —dice Pedrón—: una libra de frijoles, medio litro de aceite, una bolsita de detergente.

—Todo eso es cierto. Empezó a probar con las vecinas, ellas fueron las primeras en retribuirla de esa manera. Quién niega que eran tiempos duros aquéllos, Pedrito.

Si se trataba de que un marido buscaba trabajo en medio del desempleo galopante, volteaba de cara los bastos; si es que el hijo era recluta del Servicio Militar Patriótico, y la pregunta era si regresaría sano y salvo de la guerra, volteaba las espadas.

—Y hasta maridos en desgracia se entrometían entre su clientela cuando sus mujeres se les fugaban alegando que la revolución las había liberado —se ríe Pedrón.

¿Volverá la ingrata, no volverá? Las copas dicen que volverá cuando Venus salga de la casa de Sagitario; entonces, cuando menos lo espere, caballero, ella tocará arrepentida a su puerta.

—Si se iban con otro es que tenían el calzón flojo —se ríe también Tongolele—. Cambiar de catre era la tan mentada liberación femenina.

Había incertidumbre, había miedo, y miedo e incertidumbre eran los mejores aliados para incrementar su clientela. Las colas, los apagones, las noticias de los combates, los cadáveres de los reclutas velados en los barrios, el estampido provocado por el Pájaro Negro, el avión invisible que pasaba con regularidad puntual cada mediodía rompiendo la barrera del sonido y sacudiendo los tejados y quebrando vidrios, vendrá o no vendrá la invasión gringa, vendrá o no vendrá el fin del mundo. ¿A todos nos llevará candanga?

—Daba en el clavo la mayor parte de las veces su mamá. Por eso en León creció su fama como la espuma.

—¿Te ha contado ella también que de los huevos y el aceite y los frijoles pasó a cobrar en dólares las consultas?

—Hay que reconocer que los córdobas, los chancheros, como los llamaban en la calle, cada vez que amanecía ya valían menos que la noche anterior, comisionado.

—El proceso inflacionario fue culpa de la agresión —Tongolele pone cara adusta.

Josefa viuda de Prado era un mal nombre para una adivinadora, así que adoptó el de Zoraida, profesora Zoraida, y dejó la casa del barrio San Juan, donde había funcionado en la pieza que daba a la calle la farmacia, una casa que ni siquiera era propia, para cambiarse a otra más pequeña en el barrio Zaragoza, y abrió allí su consultorio. Y ya no sólo adivinaba dichas o desgracias. Imponía maleficios o libraba de ellos, y enseñaba la manera de recitar las oraciones sanadoras, la Oración en Alabanza a la Sombra de San Pedro, la Oración del Ánima Sola, la Grande y Poderosa Oración al Divino Garrobo:

¡Oh! Poderoso e invencible garrobo que Dios ha colmado de grandes privilegios como el de concederte los tiempos lluviosos y secos, armarte del valor de tirarte del árbol más elevado y caer sobre cualquier barranco o peña sin que te pase ningún mal..., cuando te encontraron en aquella cueva, tenías cuarenta días de no comer ni beber agua y prometiste que tus secretos los darías a todo aquel que confiara en ti como lo hago yo ahora con fe ciega en tus facultades y privilegios divinos...

—Esa oración del garrobo, comisionado, ¿es cierto que debe uno rezarla a la medianoche en cueros, tendido en la cama con los brazos en cruz y habiendo ayunado todo el día?

—Yo de garrobos no sé ni mierda. Vos platicás con ella más que yo, así que preguntale.

—Averiguás las vidas y milagros de todo el mundo, y ni cuenta te diste cuando cogí viaje para Managua con todos mis bártulos —le remojaba ella.

—Lo sabía bien, mamá, yo estaba al tanto de vos —le respondía Tongolele—; eso de que te tuve abandonada lo has inventado en tu cabeza, aumentándole cada vez más detalles a tu gusto y parecer.

La profesora Zoraida encontró una vivienda de taquezal en el barrio Campo Bruce, el tumulto del Mercado Oriental a pocas cuadras, avanzando sin parar, comiéndose manzanas enteras, acercando el olor a diésel quemado de los camiones de carga y el olor a cebo de res, a sanguaza de pollos descabezados. Y hasta allá se aventuraban, escondidas tras sus grandes lentes de sol, capaces de cubrirles media cara, las clientas que habían oído de su fama, señoras que caminaban como si perdonaran el suelo y se sentaban con susto frente a ella; querían saber cuándo terminaría este calvario de la revolución.

¿Mi hijo podrá ser sanado, lo rescataremos? Ahora sólo de verde olivo anda y se volvió un enemigo, no nos pasa palabra, dice que somos burgueses que merecemos el paredón. ¿Será mejor irse a Miami o esperar aquí el milagro anunciado por la Virgen María? Se le apareció en Cuapa la Virgen envuelta en luz a su siervo Bernardo, el sacristán de la ermita, prometiéndole que la serpiente del comunismo sería aplastada bajo su pie y que todos los libros de ateísmo serían quemados. ¿Cuándo se cumpliría?

Y mientras duraba la consulta, los fieles choferes, de pantalones de gabardina oscura zurcidos y zapatos cuarteados pero lustrosos, aguardaban junto a las camionetas de tiempos idos y los Mercedes, verdaderas reliquias que si funcionaban era gracias a los repuestos comprados en los desguaces o agenciados de contrabando, a que sus patronas salieran para llevarlas de regreso a sus refugios en Las Colinas, Los Robles, Bolonia, Altos de Santo Domingo, focos que faltaban en los porches, consignas pintadas en las paredes, los jardines crecidos que daba miedo, las piscinas de aguas muertas recogiendo lama.

Tras las elecciones de 1990, cuando doña Violeta ganó de manera inesperada, la calle se vio más atareada que antes, un desfile de Suburban, Land Cruiser, Nissan Patrol de vidrios polarizados, y los choferes, ahora de impecables guayaberas blancas de manga larga, perfumados con agua de colonia Tres Coronas, conversaban alegremente, rejuvenecidos por los nuevos aires que soplaban; y a las antiguas clientes se sumaban otras nuevas llegadas de Miami, se multiplicaban las consultas sobre reclamos de devoluciones de propiedades confiscadas lo mismo que sobre las reconciliaciones: mi hermana ni me hablaba, ahora quiere que nos juntemos en la Nochebuena pero mi marido no lo admite porque ella sigue siendo sandinista.

Igual que en los tiempos de penurias, la profesora Zoraida seguía recibiendo a sus clientas en bata de guinga floreada, como si acabara de levantarse o no tuviera tiempo de vestirse, el pelo enrollado en rulos de plástico rosado como si más tarde tuviera que peinarse para una fiesta, porque su disfraz era ése, sin sari ni turbante, ni cortinajes ni penumbras; una adivina doméstica que andaba por su casa en chinelas de hule, e interrumpía las sesiones para vigilar los frijoles que hervían en la cocineta de gas, no fueran a quemarse, su consultorio en un rincón, una silla plegadiza frente a otra, separadas por la mesita con su tapete verde para tender las cartas, mientras en la calle se oía jugar beisbol a los niños, y los perros callejeros que se asomaban curiosos, perdido el interés, se iban.

—¿A las viejas tufosas sólo les interesaban las oraciones mágicas, o también llegaban a que las curaran de maleficios, comisionado? ¿Sapos en la barriga, por ejemplo?

—Qué voy a saber yo, Pedrito. Pero me imagino que más de alguna buscaba perjudicar a la querida del marido, hacer que botara el pelo, que se le cayeran los dientes.

—Y pensar que nunca se le sacó provecho a esa clientela para obtener información sobre las tramas reaccionarias de la burguesía.

—Si con costo me pasaba palabra mi mamá entonces, imaginate haberle propuesto sonsacar informaciones.

—Y se sigue desperdiciando a la profesora. Si tiene la facultad de andar en espíritu por los aires mientras su cuerpo duerme, y así puede entrar invisible en cualquier casa, sin pared ni puerta que la detenga, imagínese qué no averiguaríamos.

—A vos no se te ocurra volar dormido, Pedrito. Ocurren accidentes en que el alma ya no puede volver al cuerpo.

—Lo que es su mamá, en eso tiene gran experiencia. Es la forma en que viajaba ella hasta la India para entrevistarse con el gran gurú Sai Baba.

—A través de los fluidos magnéticos, que son como las ondas hertzianas. Y con la ventaja que no hay jet lag.

—Sai Baba transmitía los consejos a su mamá, ella los traía desde allá, y los depositaba en la caja china.

—Más fácil sería el correo electrónico. Pedrón cabrón, que esta plática no salga de este carro, porque te capo.

—Fue Sai Baba el que le ordenó que de ahora en adelante debía vestirse de blanco, porque el blanco representa la Luz Anímica.

—Pero ella resolvió que, en todo caso, nada de túnica: pantalones y blusa blanca. Ay, mi mamá, la pobre, en lugar de adivina parece enfermera.

—Sea lo que parezca, su mamá sí que es una fiera, comisionado. Cierra la farmacia en León por falta de medicinas que vender, no se ahueva, se vuelve sajurina, se viene para Managua, y termina de consejera de una desconocida que un día se presenta en su consultorio. Y qué clase de desconocida.

Llegó sola, de jeans, deslavados por el uso, una blusa cualquiera, esperó su turno, humilde se sentó en la silleta frente a la profesora Zoraida, que le tiró las cartas. Se mostraron los bastos benéficos, todos de cabeza, ninguno al revés. Eran los signos claros del fuego que no se consume por mucho que arda porque lo atizan la voluntad y la perseverancia. Y quedaron ocultos, escondidos en la baraja, los palos maléficos y los oros y espadas, heraldos de incordios, de adversa fortuna, de las vibras negativas y del mal de ojo.

Se hizo costumbre que visitara el consultorio una vez cada semana, los viernes a las cinco de la tarde, y Zoraida fue armándola de predicciones y advertencias acerca de personas que ella traía anotadas en una lista: éste es locuaz pero esconde la ponzoña, aquél parece buena gente pero su ambición es desmedida, aquel otro tan zalamero que ni se acerque porque su palabra es pura hipocresía; alacranes, había que sacudirse los alacranes de la camisa mientras sonaba la hora del regreso al solio.

—¿No sería, comisionado, que en esas listas estaba la gente de la que ella quería deshacerse para quedarse dueña del terreno?

—¿Y no sería, Pedrito, que mejor no nos metiéramos en lo que no nos importa?

—Me parece buen consejo, comisionado.

—De todas maneras, acordate siempre que quien señala los nombres de los purgados en las listas no es mi mamá, sino Sai Baba. Hasta el día de hoy.

—¿Aunque ya haya muerto Sai Baba, comisionado? Porque ya hace años que dejó su envoltura corporal, y lo enterraron en su santuario, en un gran mausoleo de mármol.

—Más fácil ahora muerto, porque así en espíritu acude más rápido a las consultas. Las almas errantes no conocen ni tiempo ni distancias.

—Espíritu más sagaz no se ha visto. No sólo identifica a los perjudiciales en potencia y a los traidores taimados. Sabe bien a qué líderes de la oposición comprar, reparte diputaciones, aconseja pactos con tales o cuales empresarios para tenerlos contentos.

El taxi sigue atrapado en el tráfico intenso sin haber podido alcanzar aún la rotonda de Ticuantepe, y Tongole le da golpes de impaciencia en el timón.

—Sai Baba en lo espiritual, y nosotros en lo material. Así estamos mejor que bien.

—Y usted, comisionado, ¿no tiene ninguna comunicación mental con Sai Baba a través de su mamá?

—Yo soy de carne y hueso, nada tengo de espíritu, pero penetro paredes y abro puertas mejor que Sai Baba, Pedrito.

—Eso quién lo discute, comisionado, en asuntos de maniobras terrenales nadie le pone a usted el pie por delante.

—Y para eso no necesito tener consulta abierta de adivino. Será hasta que nos retiremos, ya te dije.

—A eso de la consulta abierta de todos modos su mamá ya le dijo adiós, comisionado. Ahora tiene una única y exclusiva clienta.

—Las viejas popof huyeron de Campo Bruce como cucarachas fumigadas cuando empezó a llegar la caja china protegida por la escolta —asiente Tongolele.

La escolta se tomaba por asalto la cuadra. Los policías desviaban el tránsito en manzanas a la redonda, y las radiopatrullas cerraban las bocacalles impidiendo el paso a transeúntes y vehículos.

La caja china laqueada en negro, en la tapa un fénix hembra de alas extendidas que ataca a una serpiente de fauces abiertas, llegaba en un jeep Mercedes-Benz de vidrios oscuros cargada por un edecán, y sólo había dos llaves para abrir la cerradura: una en poder de la remitente, que depositaba dentro la pregunta escrita de su mano, y otra en poder de la profesora Zoraida, que devolvía la caja con la respuesta una vez evacuada la consulta.

—En el barrio empezaron a quejarse por el aparataje. La gente siempre se queja por gusto, comisionado.

—Así fue, se volvió un problema político. Primero los vecinos lo vieron como un espectáculo. Salían de sus casas y llenaban las aceras. Pero después cerraban las puertas, arrechos, porque la interrupción a veces era diaria, ya no sólo los viernes a las cinco de la tarde.

—Me acuerdo de que los agentes territoriales recogían el clamoreo. Ganas de joder, y por mucho que se mandó a repartir víveres de casa en casa, siguieron jodiendo.

—No eran ganas de joder, Pedrito. Muchos resultaron perjudicados.

—Aquel del ojo de vidrio, dueño de un taller automecánico, y aquel otro, barriguita de preñado, dueño de una herrería donde forjaban verjas de cementerio. Trabajaban los dos en plena calle con sus operarios, y alegaban que el día de la visita era día perdido. Fueron de hocicones a quejarse a la radio Corporación, y hubo que darles su asustada.

—Se te pasó la mano con esa asustada, Pedrito. Al herrero le quebraron un pómulo con la manopla tus acólitos.

Tongolele habló con el jefe de Seguridad Personal, el comisionado Arquímedes Manzano. Se estaba pagando un costo alto, y no podían estar amenazando ni metiendo presos cada vez a los quejosos. ¿No sería mejor enviar la caja china de manera discreta?

—Tal como usted recibe la suya, comisionado, que es igual a la otra, sólo que laqueada en rojo. El edecán se presenta puntual con la caja, sin espaviento ni acompañamiento.

—Pero alegó que él no podía hacer nada, que el viaje de la caja china con su cortejo era conforme el rito practicado por la emperatriz no sé cuál de la China. Y que, además, no era asunto de la competencia de ninguno de nosotros dos.

—Todo enano para dar brincos. Y no hay tales. ¿Por qué con la caja china que usted recibe no se cumple entonces ese rito del cortejo?

—Según el enano Manzano, es diferente. El fénix hembra de la caja roja ataca a la serpiente con la garra izquierda, y eso la hace invisible ante los ojos del poderoso demonio Gong Gong. El fénix hembra de la caja negra utiliza la garra derecha, y la caja queda siempre a la vista.

—¿Por qué no usar entonces otra caja roja igual, y así se acaba el mate con Gong Gong?

Tongolele encuentra un hueco en la fila vecina, y haciendo una maniobra apresurada cambia de carril.

—¿Vos sabés para qué sirven los árboles de la vida, Pedrito?

—Para gastar luz. Consumen la energía de veinte casas juntas cuando los encienden.

—Eso es lo que proclama la propaganda de la derecha. Pero son, en verdad, un escudo protector contra los ardides del enemigo, porque su campo magnético anula toda fuerza perniciosa y destructiva.

—¿Otra forma de neutralizar los poderes de Gong Gong, el gran demonio chino?

—Gong Gong, Luzbel, Belial, Belcebú, escogé a tu gusto.

—Por eso los están sembrando en todas partes. En las calles, en las carreteras, en los cuarteles, y ya se ven hasta en los patios de las escuelas.

—Pero ésas son puras vergas, Pedrito, vos y yo lo sabemos bien. Para protegerlos a él y a ella de tanto hijueputa mal nacido estoy yo.

—¿No son acaso recomendaciones de Sai Baba transmitidas a través de su mamá, eso de sembrar tanto árbol de la vida?

—Y antes había aconsejado valerse de la Mano de Fátima, que tiene pintado un ojo vigilante en cada yema de los dedos, uno por cada una de las cinco virtudes.

—¿También fueron ideas de Sai Baba las montañas de flores en las tarimas de los actos de masas?

—Y en las ceremonias de presentación de credenciales, en las reuniones del gabinete. Las flores repelen las influencias negativas.

—Lo que no me gusta de eso es que todo huele a muerto, comisionado, es como si estuvieran velando algún cadáver.

—Ya te advertí: si algo de todo esto sale de tu boca, no sólo te capo, te corto la picha y te la pongo de corbata.

—Como si fuéramos nuevos de conocernos, comisionado. Mi boca es un cofre bajo siete llaves.

Una cisterna que salía de una gasolinera cercana al desvío a Veracruz ha hecho mal el giro, y, con el tren de ruedas delanteras subido al camellón central, obstaculiza la corriente de vehículos. El concierto de bocinas es infernal.

—A lo mejor si su cuñado hubiera rezado la oración del garrobo, no estaría en el hoyo, comisionado.

—En el hoyo estaría, con todo y oración del garrobo. Que un extraño quiera darte vuelta, pasa y sucede. Pero que un cabrón de tu propia familia te vea cara de pendejo, eso me revuelve las tripas.

Su hermana Alba Rosa, la que se había ido a pelear a El Salvador, se enamoró de Lázaro Chicas, un guerrillero del FMLN, escolta de Schafik Hándal; y después de firmada la paz se casaron y se asentaron en Nicaragua, pero a los años ella lo abandonó para irse a Estados Unidos detrás de un jugador de beisbol reclutado como prospecto por los Dodgers de Los Ángeles, un chavalo costeño de Laguna de Perlas que bien podía haber sido su hijo. Y a partir de entonces Lázaro no tenía otro oficio que llegar cada día a llorarle las tristes a su suegra, que lloraba con él.

Zoraida se lo endosó a Tongolele, pobrecito, ayudalo, es honrado, es trabajador, y entonces, aunque con reticencia, le fue dando a administrar sus negocios, primero el gimnasio Super Body en Managua, después la hacienda de ganado lechero en Chontales, por fin la flota de furgones que transportaba carga por todo Centroamérica.

Eficiente con las cuentas, implacable con los subalternos, feroz con los deudores, aunque bastante parlanchín y fachento, y catrín a su propia manera, pues se vestía de vaquero del Oeste tipo Roy Rogers, camisa de flecos, sombrero tejano, botas troqueladas, pendejeras de esas que para Tongolele al fin y al cabo eran pasables. Pero tenía un vicio que no le conocía, y eran las apuestas por internet en las carreras de galgos de Nueva Zelanda.

Llegó a perder sumas fuertes, y cuando vio que no podría tapar más los huecos rojos, vendió la hacienda a unos salvadoreños fabricantes de queso, falsificando la escritura, y los furgones los fue dejando escondidos en Guatemala y en El Salvador con intenciones de trasladarlos a México, donde iban a ser rematados bajo papeles falsos. Pero todo lo que iba a reunir excedía en mucho sus deudas. ¿Qué pretendía hacer una vez recogido todo ese montón de dinero? ¿Pasarse el resto de su vida en una hamaca en la playa de El Cuco, en El Salvador, con un daiquiri en la mano, adornado con un sombrerito japonés y una laptop sobre las piernas, apostándole duro y parejo a los perros al otro lado del mundo?

Tongolele logró anular la escritura de venta de la hacienda gracias a un magistrado de la Corte Suprema que vivía dentro del clóset, y sabía que guardaba pruebas de sus deslices, y ayudó que los compradores se cagaron de miedo cuando supieron quién era el perjudicado. Y los furgones, rescatados a última hora, venían ya de vuelta, camino a Nicaragua.

La mañana del día anterior Lázaro se había despeñado en el cráter de la laguna de Asososca cuando venía de su casa en Bosques de Jiloá manejando su Toyota Corolla, y la policía reportó al occiso como desconocido. Pedrón recuperó en la casa, en un cateo a puerta cerrada, un valijín con los fajos de dólares pagados por la venta de la hacienda, y así los salvadoreños fabricantes de queso se quedaron sin Beatriz y sin retrato.

—Mi mamá no sabe a estas horas la suerte que corrió su yerno.

—Cómo no va a saberlo, comisionado, si ella lo adivina todo.

—No creás, hay cosas en este mundo que están más allá de sus poderes.

—No me diga que su mamá sentiría pesar por semejante lépero.

—Era su consentido. Todo lo que hizo para despojarme ella lo vio como una travesura.

—¿Y cómo piensa explicarle su desaparición?

—Se fue de regreso para El Salvador, se encontró allá una nueva mujer, cualquier leyenda que la deje satisfecha.

—Este Lázaro sí que no se levanta más de la tumba. Para empujarlo al barranco le echamos encima un camión de diez toneladas.

—Acordate que el cadáver hay que sacarlo de la morgue y enterrarlo NN.

—De noche y sin ruido ni escándalo, ya se hizo.

—Cuando querés sos eficiente, Pedrito. ¿Y qué pasó con el mensaje que se le iba a mandar al cura de Ocotal, aquel que tanto jode con sus sermones subversivos?

—Ya fue entregado. Matarile tirulá el sobrino. Esos muchachos que nos prestó doña Fabiola resultaron de primera categoría.

—Que la Chaparra les reconozca el bono cuando hayan vuelto a Managua.

—¿De cuánto será el bono?

—Toda la hierba que puedan cargar en sus mochilas. Pero que la vendan lejos de los colegios; si desobedecen, el clavo es de ellos.

—Ya me premiara a mí con uno de esos bonos, comisionado. No para negocio, sino con fines recreativos.

—Vos no sos de ligas menores, si no te conociera. A vos ni el polvo de ángel te llega.

—Si se le echa ese polvito como salsita a la hierba, los efectos son más ricos, va uno como navegando en el espacio sideral.

—Un día de tantos te perdés en esas alturas, y adiós, Pedrito, te quedaste arriba por goloso.

—Si me encuentro en esos abismos del firmamento a Sai Baba, le doy saludos suyos.

—Y me le decís que ni un árbol de la vida más, por favor.

—¿Sabe otra cosa? Los turistas que mandó usted a pasar vacaciones al otro lado de la guardarraya se metieron clandestinos de vuelta.

—¿De quién me estás hablando? ¿Del Rey de los Zopilotes?

—Ése no se atreve. Son aquel renco que tanto incordió al ingeniero Soto, el millonario amigo suyo; y su acompañante, el quemón del Mercado Oriental, al que metimos en la pileta para darle tratamiento.

—¿Y cómo lograron meterse?

—El sobrino del cura, al que le dimos palmolive, les sirvió de baqueano. Cuando lo vieron cadáver, huyeron.

—Vaya huevos los de ese renco. ¿Ya los agarraron de vuelta?

—Le estamos dando cuerda, lo estamos dejando que llegue hasta Managua, y entonces usted dispone.

—Déjenlo estar, a ver qué se me ocurre. Ganas personales de pasarle cuenta no tengo ninguna, mandarlo de vacaciones a Honduras fue un favor que le hice a Soto.

—Que espero se lo agradeció como se debe.

—Esos ricos son mezquinos, Pedrito. ¿Sabés el regalo que me hizo?

—Un hato de ganado lechero suizo, una casa frente al mar en San Juan del Sur, por lo menos.

—Dos pasajes para Cancún en clase ejecutiva. Que se los meta en el culo.

3. Monseñor Bienvenido

Monseñor Bienvenido Ortez O. P., fraile de la Orden de Predicadores Dominicos, y cura párroco de la iglesia de Nuestra Señora de la Asunción en Ocotal, cabecera del departamento de Nueva Segovia, era egresado cum laude de la Universidad Gregoriana de Roma, donde había sacado un doctorado en Sagradas Escrituras.

Cercano a los sesenta años, moreno, delgado y de mediana estatura, llevaba el cabello arreglado muy corto por las tijeras del barbero, y las canas se asomaban ya en las patillas. A pesar de su empeño por ser afable y mantener el buen humor, la tensión apretaba sus labios hasta trazar dos hendiduras bien pronunciadas que bajaban desde las aletas de la nariz hacia la boca. Y le pasaba que cuando hablaba apresuraba las palabras, se esforzaba para no atropellarlas.

Debía su nombre al obispo bondadoso de *Los miserables,* monseñor Bienvenido, porque su madre, maestra de primaria graduada en la Escuela Normal de Mujeres de San Marcos, era lectora devota de Victor Hugo, aunque nunca imaginó que su hijo sería monseñor también.

Siempre era tachado de las listas de candidatos a ocupar diócesis vacantes que la Nunciatura Apostólica enviaba a Roma, mal visto porque siempre insistía en que la Iglesia necesitaba ser menos diplomática y más profética, menos de salones y más de la calle, y ahora, sobre todo, por sus denuncias descarnadas contra el régimen. Años atrás le habían dado, como premio de consolación, el título honorífico, e inútil, de prelado doméstico de su santidad. La instrucción de la curia romana *Ut sive sollicite* autorizaba a llamarlo monseñor, y le daba el privilegio de usar abotonadura y ribetes púrpura en la sotana, así como banda abdominal del mismo color, ornamentos que nunca llegó a lucir sino para hacerse el retrato oficial de rigor.

Este lunes, despejada la mesa del almuerzo, vestido de camisa gris de mangas cortas con alzacuello, la cruz pectoral colgando de una gruesa cadena, servía el café a sus dos huéspedes clandestinos, sentados a sus costados, en su mano una pequeña ánfora de vidrio.

—Aquí hay una libra entera de café de Dipilto, destilado por horas —monseñor vertió unas cuantas gotas en las tazas llenas de agua hirviente, que al instante se tiñó de negro—. Si alguien se bebiera de una vez la esencia de esta jarra, la consecuencia sería el insomnio para siempre, o la locura.

Las ventanas en arco del comedor de la casa cural, vecina a la iglesia, se abrían a un patio húmedo poblado de acacias, cipreses y limonarias que atenuaban el sol de la una de la tarde; del otro lado, en la pared que daba a la calle, había en una peaña una imagen de yeso del Corazón de Jesús, alumbrada por una veladora eléctrica. Unos festones navideños, que nadie se había preocupado en retirar, se extendían por la misma pared.

Pesaba el sopor en el ambiente de sobremesa, después de la copiosa comida. Tras bendecir los alimentos, monseñor había empuñado el cucharón para servir él mismo de la sopera humeante los lentes de fina armadura nublados por el vaho, mientras Rambo miraba con avidez el azafate colocado al centro de la mesa donde, junto a la carne de res orlada de gordura, falda, pecho y chombón, había repollo, plátanos verdes y maduros, yuca, quequisques, elotes y chilotes. Aparte, otra fuente con salpicón, otra con rajas de aguacate y otra con arroz.

—Comimos como pelones de hospicio —resopló Rambo.

—No crean que esto sucede todos los días, las limosnas no dan para tanto —se rio monseñor.

—El otro monseñor Bienvenido sentó a su mesa a Jean Valjean, y el muy mal agradecido le robó los cubiertos de plata —dijo Lord Dixon—. Cuidado que este compañero suyo de aventuras paga con la misma moneda.

—Mi sobrina le manda saludos, inspector —de manera socarrona, monseñor acercó a la nariz la taza de café que antes había endulzado con sacarina.

—Siento mucho el engaño, pero no había otro remedio No podíamos decirle que habían matado a Genaro, porque quién quita y nos hacía responsables a nosotros.

El inspector Morales, ansioso de alcanzar el platanal, asentaba el bastón lo más lejos posible delante de él, como si eso fuera a ayudarlo a apresurar el paso, temiendo en cada momento que oiría a sus espaldas el motor de la camioneta, y de pronto las ráfagas.

Desde el platanal se escuchaba el ruido de las obras que se reanudaban ya en la cumbrera del cerro, una sierra que cortaba el metal, ecos de martillazos, y al salir al viejo potrero se toparon con una vaca solitaria que arrastraba el cabo de la soga, como si anduviera extraviada; siguieron por la ronda del poblado de pocas casas y grandes solares, junto al cauce de un río casi seco que se empozaba entre las piedras, convertido en un trecho en botadero de basura, llegaron a la carretera y encontraron la estación de gasolina, sin haberse cruzado, como por milagro, con alma viviente.

—Ella lo entiende muy bien, pierda cuidado. Se llama Edelmira, un amor de muchacha.

Estaba sola, revisando facturas en un pequeño escritorio al lado de un rimero de llantas viejas. El inspector Morales, desconfiado de su propia facha, se olió los sobacos antes de acercarse, sacó pecho y empuñó el bastón con garbo. Dio los buenos días, y preguntó por Leonel. Ella arrugó el ceño para verlo bien porque era miope. Blanquita, chelita, llevaba lentes de marco celeste y el pelo corto aún húmedo por el baño. No estaba Leonel, había salido de madrugada para Managua a ver un asunto con la petrolera Uno, ¿en qué podía servirlo? Venía de parte de Genaro, ¿su hermano?, su hermano Genaro se hallaba en graves dificultades y le había indicado que se presentara delante de Leonel, ¿su marido?, para que les facilitara el viaje a Ocotal en el microbús, porque debían entregarle un recado urgente a monseñor Ortez, ¿su tío?

Mi tío, dijo ella, ¿qué graves dificultades serán ésas?, ¿algo que yo pueda solucionar? ¿Dinero, acaso? No es asunto de dinero, pero me pidió no revelarlo más que delante de monseñor, mil perdones. ¿Y dónde se encuentra Genaro? Vuelva a perdonar que siendo usted su hermana tampoco pueda darle ese dato; y ella sonrió, deben ser líos de faldas porque Genaro piensa que está todavía jovencito y se mete siempre en berenjenales con mujeres solteras o casadas, para él de lagartija arriba es cacería, sacudió ella la cabeza al reírse y enseñó los camanances en los cachetes sonrosados, los dientes con frenillo como si fuera una adolescente. Hasta ahora todo iba bien, hasta bromeaba, sin mostrar ninguna desconfianza: El Gorrión anda en Ocotal dejando pasajeros pero ya regresa, así que esperen un ratito y enseguida el chofer los lleva donde mi tío, ¿un cafecito?, también tengo rosquillas. No, señora, mil gracias, nosotros ya desayunamos, y Rambo lo miró con ganas irresistibles de apretarle el pescuezo allí mismo ante semejante mentira.

Antes de que dieran las doce del día estaban ya frente a las puertas de la casa cural, el carrillón del timbre sonó en toda la cuadra, vino a abrirles la empleada doméstica que los miró de arriba abajo, hosca, desconfiada, y divisaron a monseñor despidiendo en la puerta de su oficina a una pareja que cualquiera diría se preparaba para la primera comunión si no era por el recién nacido en brazos de ella, envuelto en una sabanita bordada. El domingo, los espero el domingo entonces, en la misa de las ocho de la mañana para el bautizo; y allí mismo, en el recibidor custodiado por una foto del papa Francisco, a la carrera, sin aceptar la invitación de pasar a la oficina, el inspector Morales le explicó quién era él, y aquí mi amigo Serafín, el rollo de Tongolele, el millonario Soto, su hijastra Marcela, la deportación, el regreso clandestino a Nicaragua.

Monseñor lo había tomado de ambas manos, vaya por Dios, el inspector Morales en persona, cuánto gusto de conocerlo, qué sorpresa, pero él no se entretuvo: el camino recorrido a medianoche, el vendedor de lotería que en realidad era baqueano, ¿Genaro, mi sobrino, uno alto, rubio, recio? Sin novedad hasta llegar a San Roque, el escondite en las piedras Cuapes, y la camioneta de tina, los enmascarados. ¡Virgen santísima! Juntó las manos a la altura de la boca monseñor, bajó la cabeza, cerró los ojos, rezaba, los abrió de nuevo, suspiró hondo. Las Culecas, ¿las conoce? De sobra, buenas mujeres. La que andaba puesta una chaqueta de hombre dijo unas palabras pescadas al vuelo que son las que nos trajeron hasta aquí. Ésa es la Herlinda, la mayor, la menor es la Eufrasia. Pues a esa que se llama Herlinda le entendí que no tenían cómo avisarle a usted. Es que no usan celular, son del modo viejo, y los demás del caserío no iban a querer prestarles uno porque hay mucho temor entre la gente ante tanto espanto diario, tanto asesinato, quién no anda con el Jesús mío en la boca.

Monseñor se quedó meditando un momento mientras empuñaba la cruz pectoral, y luego llamó a la empleada y se la presentó a ambos. Se llamaba Rita Boniche. Le pidió que los instalara en la casa cural, en el cuarto del fondo, allí había dos catres, que les pusiera ropa de cama, que les diera de comer, él se iría de inmediato a San Roque, y les advirtió algo que sobraba: no debían salir por ningún motivo a la calle.

Entonces apareció con paso silencioso Felipe de Jesús, el sacristán de la parroquia, que era también el chofer de monseñor, y además carpintero que reparaba bancas y altares, y electricista, y fue a encender el viejo jeep Land

Rover guardado en el corredor. El motor atronó dentro de la casa cural, la Rita Boniche abrió el portón para darle paso, y tras cerrarlo de nuevo poniendo los picaportes y la aldaba, volvió para llevarlos en silencio al cuarto. Un silencio hostil.

Les golpeaba la puerta con la palma de la mano para llamarlos a comer, no los dejaba pasar de la cocina y allí les servía, el arroz y los frijoles de una vez en el plato, un pedazo de queso, encima la tortilla, o el medio plátano verde cocido, un fresco aguado de tamarindo, o de chía, siempre lo mismo los tres tiempos, y tragaban de pie, nada de siéntense, tratándolos como mozos de finca.

Era una anciana pequeña, enjuta y renegrida, ágil al andar, los pies descalzos como garras de presa, el pelo entrecano rizado, y la cabeza, fuera de proporción, parecía montada sobre el cuerpo equivocado; los miraba de reojo, desconfiada, con ganas de gresca, y aunque Rambo procuraba peinarse bien, presentarle su mejor cara, comportarse sumiso frente a ella, no había caso, a lo mejor es que llevaba la marca de malandrín herrada en la frente.

El inspector Morales, pese a toda aquella tirria, logró, tras muchas súplicas, que le consiguiera un cargador de corriente para el celular, que ella fue a sacar de la oficina de monseñor, y se lo entregó con miles de prevenciones de que debía devolvérselo apenas lo desocupara.

Los reportes de doña Sofía sobre la Fanny no eran de alarma inminente, la resonancia magnética no detectaba nada en los huesos, y la metástasis al pulmón, si bien existía, era incipiente, así que empezarían con nuevas sesiones de quimio, pero hasta en dos semanas, y eso sí, otra vez iba a botar el pelo.

Lavaron sus camisas, los calzoncillos, los calcetines, y pasaron en el encierro especulando sobre los posibles motivos detrás del asesinato de Gato de Oro. Si el operativo no había tenido que ver con ellos, y no era la mano de Tongolele, ¿quién estaba detrás? ¿Los narcos? ¿Alguna banda de contrabandistas? ¿Un esposo ardido? ¿Pero qué marido celoso tenía sicarios a su servicio? ¿Cabía la posibilidad de que lo hubieran confundido con otro?

El inspector Morales revisó una y otra vez en la pantalla del teléfono los cuarenta segundos de video que había grabado. Uno de los enmascarados llevaba pasamontañas, el que lucía una gorra de beisbol. El otro, de sombrero de palma, se cubría de la nariz para abajo con un pañuelo indio de esos que usan los campesinos, de color rojo estampado en negro. Los fusiles eran AK. La cara descubierta del conductor, a pesar de los acercamientos manuales, no le decía nada. Ojos achinados, labios gruesos y bigote disparejo que le bajaba por los lados de la boca. Una cara como tantas.

La mañana del segundo día oyeron que el jeep entraba en el corredor, y cuando salieron a asomarse a la puerta del cuarto vieron a monseñor, abatido, que entraba en el suyo, y a Felipe de Jesús que desaparecía con el mismo paso silencioso de siempre. Pero no es que fuera silencioso sólo su paso. Jamás lo oyeron pronunciar palabra, su tartamudez lo inhibía de hablar, les explicó monseñor, y terminaba dándose a entender por señas.

Luego habían oído discutir a monseñor con la Rita Boniche, calmo, persuasivo, mientras la voz de ella se encrespaba, y para realzar su disgusto hacía sonar con escándalo los trastos en la cocina. Difícil la negociación, pero exitosa, porque al poco rato había salido hacia el mercado a comprar lo necesario para el rumboso almuerzo con que acababan de ser agasajados.

Tras depositar la taza en la escudilla, monseñor se quitó cuidadosamente los lentes y los limpió con un pañuelo impregnado de agua de vetiver. Entonces contó:

Cuando llegó a San Roque ya la policía había levantado el cadáver, que fue trasladado a la morgue del hospital departamental de Ocotal para la autopsia. Todavía permanecían en el sitio dos oficiales que interrogaban casa por casa a los vecinos, pero nadie había visto nada, por supuesto, y apenas los policías salían, volvían a cerrarse las puertas. A él, que los conocía a todos por su trabajo pastoral en esas comunidades fronterizas, tampoco quisieron soltarle prenda, ni aun después que los oficiales habían abandonado el caserío. Las Culecas tampoco. Lo abrazaron, lloraron, y eso había sido todo.

Fue a buscar a su sobrina a Dipilto Viejo. No resultó fácil consolarla. Aunque Genaro era su hermano mayor, y entre los dos había una buena distancia de edades, lo veía como un niño grande, necesitado de ser consentido y de que alguien se riera de sus chistes a veces tan sonsos. Como era solterón, ella y su marido le daban posada en un cuarto en el fondo del solar; en la casa le alistaban la ropa, los tres comían siempre juntos, y juntos veían televisión en las noches. Nunca los avisaba cuándo se iba a la frontera, y no se daban cuenta hasta que veían el candado puesto en la puerta del cuarto.

Llamó a su marido a Managua para informarle de la desgracia, pidiéndole que apresurara el regreso, y fue a ponerse un vestido de luto a la casa, vecina a la gasolinera. Dejó todo a cargo del muchacho que atendía la bomba, y tío y sobrina se vinieron entonces a Ocotal a reclamar el cadáver en la morgue. Se los entregaron cerca de las ocho de la noche, y aún pudieron llevarlo a Dipilto Viejo; Leonel se había ocupado de alistar para velarlo. Los concurrentes fueron escasos, mujeres, sobre todo, y se despidieron temprano.

—Cuando el miedo anda suelto, es peor que un perro con rabia, y la gente mejor se resguarda a puerta cerrada —suspiró monseñor.

Fue enterrado a la tarde del día siguiente, un domingo desierto, tras una misa que él ofició frente al catafalco levantado en el corredor trasero de la casa, y temprano en la mañana se vino de regreso a Ocotal para pedir copia del acta de la autopsia y averiguar cómo iban las investigaciones; pero en el cuartel le dijeron que el comisionado Víl-chez, jefe departamental de la policía, no estaba ni llegaría ese día.

—Un cuento viejo ya sabido —volvió a suspirar mon-señor—. Le irán dando largas al caso un día tras otro, y al final no se va a saber nada.

El inspector Morales, a falta de su libreta, tomaba no-tas en un cuaderno encontrado en una repisa del cuarto, donde manos diferentes habían copiado himnos a la Vir-gen y ejercicios para aprender inglés, pero que tenía las últimas hojas en blanco.

—Su sobrino nos contó que por estos rumbos todos descienden de un cura bastante travieso que vino no sé de dónde; y que por eso en su familia todos eran así, hermo-sotes y arrebolados. ¿Verdad, jefe?

—Lo que me temía de su compañero de viaje, inspec-tor, qué vergüenza —dijo Lord Dixon—. Eso es racismo pasivo, racismo de acomplejado.

—Pues será que yo me quemé demasiado en el sol des-de chiquito —sonrió monseñor.

—Es lo que iba a decirle, que usted es más bien, así como nosotros dos, de piel aceitunada. Pero lo del cura ri-joso, ¿es cierto?

—Nunca conocí en mi vida a persona más fantasiosa que mi sobrino. Ese cura libertino de Pomerania era in-vención de su cabeza.

—Ya interrumpa a este cafre, inspector, imponga su autoridad —dijo Lord Dixon.

—Monseñor, no le he hablado de lo más importante —acercó la cabeza el inspector Morales—. Con mi teléfo-no grabé un video cuando mataron a su sobrino.

Él les hizo señas cautelosas de seguirlo hasta su oficina.

Los vidrios esmerilados de las ventanas que daban a la calle, teñidos de amarillo, reflejaban una luz macilenta que parecía temblar en las paredes de la oficina desprovistas de adornos, salvo por una litografía colocada detrás del escritorio. La Virgen de la Asunción, patrona de Ocotal, se elevaba al cielo entre nubes azuladas de las que sobresalían cabecitas de querubines. En algún lugar, detrás de un mueble donde se archivaban los libros de actas de bautismos y casamientos, se oía escarbar a los ratones.

Monseñor fue a sentarse al escritorio en un sillón que enseñaba el relleno de estopa por una rotura de la cabecera, y el inspector Morales se situó a sus espaldas y le alcanzó el celular. Repasaron juntos una y otra vez el video, mientras Rambo, que ya se sabía de memoria la secuencia del crimen, se entretenía en revisar las fechas inscritas en el lomo de los libros de registro, que llegaban hasta 1878.

El inspector Morales, a solicitud de monseñor, congeló la imagen del conductor de la camioneta, y la amplió.

—Este muchacho estaba en la delegación de policía hoy que me presenté a buscar al comisionado.

—¿De uniforme?

—No, de paisano. Llevaba puesta la misma camisa.

—¿Y qué hacía allí?

—Nada en particular. Platicaba con el oficial de guardia sobre la vuelta de Zidane como entrenador del Real Madrid.

—Entonces fueron paramilitares. Iban tras de nosotros dos, pero sólo dieron con su sobrino.

—Si así fuera, que iban tras de nosotros, quiere decir que nos traían vigilados desde la frontera, y se hubieran dado cuenta de dónde nos escondíamos —se acercó Rambo—. Y siendo así, allí mismo nos dejan tiesos.

—Nunca menosprecies al necio, que te sorprenderá con una lección de sabiduría: sabia máxima de Confucio —dijo Lord Dixon.

—Pongamos que no nos venían siguiendo, y que no era con nosotros. ¿Por qué semejante operativo para asesinar a un baqueano? A menos que le hayan cobrado una deuda gruesa.

—¿Qué podría deberles a esos criminales un corazón tan simple, inspector? Ni siquiera es cierto que mi sobrino fuera baqueano; su oficio era, de verdad, vendedor de lotería, más por las ganas de platicar con la gente que por lo que ganaba.

—Pero conocía bien los atajos como para andarlos de noche, aún con un renco como el jefe.

—Ése no es ningún atajo. La misma ruta que él usaba siempre para cruzar la frontera. Lo conocían bien en los dos lados, y como lo consideraban inofensivo, nadie le impedía el paso.

—¿Y de qué santo iba a arriesgarse para meternos de vuelta a nosotros? —preguntó Rambo.

—Los cinco mil pesos, don Serafín; y cuando se dio cuenta de que ustedes no se los podían dar, aceptó en pago el teléfono.

—Pero, para haberlo matado a esa hora y en ese punto, quiere decir que lo tenían bien estudiado —intervino el inspector Morales.

—Alguien del caserío recibió instrucciones de avisar cuando mi sobrino apareciera, inspector; no era extraño verlo allí.

—Eso fue que lo detectaron desde el puesto de guardia que está en la cumbre, cuando entraba a desayunar donde las Culecas —afirmó Rambo.

—Su paniaguado sigue ganándose mi respeto por su agudeza, inspector —dijo Lord Dixon.

Monseñor abrió una gaveta del escritorio y le pasó una hoja volante al inspector Morales.

—Lo mataron por mí. Derramaron la sangre de un inocente queriendo silenciarme.

La hoja tenía en el encabezado un emblema en el que figuraban dos fusiles AK cruzados.

El inspector Morales la leyó en voz alta:

COMANDOS DE DEFENSA DE LA LUZ
Y LA REDENCIÓN (CLR)

L@s imperialistas, oligarcas, burgueses, demonios con sotanas, etc., construyeron su reino de impiedad sobre cadáveres de miles y vejámenes sin cuento antes de la llegada de la LUZ Y LA REDENCIÓN.

Uno de esos demonios con sotana, siendo fiel lacayo de sus amos imperialistas y traidores vendepatrias, ser despreciable igual que otros curas y obispos de su calaña, utiliza aquí en esta parroquia el púlpito para derramar su veneno.

Pero los cinco elementos verdaderos que son viento, tierra, fuego, agua y éter, o sea, el espíritu trascendente, sellaron un pacto de amor y de equilibrio para no permitir que nunca más se le arrebate el sueño conquistado a nuestro pueblo vibrante, apasionado, altivo, que sabe blandir en su diestra el acero de guerra o el olivo de paz.

Por obra y desgracia, todo cuanto estos curas y monseñores saben hacer es mentir escudados en sus sotanas lujuriosas. Buscan nublar las almas de l@s creyentes y usurpar los templos para su falso dios. En búsqueda de fórmulas de exterminio, ponen toda su fuerza en envenenar las almas con su terrorismo psicológico (mitología alterna de la muerte).

Siervos como son de su soberano Asmodeo, propalan en sus sermones informaciones falsas y así cercenan los oídos de l@s feligres@s para confundirl@s con sus inmisericordes actos de manipulación.

Es preciso, y así lo fue y lo es, que todo vuelva a la armonía, a la paz del equilibrio de los elementos.

Se lo advertimos, monseñor MALVENIDO, cállese o será obligado a CALLAR. Se nos agota la paciencia. Y CALLE también su radio, o la callamos nosotr@s.

Sepa que las balas también atraviesan sotanas.

Pero antes LE LLEGARÁ UNA PRIMERA ADVERTENCIA. Esté pendiente de ella. Y SI NO ESCARMIENTA, LE LLEGARÁ LA SEGUNDA.

La Luz de la Verdad es el precepto del Amor.

—El maje que escribió eso se ha metido tanta piedra que se quedó encaramado arriba de los palos, jefe.

—Mientras más disparatados, más peligrosos —dijo Lord Dixon—. No hay cosa peor que un loco armado.

—Y más allá de esa indigestión de palabras, ¿de qué lo acusan a usted, propiamente, monseñor? —el inspector Morales le devolvió la hoja.

—La Iglesia es profética, inspector, y frente al poder corrupto y mentiroso, no puede callar. Por eso yo no ando con paños tibios en mis sermones, ni en mi trabajo apostólico con la gente.

—¿Y a qué radio se refieren?

—A la emisora Madre y Maestra, que la tenemos aquí al lado de la casa cural. Siempre se le da el micrófono a la gente que viene a denunciar injusticias y crímenes.

—Y este pasquín, ¿de cuándo es?

—De hace una semana, lo repartieron en la misa del domingo y un feligrés me lo trajo a la sacristía.

—¿Es la única amenaza?

—Las paredes de la iglesia las manchan con rótulos que ya ni mando a borrar. Y en mis redes sociales le ponen coletilla a todo lo que publico, vulgaridades, y siempre amenazas de muerte.

—Es lo que doña Sofía, experta en la materia, llamaría un trol bien montado —dijo Lord Dixon.

—Todavía no veo a su sobrino entrando claramente en el cuadro. ¿Por qué piensa que la advertencia se refería a él?

—Le está empezando a fallar la lógica, inspector —dijo Lord Dixon—. Hasta su socio Serafín sería capaz de verlo.

Monseñor buscó en su celular, y tras encontrar en su cuenta de Twitter uno de los últimos mensajes que había colgado, se lo pasó al inspector Morales:

Clama al cielo sangre del campesino Celedonio Rivera asesinado por una patrulla militar en Susucayán bajo falsa acusación de tenencia de armas, su familia hostigada por denunciar crimen. Un país sin justicia es como un árbol derribado a hachazos.

Debajo, alguien que identificaba su cuenta como MAMA CHANCHONA, y que no tenía seguidores, había escrito:

Tu árbol lo vamos a derribar a hachazo limpio, cura hijo de las cien mil putas, pero primero te vamos a ir desmochando las ramas.

—¿Usted interpreta que «ramas» quiere decir cualquiera de sus sobrinos?
—Sus neuronas, inspector, están ahogándose en el alcohol —dijo Lord Dixon.
—¿No ve, jefe, que en esa papeleta hablan de dos advertencias? Ya cumplieron con una.
—Es una coletilla colgada el viernes, y a mi sobrino lo mataron el sábado.
—Matan a Gato de Oro, que es una rama, y el mensaje que le mandan a monseñor con eso es: seguí hincándole los huevos al tigre, y vamos con tu sobrina, que es la otra rama, hasta que dejemos el palo pelón —aseveró Rambo, muy convencido.
—Pero que soy yo, don Serafín, no voy a dar mi brazo a torcer. ¿Me puede pasar por WhatsApp el video, inspector? Voy a subirlo a las redes y denunciar ese crimen.
—Eso no se lo recomiendo. La imagen que quedó en el video es la de unos enmascarados disparando en un camino rural, pero la víctima no aparece en cuadro. No es

evidencia de nada. Y en cuanto al chofer de la camioneta, lo esconden de inmediato apenas empiece a circular el video.

Monseñor meditó un momento, la mano en la cruz pectoral.

—Pero, de todos modos, no me van a callar.

—No sea tan testarudo, escuche al jefe, o mande a su sobrina esconderse en el fondo de una cueva.

—Nosotros mejor seguimos viaje para Managua. Demasiados huevos explosivos juntos en la misma canasta.

—¿Qué locura es ésa, inspector? No tienen adónde ir, y en Managua van a correr más peligro que aquí.

—En este lugar estamos bien, jefe. Con sólo que no salgamos a la calle, suficiente.

—A éste ya le gustó la dolce vita —dijo Lord Dixon—: de la cama a comer, y vuelta a acostarse.

—Lo más peligroso en estos casos es la inmovilidad. Ya veremos cómo nos arreglamos en Managua.

—¿Y si se van a la casa cural de la iglesia de la Divina Misericordia? El padre Pancho es mi amigo, él les dará posada con el mayor gusto.

—Allí encontrará a la Sacristana, prefecta de la cofradía del padre Pío, a quien usted conoce de oídas, inspector —dijo Lord Dixon.

—Podemos probar —aceptó el inspector Morales.

—Mañana martes le toca viaje al padre Pupiro —monseñor se puso de pie—. Se van con él muy temprano.

4. Una infortunada fiesta de cumpleaños

Las viviendas de Residencial Aranjuez, adquiribles a veinte años plazo bajo financiamiento bancario, todas del mismo tamaño y la misma fachada, se repiten manzana tras manzana, las calles bautizadas por las empresas urbanizadoras con atractivos nombres mediterráneos —Málaga, Torremolinos, Ibiza, Alicante, Marbella, Formentor—, la grama al lado de los andenes bien rasurada, un playground para los niños, casa club con piscina, asadores al aire libre para parrilladas dominicales, todo de proporciones modestas, más un portal de acceso bajo control de guardas uniformados, para que la ilusión de exclusividad sea completa.

La profesora Zoraida abandonó su viejo domicilio en el barrio Campo Bruce al recibir nada menos que la casa modelo del residencial en premio a sus servicios de consejera, y una copia de la escritura de dominio, más fotos de la fachada e interiores, además del plano (que sirvió para instalar los micrófonos ocultos), figuran en el expediente secreto que Tongolele abrió a su propia madre.

Y nada puede dejar de anotarse en esos expedientes —según le enseñaron desde el principio en Bulgaria, cuando hizo su curso de adiestramiento en la escuela de la Seguridad del Estado en Plovdiv—, empezando por las donaciones de este calibre, y los favores y regalos que luego pudieran cobrarse a la hora de algún desvío. Porque nadie se halla exento de desvíos.

Se la entregaron llave en mano, los muebles y avíos adquiridos en el almacén El Gallo más Gallo, conforme inventario cuya copia figura también en su expediente:

1 lavadora automática de 30 libras.

1 refrigeradora de 2 puertas.

1 cocina de 6 quemadores.

1 horno de microondas, más 1 tostadora y 1 licuadora.

1 juego de dormitorio compuesto por 1 cama king size, y su respaldo y piecera.

1 juego de sala compuesto de 4 piezas, 2 sillones y 1 sofá de 4 cuerpos, con forro de rafia estampada.

1 mueble de bar tipo colonial con 3 taburetes.

1 televisor plano de 55 pulgadas.

1 equipo de sonido.

1 juego de comedor compuesto de mesa, 6 sillas y 1 aparador.

Y una Nissan Patrol estacionada en el garaje y adornada con un moño de seda roja en la capota. Foto incluida en el expediente.

A Residencial Aranjuez llegaba ahora la caja china. Cuando el cortejo se acercaba, un helicóptero de la Fuerza Aérea sobrevolaba la zona. Los guardas del portal eran desarmados, y los vecinos, retenidos en una larga cola de vehículos, no podían ingresar a sus propias casas, ya fuera que volvieran del trabajo o regresaran de recoger a sus hijos de los colegios.

Es ya de noche cuando el taxi deja por fin la carretera a Masaya y entra en la vía remendada y llena de baches que lleva al valle de Gothel; entre las ramas, los anuncios mortecinos de pulperías, bares, minisúperes, fritangas al aire libre, un salón de juegos electrónicos, un taller de mecánica convertido en templo evangélico, las imprecaciones del pastor resonando estridentes en los cajones de los altoparlantes colocados en la acera. Otra cola, más lenta, porque los vehículos maniobran para estacionarse junto a las veredas, o se detienen antes de poder entrar con dificultad en los portones estrechos que tras repetidos pitazos alguien acude a abrir.

Suena el celular en el bolsillo de la camisa de Pedrón, en el tono la voz de Laura León que canta *Suavecito*.

—Es la Fabiola, comisionado —sofoca la voz, tapando el micrófono.

—No puedo, voy manejando, ¿qué no ves?

—Va manejando, doña Fabiola, que me dé a mí el recado, yo se lo paso y él la llama después —la voz de Pedrón es cortés, el aparato muy pegado a su oído, y asiente, respetuoso, entre las pausas.

—¿Qué quería?

—Viene llegando de Sébaco, hay disturbios, unos estudiantes no aceptan que instalen un árbol de la vida en el patio de su colegio.

—Y esos mierdas de la policía, ¿para qué están?

—Los comités ciudadanos entraron a sacar a los cabecillas y se los entregaron a la policía. Los trajeron presos a Managua, y el alboroto más bien ha empeorado.

—¿Y la llamada es para qué? ¿Qué tenemos que ver? Nosotros no rajamos cabezas.

—Ella sólo quería que usted supiera, porque ve fea la cosa.

Fabiola Miranda, treinta y cinco años, originaria de Las Calabazas, comarca del municipio de Ciudad Darío, nivel de bachillerato, comerciante mayorista y al detalle. También tiene abierto un expediente, aunque sea su amante, debido a su condición de agente confidencial clase A.

Desde los trece años había sido parte de una tropa de buhoneros, a los que llamaban también semaneros, porque entregaban cuentas al proveedor cada semana; corteros, porque los primeros habían empezado vendiendo cortes de tela; y linieros, porque cada uno tenía a cargo una línea territorial. Colocaban mercaderías al fiado, de puerta en puerta, de comarca en comarca, de finca en finca, de barrio en barrio: zapatos de mujer, medias, blúmeres, brasieres, blusas, delantales, pañuelos estampados, todo pagadero en eternos abonos semanales.

A los quince años sabía lo suficiente de los manejos del negocio como para no seguirle haciendo la bolsa a la proveedora en Ciudad Darío, una viuda cicatera que enredaba siempre las cuentas en su favor, y se entendió directamente con el turco Abdul Mahmud, comerciante mayorista de la calle del Comercio en Matagalpa, a quien le cayó en gracia al verla tan niña y tan armada de colmillos tan filosos.

Así que se hizo de su propia red: doce, quince linieros entre hombres y mujeres, adultos bien curtidos en el oficio, y llenos de mañas. Los llamaba tíos y ellos la llamaban sobrinita, pero el tratamiento cariñoso no quitaba que los arrendara con mano firme y no les permitiera veleidades. Cuentas turbias, despido inmediato. Y respecto a los clientes, órdenes estrictas de que al segundo atraso de pago se ejecutara el decomiso de la mercancía, así tuvieran que quitarle los blúmeres a las morosas aunque los llevaran puestos.

A los diecinueve años pasó su cuartel de operaciones al Mercado Oriental en Managua. Ya contaba con tres camiones, y su red, cada vez más extensa, cubría Matagalpa, Estelí, Jinotega, Nueva Segovia. Ahora, tras años de brega, la oferta de mercancías a domicilio se ampliaba a mochilas escolares, pelucas, retrateras, adornos de mesa, santos de bulto y cromos religiosos, cacerolas, sartenes, sábanas, manteles, colchas y cobertores de cama.

Poco después del triunfo electoral de Daniel Ortega en 2006, Zoraida le habló un día de ella a Tongolele: no quiero meterme en tus asuntos profesionales de los que nunca me hablás, y te comprendo perfectamente, yo a lo mío, vos a lo tuyo; pero hay una clienta inteligente, despierta, que viene a consultarme sobre el porvenir de su negocio de la buhonería y se ha vuelto muy mi amiga. Tiene una red que llega a los trescientos vendedores que andan pateando los caminos con la valija de mercancías a cuestas, o a caballo, en moto, en bicicleta, entran por los portones de las fincas, se meten en los campamentos de peones o en los caseríos más perdidos, donde los busqués se mueven, hasta Puerto Morazán en el occidente, hasta Wiwilí en el norte, hasta El Ayote en Chontales, hasta La Fonseca en Nueva Guinea, ya eso es la remotidad de la costa atlántica. Y está operando también en Managua. Esos vendedores son el diablo, conocen las barriadas calle por calle, imaginate el último andurrial y allí entran, cubren Ciudad Sandino, ya están en Los Brasiles, van llegando a Mateare. Y pensé: seguro interesarán a mi hijo esos oídos que oyen por todas partes, y que esta clienta mía, emprendedora como pocas, puede poner a su disposición si la trata con modo y cariño; porque ella lo que busca es crecer, encumbrarse más, ampliar sus negocios. ¿Sabés qué quiere, entre otras cosas? Pasarlo todo a las computadoras, los inventarios de mercancías, la contabilidad; como no es dunda, no ha perdido el tiempo y ya hizo un curso completo, se sabe eso de los sistemas operativos, los discos duros y la nube cibernética al revés y al derecho. Y está aprendiendo inglés, ya va avanzada en nivel de conversación.

Y además de una inyección de capital para todo eso, para automatizarse, dice ella, necesita protección y apoyo, claro. Tiene miedo de tanto bandido lagarto, agentes aduaneros que para todo quieren mordidas, prestamistas usureros, bancos que te inundan en un mar de papeles de letra minúscula, abogados litigantes que todo lo explican al revés, yo siempre le pongo por delante el tres de oros para que vea que la fortuna la espera como un corcel brioso a su puerta, pero ese corcel necesita una mano que lo amanse, aparecerá el dueño de esa mano, le profetizo. Y esa mano es la tuya, no hay otra.

La citó el mediodía de un lunes en el reservado de un restaurante del puerto Salvador Allende, propiedad del Mono Ponciano, un colaborador histórico y viejo informante. Un salón con ventanas redondas como claraboyas de trasatlántico que daban al lago gris, erizado de pequeñas olas, que nunca dejaba de oler a excusado, en el techo

77

una red de pesca con boyas de cristal. Y entró ella, una negraza de pelo lacio teñido de un rubio triste, unos juanetes que la martirizaban al andar sobre las plataformas de corcho, una cartera Ferragamo falsa de toda falsedad al hombro, una blusa que dejaba desnudo el ombligo del que colgaba un piercing, en cada pernera de los jeans mariposas de lentejuelas.

Y apenas se habían sentado les trajo el mesero dos grandes copas de ceviche mixto que ella había ordenado antes de entrar al reservado, y dos tarros de michelada.

—No bebo —Tongolele detuvo al mesero para que no pusiera las micheladas sobre la mesa.

—Déjelas —contraordenó ella.

Tras un momento de incertidumbre, el mesero obedeció. Y con la cautela de quien teme quemarse, ella acercó los labios al borde del tarro, que sudaba de tan frío.

—Me ha dicho la profesora Zoraida... —quiso empezar él.

—Tu mamá —lo detuvo ella—; ¿o se trata de información clasificada que ustedes dos son madre e hijo?

—La profesora Zoraida —insistió él, incómodo.

—No seás ridículo, palomito —y acercando los dedos de uñas pintadas de rojo sangre, acarició las cicatrices de su rostro.

Él la tomó de la muñeca para apartar la mano de su cara.

—¿En qué puedo servirte? —preguntó.

—No vengo a suplicar ayuda. Es un dando y dando. Yo pongo mi red de linieros a tu servicio, y vos me resolvés lo que yo necesito.

—¿Y cuáles son esas necesidades?

—Lo que ya te platicó tu mamá: protección, y un préstamo de un banco que no me mate con los intereses. Tengo que modernizar la empresa, y necesito plata fresca. Más bodegas, ampliar mi flota de camiones. Computadoras de mesa. Y un software.

—Eso último, ¿con qué se come?

—Un programa digital que me sirva para controlar hasta la última aguja que tengo en los almacenes, cuándo sale un artículo, adónde va, cuándo tengo que reponerlo. Y a mi vista en la pantalla, cada liniero con su cuenta, cuánto le debe cada cliente, los plazos en que vencen las deudas. Y mi flujo de caja, los saldos bancarios.

—¿Es caro eso?

—Pienso en un paquete Abakus XL; cuesta su platita, porque no lo quiero pirateado, sino nuevo, de paquete.

Tongolele empezó mordiendo una galleta de soda de las que acompañaban el ceviche, luego metió el tenedor para probar un camarón, después un pedacito de jurel.

—La protección es gratis. Pero para que podás hacer esas inversiones, nada de bancos. Te voy a poner plata personal mía.

Ella lo miró, los labios apretados en un gesto que parecía ser de desagrado, pero sus ojos sonrieron.

—¿Me está proponiendo una sociedad, comisionado?

—Me decís cuánto necesitás, y vamos mitad y mitad en las ganancias.

—Lo ponemos todo por escrito para que no se nos olvide — y volvió a acercar a su cara los dedos de uñas pintadas de rojo sangre.

Antes de fin de año el trato le había dado a Fabiola varias coronas en el Mercado Oriental: reina de los linieros, con una red que eliminaba toda competencia en el territorio nacional; reina del contrabando, sin que hubiera inspector de aduanas ni comisionado de policía que se atreviera a detener los furgones de mercancías que entraban desde el norte por la frontera del Guasaule; reina de los videos piratas, que ella fabricaba y distribuía; reina de la ropa de paca, que importaba de Estados Unidos y vendía cada pieza, planchada y desinfectada, al precio fijo de dos dólares, fuera blusa, camisa o pantalón. Usted se debería llamar más bien Paquita, doña Fabiola, la lisonjeaba Pedrón.

Y ya entendidos en los términos básicos del acuerdo, para que después fuera asunto del abogado ponerlo en cláusulas, Tongolele, la michelada tibia hacía tiempo en el tarro, marchita la lechuga que adornaba su copa de ceviche, y después de la sexta vez que los dedos de uñas pintadas de rojo sangre habían repasado su cara, pensaba: si es tan demonia en los negocios, debe ser una demonia en la cama. Y como le entraron unas ganas soberanas de verla desnuda —o, mejor, desnudarla—, le propuso secamente, sin preámbulos, con una voz que más bien pareció un ladrido, que fueran a su casa.

Se moría de curiosidad por conocer su escondite, aceptó la demonia, que llevaba ya su tercera michelada. Y hacia allá fueron en el taxi, Pedrón siguiéndolos al volante del carrito de ella, un Ford Fiesta color mostaza en el que entró a duras penas. El escondite quedaba en un recoveco de Lomas de Motastepe, cercano a la laguna de Asososca, con altos muros que cercaban el patio igual que en la agencia aduanera de Las Colinas. No había en las paredes ni cuadros ni fotografías, los muebles de la sala tejidos de junco, oscuros y duros, parecían los de un vestíbulo de oficina, en el dormitorio una cama solitaria sin espaldar, vestida con sábanas amarillo limón, y el aparato de aire acondicionado que helaba los huesos.

Tongolele había procedido contra el mandamiento de nunca involucrarse con agentes y colaboradoras, impreso en la primera página del manual de conducta de los búlgaros, y contra el suyo propio de nunca llevar mujeres a su propia casa. ¿Una demonia suelta en la cama? Para su sorpresa encontró que era una mujer de poca andadura, una papa sin sal a la que habría que sacarle con tiempo y paciencia el paso porque de la posición del fraile no pasaba, no la envolvía ningún perfume pasional sino un olor a pelambre de animal de monte, y en su boca se fermentaba la cerveza de la michelada. Y aunque llevaba calzón y sostén de encaje color rojo sangre, o rojo diablo, como el de sus uñas, el sostén no hubo manera de que se lo quitara, y para ir al baño a orinar se envolvía en la sábana; una de esas mujeres que en su propia cama seguramente dormía en camisón de manga larga y ruedo hasta el ojo del pie.

—Casi virgen —le había soplado ella—, soy casi virgen.

—El casi no existe, mamita —había respondido él—, en eso de meter y sacar no hay nada a medias, y lo que se rompe no admite costura.

—Pero es que no me has entendido —se había acodado ella en la cama, la cabeza apoyada en la palma de la mano—. Medio virgen, digo, porque son pocos los que me han tocado.

Amorcitos pendejos, sin consecuencia ni atadura: si una regla le había servido en la vida era apartar el culo de los negocios, recato y prudencia, nada de travesuras ni con subalternos ni con proveedores, pues, si no, lo que se gana bregando se pierde cogiendo; que lo dijera el turco Mahmud, que se la quiso llevar en el alma cuando, sin previo aviso, una vez que iban de Matagalpa a Ciudad Darío en visita de inspección, metió el carro en el portón de un motel y ella lo que hizo fue ponerse a llorar como si fueran a degollarla, con lo que el turco se asustó, y le pidió mil perdones. En eso nos parecemos, mamacita, en que seguimos reglas, aunque caemos en excepciones, quiso decirle, pero se calló.

Silvestre en su conducta en la cama se quedó para siempre, por mucho que él la forzara a otras diversiones, por mucho que buscara enseñarle algunas perversidades, enojada las rechazaba por modestas que fueran, qué te has creído, ¿que acaso soy puta de la Conga Roja?; aunque, por otro lado, y vayan a entenderse las contradicciones de la vida, pronto olvidó el recato de no mostrarse desnuda, y ahora llevaba en la cartera un minicomponente, lo ponía a alto volumen, se llenaba el cuarto de música bullangera, y cada vez que iba al baño regresaba bailando en cueros cumbiones de la Sonora Dinamita, e intentaba que él se levantara de la cama, desnudo también, a bailar con ella, montuna en la molienda y descarada en el baile, ¿cómo se compaginaba eso? Pero ya se sabe que, pese a su apodo —heredado de Tongolele, la diosa pantera, la bailarina del mechón cano, como el suyo—, él no sabía bailar. Sus pies eran de plomo, un palo de escoba se movía mejor: nada de eso, mamita, si no bailo vestido, menos me verás bailar desnudo.

Se había enculado de la Fabiola, se lo vivía remojando Pedrón: ¿qué le ha dado esa mujer, comisionado?, ¿agua de calzón serenada? Pero no vivían juntos, hasta allí no llegaba; y cuando quería verla mandaba a Pedrón a buscarla al Mercado Oriental, o a Bello Horizonte, donde vivía; encuentros como de motel, sólo que siempre en su casa de Motastepe donde ahora era visible la mano buhonera de ella: en el umbral, una alfombra de peluche en la que se leía WELCOME; empotrada al lado de la puerta, una placa de cerámica con la imagen de la Sagrada Familia y la leyenda DIOS BENDIGA ESTA CASA Y QUIEN LA HABITA; y en la sala, antes tan anodina, una multitud desperdigada de miniaturas de porcelana, como si anduvieran perdidas: una pareja de ballerinas en puntillas, un payaso afligido, Blancanieves y los siete enanos, una niña meciéndose en un columpio, los perritos escoceses del whisky Black and White, un elefante con palanquín oriental en el lomo, corderos con lazos al cuello y su pastora empuñando el cayado; era ella quien le había regalado el tajador de lápices montado en una miniatura de Pedro Picapiedra que él llevaba siempre en su cartapacio.

Solos entre aquellas cuatro paredes del dormitorio, una vez enfriada la calentura, era cuando mejor hablaban de los asuntos confidenciales de mutua competencia, pues no hay cama que no se vuelva un confesionario: si había algo de relevancia en los reportes de sus linieros, dedicados a pescar conversaciones, ella se lo comentaba allí mismo, aunque después lo incluyera en el informe semanal: militares subalternos que se relacionaban con elementos desafectos, empleados públicos que hacían comentarios insidiosos, funcionarios municipales que robaban por su cuenta, secretarios políticos metidos en negocios no reportados, pastores protestantes reacios a la línea del partido, curas hostiles en sus sermones. Y rumores, habladurías, inconformidades, chistes, burlas.

No pocas veces lo que ella averiguaba por medio de su red se metía en los intersticios de la trama de asuntos que él ya tenía entre manos, y comparaban informaciones, las conectaban, las resumían; y antes de despedirse, antes de que Pedrón la llevara de regreso, Tongolele pronunciaba sus palabras rituales: lo que sabés vos no lo sabe nadie ni tiene por qué saberlo, acordate que, en esto de saber, los dos respondemos con el pescuezo.

El taxi se acerca ya al portal de Residencial Aranjuez cuando se topan con la caravana, a la cabeza las motocicletas de la policía de tránsito que despejan los dos carriles, y tras las motocicletas las radiopatrullas con las barras de luces de alerta que cambian de colores como adornos de Navidad: la caja china viene de regreso.

Los bastones fosforescentes que enarbolan los policías de las motocicletas han obligado a Tongolele a salirse de la estrecha franja de asfalto. Desde la cuneta ve pasar los tres jeeps Mercedes de vidrios polarizados, todos del mismo color plateado, en uno de los cuales va la caja china, y en el cierre las Hilux llenas de artilleros de las tropas especiales, apertrechados como para un combate.

—Ni en el día del cumpleaños deja de llegar la caja china.

—Quién quita y lo que la caravana llevaba esta vez era el regalo para su mamá. Siempre le mandan de arriba regalos rumbosos.

Aún aturdidos, los guardas en la caseta de acceso, secuestrados durante la visita, retoman sus funciones, y el taxi, el último de la cola, hace fila para atravesar el portal, la pluma de la barrera alzándose cada vez.

—A estas horas ya se bebieron todo el champán, comisionado. Y se comieron las boquitas de caviar.

—Una vez la azafata de Aeroflot me ofreció caviar, Pedrito. Le pregunté qué era eso, me dijo que huevos, y entonces le pedí que me llevara dos, revueltos con jamón. Ya ves cómo soy de ignorante con esas finuras.

—Tanto que alaban el caviar, y huele a bicho —hizo ascos Pedrón.

No le remuerde llegar tarde. Aquellos cumpleaños se celebran en un ambiente de fiesta infantil, la puerta de la calle adornada con un arco de chimbombas de colores, guirnaldas de papel crepé colgadas del techo, un conjunto de marimberos que tocan desde el patio. Y la sección de Ágapes y Eventos Sociales de Seguridad Personal provee todo, desde el servicio de meseros, las viandas y licores, hasta el queque y las velitas.

Ella, siempre de blanco, se adorna para la ocasión con un sari de seda echado sobre la cabeza, visibles las pulseras de piedras sanadoras en ambas muñecas: amatista, cuarzo rosa, turmalina, ojo de tigre, y se instala en uno de los sillones quitado de la mesa del comedor a recibir los parabienes de ministros y viceministros, mandos del ejército y la policía, los embajadores de países amigos: Cuba, Venezuela, Irán, Rusia.

Tongolele lleva en la valijera el regalo del que la Fabiola se ha encargado, un pesado reloj de mesa de pewter, la esfera de números romanos sostenida por dos cupidos regordetes. Un trámite. Igual pudo haber venido con las manos vacías, adornos de sala y trastos de cocina a ella le sobran, y ese reloj sobrará también.

Pedrón se queda dentro del taxi, según él le ha ordenado, y sale a abrir Paquito, el sirviente asignado por Seguridad Personal, que tiene rango de cabo en el escalafón. Obsequioso, trata de quitarle el regalo, pero él lo rechaza.

No le cae bien ese Paquito, por amariconado. Nunca se sabe si su sonrisa ladina es servil o burlesca. Anda con pasos exageradamente cautelosos y lleva pantalones tipo rifle y camisa de motivos florales, sin dejar de mascar chicle con movimientos acompasados de la quijada. Llora por cualquier nimiedad, y nunca termina de hilvanar sus historias, porque las va engrosando y adornando.

No hay a la vista invitados rezagados, ni tampoco vehículos en la calle, ni choferes en espera. Y no está el arco de globos en la puerta ni las guirnaldas pendientes del techo, y tampoco es aquél el teatro desordenado de una fiesta que ha llegado a su fin, platos sucios por recoger, vasos con el hielo desleído, botellas a medias, azafates con restos de comida, la mitad de un queque glaseado con las velitas derrumbadas.

Tampoco está a la vista el regalo de la clienta única de Zoraida, siempre vistoso, la última vez un Buda panzón y sonriente, de porcelana cromada, sentado en posición de loto. Quizás en esta ocasión ha sido un regalo de otro tipo. A lo mejor un viaje verdadero a la India para visitar el mausoleo de Sathya Sai Baba en Puttaparti.

—Su mamá se recostó porque anda con jaqueca —le informa ahora Paquito.

Camina hasta el dormitorio cargando el regalo, y empuja con el hombro la puerta. La habitación en penumbra sólo recibe la luz a través de la puerta entreabierta del baño, y Zoraida se incorpora en la cama.

—Qué horas de venir a felicitarme son éstas —su reproche suena apagado.

Deja el regalo sobre la cama y se sienta con cuidado junto a ella. Zoraida le acerca al regazo una de sus manos regordetas y tersas, cada vez más llenas de pecas color del cacao maduro, y las pulseras en su muñeca tintinean con un eco que parece lejano. Tongolele retiene la mano entre las suyas.

—¿Y la fiesta? —pregunta.

—No hubo fiesta —la mano de Zoraida se escapa como un pez que pugna por volver al agua.

—¿Y eso?

—No vino nadie.

—A lo mejor llamaron a reunión de emergencia del gabinete. Hay problemas de orden público.

—Este rechazo me fue anunciado. Desde ayer el campo magnético que me rodea está lleno de ondas contrarias.

—Tanto choque de ondas magnéticas es lo que da jaqueca —Tongolele ensaya una broma de esas que, bien sabe, a ella le molestan.

En las redes se multiplicaban los memes burlándose de las ondas magnéticas, los planos astrales, la mano de Fátima, los árboles de la vida, y así aparecía también en los informes de inteligencia y en los reportes de los linieros de Fabiola. A la profesora Zoraida la representaban sentada desnuda en el suelo, dentro de una estrella de cinco puntas, las chichas flacas caídas sobre el vientre, un puro prendido en la boca, rezando la oración del garrobo.

—Un día esas ondas contrarias te van a crear un campo oscuro, y te van a ocultar lo que querés ver.

—Tengo ojos por todas partes que son más que magnéticos. Y esos ojos míos traspasan paredes, mamá.

—De nada te van a servir tantos ojos llegada la hora. El rayo que caiga sobre mí te va a cegar a vos.

—Todo el drama porque los ministros no vinieron a cantarle el sapo verde tuyo —Tongolele intenta reír de nuevo.

—Fue orden expresa de ella que no vinieran.

—Imaginaciones suyas, mamá. Si fuera así, no le manda ningún regalo.

—Es que no mandó ningún regalo. Ni vinieron los meseros, nadie apareció con la comida, ni con los licores.

Tongolele vuelve a tomarle la mano.

—Está tensa, mamá, todo es pura tensión. ¿Qué ha tomado para la jaqueca?

—Ibuprofeno, por no dejar. Para este taladro que me perfora el cerebro, nada sirve.

—Ella también anda tensa por todo ese alboroto pendejo con los árboles de la vida, hay que comprenderla.

—Es por eso mismo de los árboles de la vida su disgusto conmigo. Me lo escribió claramente en el mensaje de la caja china.

—Me topé con la caravana cuando iba llegando aquí.

—No quiere entender que el aura benéfica contra el mal de ojo se detiene en el número 69.

—¿Y eso del número 69 qué tiene que ver?

—Más allá de sesenta y nueve árboles sembrados, se empieza a crear el efecto contrario, y se entra en la fase de daño por acción magnética reversa.

Su mano quiere liberarse, alzar vuelo, pero Tongolele la retiene.

—Nada malo puede suceder con un árbol de más o un árbol de menos, mamá.

—El 69 representa lo derecho y lo invertido, cielo y tierra, allí donde el yin y el yang se equiparan como fuerzas opuestas y complementarias. Ese equilibrio es inviolable.

—¿Y ése fue todo el motivo de su disgusto, que usted le dijera que no podía levantar más de sesenta y nueve de esos árboles?

—Le advertí a su tiempo del peligro de que el número 69 hubiera sido ya más que triplicado. Eso es llamar al desorden de los elementos magnéticos.

—Debería tener cuidado de no darle esos vaticinios. Ahora va a pensar que es culpa de usted la agitación en los colegios.

—Es lo que me reclama en el mensaje de la caja china, que yo induje la conjunción de los elementos adversos.

—El papel suyo es político, mamá. ¿No se da cuenta? A veces mejor no hacer predicciones que causan disgustos.

—No soy ninguna farsante —y retira de un tirón la mano—. Que vos no creás en mi ciencia no significa que los arcanos no ejerzan su poderío.

—¿Cuál es el papel de un consejero, de cualquier clase que sea? —Tongolele trata de recuperar infructuosamente la mano de Zoraida—. Dar sus opiniones, que pueden ser tomadas en cuenta o ser ignoradas. Y sin son ignoradas, santas paces.

—Mal he hecho en hacerte caso cuando me has pedido que meta o saque nombres de personas en las listas sometidas a Sai Baba.

—Son razones de Estado, mamá. Y tampoco es que eso pase a cada rato.

—Qué razones de Estado van a ser. Son maniobras tuyas, y muy peligrosas.

—Hay veces que es necesario ayudarla a decidir lo que conviene. Por motivos estratégicos.

—Yo estoy para protegerla, y no para manipularla. Ésa es la misión que he recibido de las Altas Potencias. Vos sos un simple espía, y yo veo más allá.

—No me doy por ofendido porque me llame espía. Yo averiguo para que las decisiones políticas sean tomadas en base a informaciones verificadas de diferentes fuentes.

—¿Y yo qué soy para vos? Una charlatana. Y a pesar de lo que pensás de mí, te defiendo, ni te imaginás cómo te defiendo.

—¿De qué puede defenderme, mamá? —Tongolele va ahora con cautela—. Nunca he recibido quejas. Cumplo con mi trabajo profesional.

—En la caja china que acabo de recibir, una cara entera de la hoja era sobre vos.

—¡Me muero de susto! —Tongolele se para, se estira y eleva los brazos, fingiendo un largo bostezo.

—«Tu hijo se ríe de mí a mis espaldas porque dice que estoy llenando el país con árboles que son machorros, o árboles cochones, que no dan fruto.» Así, con esas palabras.

—Enséñeme ese papel.

—Bien sabés que todo mensaje tiene que ser devuelto en la misma caja en que vino.

—Qué cosa más absurda —Tongolele repite el bostezo.

Busca en la memoria de dónde podría venir aquello, y se encuentra con la cara de niño avejentado del enano Manzano, subido sobre sus botas de tacones altos para presumir mayor estatura. Sólo con él ha hablado del tema, y esto una líquida vez. Y quien había inventado eso de los árboles maricones, provocando la risa de ellos dos, era el propio enano Manzano.

—¿Primera ocasión en que le habla de mí? —Tongolele vuelve a sentarse en la cama.

—Hasta ahora te había ignorado, como si no fuéramos madre e hijo.

—Siempre está uno expuesto a las intrigas y a las envidias, qué se le va a hacer.

—Deberías averiguar de dónde viene eso, no hay que dejarlo pasar.

—No le pongamos mente. Los cuentos más se enredan cuanto más uno se mete a desenredarlos.

—Pero alguien le ha ido con eso, así que lo mejor es que te pongás en guarda. Nunca se sabe dónde te espera el enemigo emboscado.

—Me lo vas a decir a mí —el rostro de Tongolele, ahora sí, no puede ocultar la preocupación.

—Ahora resulta que será al revés —dice Zoraida—. El rayo que caiga sobre vos me va a cegar a mí.

5. La oscura y maloliente boca del lobo

Al inspector Morales la camisa negra a lo clergyman le tallaba de la barriga, tanto que sentía los botones al punto de reventar, y a Rambo el alzacuello le hacía sentirse como una tortuga con la cabeza para siempre fuera del caparazón.

Los disfraces para el viaje a Managua habían sido una idea de monseñor Ortez, y encargó de urgencia las camisas a una guardiana de la cofradía de la Virgen de la Asunción, dueña de una escuela de corte y costura en el barrio San Nicolás de Tolentino. Felipe de Jesús había ido a buscarlas cuando la costurera avisó que ya estaban listas, y Rambo salió en calzoncillos a la puerta del cuarto para recibir la bolsa donde iban esmeradamente planchadas.

La Rita Boniche, apenas los vio salir del cuarto ya vestidos, se llevó las manos a la boca buscando contener la risa, y al no lograrlo huyó a zancadas de garza hacia la cocina. Pero volvió con pasos cautos cuando monseñor los despedía en el corredor al pie del vehículo que los llevaría a Managua; y sin decir palabra metió en el bolsillo de las camisas sacerdotales de cada uno un billete de cien córdobas, después de lo cual salió corriendo de nuevo, sin dar lugar a explicaciones ni agradecimientos.

Ambos se apretujaron en la cabina de la pick up Mahindra Scorpio, que parecía más bien un juguete de cuerda, al volante el padre Octavio Pupiro, coadjutor de la parroquia, quien iba todos los martes a Managua a recoger provisiones y medicinas en las bodegas de Cáritas, destinadas al Hogar del Adulto Mayor San Antonio de Padua.

El padre Pupiro, también de la orden de los dominicos, era originario de Catarina y se había ordenado en el seminario San Juan de la Cruz en Mixco, una aldea indígena que se había tragado desde años atrás la ciudad de Guatemala. De buen diente, como le demostraban sus cachetes y la papera, y risueño, ardía sin embargo como un fósforo cuando se sulfuraba. Su pelo chirizo, herencia chorotega, buscaba aplacarlo con una coraza de brillantina que se impregnaba de polvo.

Al despedirse, monseñor dio cuenta al inspector Morales de que todo iba por buen camino con su sobrina Edelmira y el marido: se trasladarían a vivir por un tiempo a Honduras. Leonel tenía un primo en Danlí, a cargo de una tabacalera, propiedad de unos cubanos de Miami, y el primo lo iba a emplear como intendente de transporte; en asunto de dos días entregaba la estación de gasolina, y antes de acabar la semana estarían del otro lado de la frontera. Las cosas se les facilitaban porque no tenían hijos.

Se notaba tranquilo, se diría contento de botar aquel peso de encima, y el inspector Morales ya no se atrevió a preguntarle: ¿y usted? ¿Qué va a pasar con usted? Ahora, sin ramas a las que disparar, sólo quedaba el tronco al descubierto.

En el alma de monseñor había mucho de ingenuidad, una ingenuidad peligrosa, y así lo había discutido la noche anterior con Lord Dixon, acosado de pronto por el desvelo.

—Sin eso que usted llama ingenuidad, no hay santidad, inspector —dijo Lord Dixon.

—¿Un pastor no es más útil al rebaño vivo que muerto? Lo matan, le hacen una estatua de santo, y a esa estatua después la cagan los murciélagos en su altar.

—¿Y en la guerrilla no pensó usted que era más útil vivo en la cama de una mujer, que muerto en el monte, a merced de la zopilotera?

—Yo nunca puse el pescuezo para que me degollaran, para eso tenía mi arma, siempre bala en boca.

—Monseñor está armado con la palabra. La palabra es más potente que una ametralladora cuatro bocas, camarada.

—Ésas son pendejadas tuyas. Las balas también atraviesan sotanas, como pusieron esos hijos de su madre en el pasquín, y no hay palabra que las detenga.

—¿Usted volvería a agarrar un arma, inspector?

—La pistola que andaba me la quitaron los secuaces de Tongolele antes de expulsarme a Honduras. Por eso ando desarmado.

—¿Y si la tuviera, la dispararía?

—En caso de necesidad, ni lo dudés. Como no puedo correrme porque soy renco, no voy a entregar gratis el cuero.

—Ésas son rajonadas suyas. Ya el pulso le tiembla, y antes de que logre disparar, lo cosieron a balazos.

—Me estás preguntando, yo respondo.

—Sus tiempos de volar verga ya pasaron. Por eso piensa que tampoco monseñor debe luchar por lo que cree justo. Con su arma, que es la palabra.

—Cuando se trata de tergiversar, vos sos el gran maestro de los tergiversadores.

—¿No llamó usted mismo ingenuo peligroso a monseñor? Eso es lo que, estoy seguro, dicen de él los altos dignatarios de la Iglesia que viven cagados de miedo. ¿Y qué es lo que dijo Cristo? «No he venido a traer la paz, sino la guerra.» Monseñor libra su guerra desde el púlpito.

—¿Vos sos teólogo acaso?

—Lo que pasa es que cuando la barriga pesa, la conciencia se aburguesa —dijo Lord Dixon.

—Andate a la mierda —dijo él antes de caer al fin dormido.

Cuando llegaban a Totogalpa, antes del empalme que lleva a Somoto hacia el norte, y a Estelí hacia el sur, y de allí a Managua, Rambo, desde el asiento de atrás donde viajaba, en busca de oír música, encendió el radio, sintonizado en la estación Madre y Maestra. Transmitía el sermón de monseñor en la última misa dominical. Iba a cambiar de estación, pero el inspector Morales le agarró el brazo para detenerlo. Quería seguir oyendo:

«... porque hay dos Nicaraguas, mis queridos hermanos en Cristo Jesús: la de quienes se lucran del cacareado crecimiento, la de la bacanal sin fin, la de la minoría egoísta, la de la oligarquía vieja que sólo cree en el dinero, y la de la nueva clase fastuosa y arrogante de quienes un día se llamaron revolucionarios, y hoy también sólo creen en el dinero. El dinero los une, por eso pactan entre ellos, por eso se reparten las vestiduras del país, como los sayones al pie de la cruz del Salvador. Y la otra Nicaragua marginada, la de la inmensa mayoría, la de la pobreza que ofende, la de los campesinos que comen guineo con sal, la de los humildes trabajadores que no tienen segunda muda. Y vemos eso y no decimos nada.

»Vimos cómo aquellos que cuando eran jóvenes lucharon por un mundo nuevo le daban un golpe de Estado al pueblo cambiando la Constitución para perpetuarse en el poder en nombre de una revolución ya muerta, y no dijimos nada. Vimos cómo se robaban las instituciones y las prostituían, y tampoco dijimos nada. Vimos cómo se apoderaban de la policía y del ejército y nos callamos. Qué cómodo es callarse. Y qué cobarde.

»Vimos cómo se adueñaban de los sindicatos y ni parpadeamos, ése no era nuestro problema. Pretendimos no ver cuando se apoderaron de las radios y las televisoras y nada dijimos. Vimos cómo saqueaban el Seguro Social, cómo descaradamente nos robaban nuestros ahorros para un retiro digno, y seguimos en silencio.

»Vemos cómo en nuestra cara despalan los bosques, asolan los pinares, secan y envenenan los ríos, y todos muy bien, gracias. Vemos cómo cambian los libros de historia y los llenan de mentiras, cómo pisotean la educación, cómo se apoderan de las universidades. ¿Y a nosotros qué?

»Y lo más increíble, vemos cómo el rico Epulón, vestido de púrpura y de lino fino, ávido de negocios, como si no tuviera ya bastante, se sienta en la mesa presidencial de Caifás. Vemos cómo ríen y celebran entre ellos, los unos y los otros, los viejos ricos y los nuevos ricos, se los digo y repito, rodeados de flores para que no se sienta el olor a muerte, el olor a corrupción, y tampoco decimos nada. Y seguimos callados cuando tiran las migajas que sobran del banquete en forma de chanchos y de gallinas y de láminas de zinc para apaciguar a los pobres.

»Y vemos cómo crecen sus turbas, que garrotean sin piedad al que se atreve a manifestarse, y tampoco decimos nada. También vemos a las patrullas del ejército en el campo matando campesinos, como aquí no más en Susucayán nuestro hermano Celedonio Rivera. Los vemos acusar a esa pobre gente de tener armas escondidas, de ser abigeos, mariguanos, contrabandistas de drogas, cuando ni siquiera tienen segunda camisa que ponerse. ¿Y nosotros qué? Silencio. Y vemos a la policía dedicada a reprimir, amparando a las turbas, metiendo en la cárcel al inocente, y todos callados. ¿Hemos de estar siempre callando?

»Y más impuestos para hacer más árboles de lata, más caprichos esquizofrénicos y menos comida en casa del trabajador esquilmado, y no decíamos nada. Pero el pastor que huele a oveja pone el oído cerca del corazón de la gente humilde, de los que sufren... gente digna... jóvenes... tanto oprobio... abuso... crujir de dientes... dos Nicaraguas... una sola...»

La señal de la emisora se perdió cuando dejaban atrás Yalagüina.

—¿Será que callaron a pija a esa radio? —preguntó Rambo.

—El transmisor FM es de medio kilo, no da para mucho —el padre Pupiro manejaba con cautela, las dos manos agarradas al timón—; milagro ha llegado hasta aquí.

—Pero quienes le llevan la cuenta a monseñor sí que lo escuchan bien, y le graban todas sus palabras —el inspector Morales apagó la radio.

—Estamos en manos del Señor, y a él nos encomendamos.

—Y en manos de los paramilitares.

—No se meta donde no lo llaman a predicar, hágame caso —dijo Lord Dixon.

—Nosotros no podemos ser curas con bozal. El pastor medroso que no enfrenta al lobo pierde sus ovejas.

—Hasta que el pastor se gana la palma del martirio en las fauces del lobo —replicó el inspector Morales.

—Los pastores perfumados se vuelven aliados del lobo, inspector. Nosotros, ya oyó a monseñor, somos pastores con olor a oveja.

—Esos sermones no le hacen ni cosquillas en las orejas al lobo —intervino Rambo.

—Aquí vienen los refuerzos —dijo Lord Dixon—. Un teólogo de peso este su amigo.

—Pero alertan a las ovejas de que el lobo las acecha —respondió el padre Pupiro.

—¿Y usted cree que las ovejas quieren escuchar? —volteó a mirarlo el inspector Morales—. Monseñor hablaba de los que se callan. Pero también los pobres se callan, por miedo, o por conformidad, por desidia. O porque son partidarios del lobo.

—Entonces, según ustedes, el remedio es seguir callados, y no buscar que los demás hablen, que protesten, que tomen conciencia —el padre Pupiro golpeaba pausadamente el timón.

—El que se atreve a hablar, después que lo llevan a dar un tour para que conozca las celdas subterráneas de El Chipote, se queda mudo para siempre —Rambo se había recostado en el asiento, las manos trenzadas en la nuca.

El cuello y las mejillas del padre Pupiro se pusieron de un rojo que tiraba a violeta.

—Y ustedes dos, ¿no es que fueron guerrilleros que lucharon contra la injusticia? —dijo con sarcasmo.

—Se les ensarró el fusil y se les ensarró la mente, padre —dijo Lord Dixon.

—¿Y de qué sirvió? —el inspector Morales hablaba con toda calma—. Nos pusimos a montar entre todos un muñeco parecido a Buzz, el astronauta que grita ¡al infinito y más allá!, y vea lo que salió: Chucky, el muñeco diabólico.

—Yo creo que nos salió más bien Freddy, jefe, el hijueputa ese de la mano ennavajada que se mete en las pesadillas y lo mata a uno dormido. Yo con esas películas me cago de miedo.

—El muñeco siempre hay que empezar a armarlo de nuevo, hasta que salga bien —dijo Lord Dixon—. Si se da una vuelta por mi actual domicilio, inspector, se va a dar cuenta de que el tiempo nunca se agota, de modo que la prisa es una gran pendejada.

—El país hay que volver a construirlo sin armas de muerte, es lo que queremos quienes pastoreamos el rebaño.

—Pero hay curas que han agarrado las armas —dijo el inspector Morales—. El comandante de mi columna en el Frente Sur era uno de ellos, el padre Gaspar.

—Y si resucitara, se encontraría con ese muñeco diabólico que usted mismo dice, y le costaría creerlo, inspector. Y no cabe duda de que empezaría a buscar cómo armar otro que sí sirva. Y el mejor manual es el Evangelio.

—Deje de provocar al padre, inspector —dijo Lord Dixon—. Ya para broma es suficiente.

—¡No estoy bromeando! —el inspector Morales se sorprendió al oírse hablar en voz alta.

—Yo tampoco estoy bromeando —el padre Pupiro se puso enfurruñado.

—Al jefe le agarra a veces por hablar solo. No le ponga mente, padre —buscó Rambo como calmarlo.

El padre Pupiro, sin darse por enterado, revisó el marcador de combustible en el tablero.

—Vamos a tener que pararnos en la primera gasolinera que hallemos. Esta carcacha traga gasolina como mil demonios.

Se acercaba el mediodía cuando dejaron atrás las últimas estribaciones de la cordillera Dariense y entraron en el valle de Sébaco que la carretera Panamericana partía en línea recta. El sol espejeaba sobre los charcos de los arrozales anegados, y una avioneta fumigadora de doble ala, pintada de amarillo limón, regaba insecticida en vuelo rasante, espantando las bandadas de garzas, mientras el olor del veneno se metía por las ventanas de la Mahindra, que no tenía aire acondicionado. En uno de los pases, la cara del piloto se hizo visible desde la carlinga, antes de que volviera a elevarse.

A la vista de la avioneta que iba y volvía sobre sus cabezas soltando chorros de insecticida por las boquillas de las mangueras instaladas bajo las alas, el padre Pupiro empezó a contarles de otra avioneta que una mañana, cuando era niño, voló sobre los techos de Catarina lanzando paquetes. En gran insolencia los colegiales abandonaron la escuela para agarrar los que pudieran de aquella lluvia celestial: serían confites, sería comida enlatada, serían regalitos sorpresa de alguna casa comercial. Ya media población se peleaba en las calles y en el atrio de la iglesia por los paquetes que se habían roto en la caída, y él se abalanzó sobre uno, disputándoselo con los otros colegiales.

—¿Y qué creen? —agregó—. Moscas, eran huevos maduros de moscas, las moscas salían de los cascarones y volaban en multitudes.

—¿Por qué esa burla de tirar moscas? —Rambo se adelantó en el asiento trasero.

—Burla ninguna. Eran moscas macho esterilizadas para acabar con la plaga de la mosca del Mediterráneo que asolaba los frutales. Y volvimos contritos a la escuela, vaya pendejos. El más avergonzado de todos el maestro, que se había venido con nosotros a ver qué agarraba.

—Aquí los camaradas búlgaros instalaron en aquellos tiempos una fábrica de conservas —el inspector Morales señaló al lado de la carretera unas inmensas naves abandonadas.

—¿Para enlatar qué cosa?

—Todo el tomate cosechado en este valle, padre. Tomates enteros pelados, pasta de tomate, jugo de tomate, salsa de tomate, jalea de tomate, almíbar de tomate.

—Una excelente idea —asintió el padre Pupiro.

—Pero la soldadura de la tapa de las latas se oxidaba siempre. Tecnología socialista, así que la inversión se fue toda a la mierda, con perdón suyo. Una ilusión perdida, como la de usted con los paquetes de moscas.

—Paquetes de moscas, latas de tomates, tomates pelados... Da para una letra de hip hop —Rambo ensayaba a llevar el ritmo golpeándose las rodillas.

El padre Pupiro quitó el pie del acelerador. Llegaban a la gasolinera ubicada en el triángulo donde la carretera a Matagalpa se separaba de la carretera Panamericana, y antes de que pudiera entrar en el playón de los surtidores, sonaron varias detonaciones. Un estallido seguido de otro, y una humareda que avanzaba envolviendo los vehículos que buscaban orillarse o retrocedían. Los choferes de los furgones saltaban desde las cabinas y corrían a refugiarse en los locales comerciales de las veredas, y se dispersaban en estampida los vendedores de cebollas, remolachas, tomates, zanahorias, rábanos, que solían apostarse en el triángulo.

El inspector Morales se apoyó en Rambo para bajar, olvidándose del bastón, y ya cuando la nube acre de los gases lacrimógenos los alcanzaba entraron los tres a tropezones en la tiendita de ropa Modas Jaqueline, derribando en el tropel los maniquíes de la puerta, mientras la Mahindra quedaba a media calle con las puertas abiertas.

La propietaria corrió a meter los maniquíes derribados, bajó con un gancho la cortina metálica, cerró la puerta de vidrio y los empujó por el pasadizo entre los percheros de los que colgaban camisetas, blusas, shorts, jeans, faldas, hacia el interior donde se hallaba su vivienda, por aquí, padres, una sala con un espejo de pared de moldura de yeso dorado y un juego de sillones de terciopelo cubiertos por fundas transparentes, junto a los sillones la mesa de comer forrada de formica, las sillas apretadas alrededor, al centro de la mesa un frutero con frutas de plástico, peras, manzanas, un racimo de uvas, parece una mueblería, pensó Rambo, en una esquina una cuna de altos barandales, el niño me lo cuida en el día mi mamá, dijo ella como si les debiera una explicación, en otra esquina un televisor con una sábana bordada encima, Jaqueline, para servirles, padres, al lado del televisor una refrigeradora, encima de la refrigeradora un abanico de cuatro velocidades, sección de electrodomésticos, se dijo Rambo, siéntense, háganme el favor, les pidió ella, y se sentaron sobre las cubiertas de plástico, fue a la cocina que daba al patio, volvió con una panita de plástico llena de agua y limones partidos, entró al dormitorio y trajo una toalla de mano, lávense los ojos, y hay que chupar limón, eso ayuda, también ayuda el bicarbonato pero no tengo.

—Mil gracias, no es necesario, los gases no alcanzaron a afectarnos —el padre Pupiro le devolvió la toalla.

Afuera sonaron más detonaciones, esta vez más sordas. Enseguida, dos o tres estallidos profundos.

El inspector Morales puso oído.

—Ésas ya no son lacrimógenas, son escopetas de repetición que disparan balas de goma. Y la gente está contestando con morteros caseros.

—Y ésas de ahorita mismo son ráfagas de fusil —terció Rambo—. Munición viva.

—Y estos padres, ¿cómo es que saben tanto de armas? —se extrañó Jaqueline.

—Cuando estábamos por entrar al seminario nos reclutaron a la fuerza para el servicio militar patriótico —sonrió el inspector Morales.

—Entonces, si son balas, están tirando a matar contra esos muchachos —Jaqueline empezó a sollozar.

—Ojalá estén disparando al aire, pero con estos bárbaros nunca se sabe —el padre Pupiro se acercó a consolarla.

—¿Quiénes son los muchachos que andan en la protesta? —preguntó Rambo.

—Estudiantes del Instituto Nacional, que reclaman la libertad de tres compañeros presos, y también del Colegio San Luis Gonzaga que los apoyan —Jaqueline se limpió las lágrimas con la toalla—. Los capturaron ayer por subversión, según la maldita policía.

—¿Y cuál es la subversión? —preguntó el inspector Morales.

—Ay, padre, todo porque los chavalos no dejaban entrar al instituto a una cuadrilla de operarios del Ministerio de Obras Públicas que llegaban a instalar un árbol de la vida en el patio.

—Y la Juventud Sandinista de ese instituto ¿por qué no los garroteó? Están entrenados para eso —preguntó Rambo.

—A su socio lo veo con ganas de ir a agarrar otra vez el palo, inspector —dijo Lord Dixon.

—Quisieron, pero se sintieron en minoría. Entonces llegaron los comités ciudadanos a reforzarlos, y fueron ellos los que golpearon y capturaron a esos tres, dos muchachos y una muchacha, y se los entregaron a los policías que estaban afuera rodeando el instituto.

—Son las fuerzas de choque, ahora hay brigadas en cada cabecera municipal —informó Rambo.

—Habla la sabia voz de la experiencia —dijo Lord Dixon.

—Ésas no son palabras de un sacerdote, modérese, padre —el padre Pupiro amonestó por lo bajo a Rambo.

—¿Y cómo es que las turbas entraron al instituto, señora? —preguntó el inspector Morales.

—La propia directora, que es batracia de las peores, les abrió el portón.

—¿Batracia? —se extrañó el padre Pupiro.

—Pues, sapa, padre. Todos esos arrastrados son sapos y sapas, repulsivos y venenosos...

—¿Ustedes saben quién está detrás del invento de esos árboles de fierro? —la interrumpió Rambo—. La profesora Zoraida.

—¿Y quién es esa profesora Zoraida?

—El porvenir es minucia para ella, señora —siguió Rambo—. Lo lee de corrido; y anda suelta por los aires, vagando como libélula, entendiéndose en pláticas con otros hechiceros misteriosos de su misma categoría. Y para peor, como si algo le faltara, es la mamá de Tongolele.

—Ya he oído hablar de esa bruja. Pero ¿quién es Tongolele?

—El asesino más grande de este país, sólo que nunca da la cara. —Rambo se quedó sombrío.

—Como a los presos se los llevaron para Managua, a lo mejor ese mismo Tongolele los va a estar esperando en El Chipote para dirigir la tortura. Todo esto es horrible, padre. La muchacha es mi sobrina.

El inspector Morales buscó instintivamente en el bolsillo su libreta, como si quisiera anotar la información.

—No hay nada que apuntar —dijo Lord Dixon—. ¿Qué quiere? ¿Irles a hacer compañía a El Chipote Hilton a esos estudiantes, por sabihondo?

—Mi sobrina se llama Yubranka Molina Arauz, estudiante de tercero de secundaria, quince años recién cumplidos —Jaqueline miraba al inspector Morales y hablaba de manera espaciada, como si le estuviera dando tiempo de anotar—. Y el nombre de su mamá, mi hermana mayor, es Julie Arauz de Molina. Se fue desde anoche para Managua a ver qué averigua, pero de la cadena de la entrada de El Chipote no la han dejado pasar.

—Vamos de mal en peor —el padre Pupiro meneó la cabeza con desconsuelo—. ¡Niñas en la cárcel!

—Las niñitas son las que más los atraen a esos sádicos libidinosos. Desnudas las ponen a hacer sentadillas en presencia de todos ellos —Rambo recobró de nuevo sus energías.

—No le haga caso al padre, señora, que desde que estábamos en el seminario tenía fama de exagerado —buscó cómo tranquilizarla el inspector Morales.

—Quítenle la sotana de inmediato a este cafre —dijo Lord Dixon—. Bueno, si no es sotana, lo que sea, el alzacuello ese. Es una vergüenza su comportamiento.

—¡Qué no sabremos de lo que son capaces! Pero a esa muchachita, mi sobrina, no la doblegan así no más, no saben con quién se han metido.

De pronto, como si se recriminara por un olvido grave, fue a quitar la sábana que cubría el televisor, y se apresuró a buscar el comando para encenderlo.

El canal Cien por Ciento Noticias pasaba tomas de videos subidos de los teléfonos donde se mostraban protestas callejeras en León, Jinotega, Masaya, Diriamba, Jinotepe, Nandaime. El motivo era el mismo, los árboles de la vida. A los estudiantes se sumaban transeúntes, empleados de oficinas, cajeros de bancos, dependientes de comercio, vendedores callejeros, motociclistas, taxistas, conductores de caponeras, gente que acudía de los barrios.

—El pueblo de Dios no estaba tan dormido —el padre Pupiro miró triunfante al inspector Morales, que siguió con la vista fija en el televisor.

—Vamos a ver cuánto tiempo dura despierto. No vaya a ser alegrón de burro, padre.

—El Señor ha bendecido a Nicaragua con estos muchachos, no se equivoque. Loado sea su nombre —el padre Pupiro juntó las manos.

—Los otros dos presos, Berman, el noviecito de mi sobrina, y Donald, su primo, vienen a estudiar a veces aquí con ella. Debieran oírlos, parece que ya nacieron adultos, cómo razonan, cómo explican, la revolución traicionada, la dictadura, la democracia.

—La semilla germina más fecunda en el muladar en que han querido convertir a este país —sonreía, exultante, el padre Pupiro.

—Berman metió todos esos pensamientos en un rap que compuso. Es una música que detesto, pero esa letra sí que hay que oírla.

—Aquí frente a usted tiene a un compositor de hip hop que hará época —dijo Lord Dixon—: paquetes de moscas, latas de tomate, la cosa está hosca, bombas de mecate...

Las detonaciones se volvieron esporádicas, hasta que por fin cesaron, y se oyó en la carretera el ruido de los motores que se ponían de nuevo en marcha. Jaqueline fue a levantar a medias la cortina metálica de la tienda, y regresó para informarlos de que ya estaba libre el paso.

—Podemos irnos entonces —el inspector Morales buscó inútilmente su bastón.

—Sí, nos esperan en Managua en la catequesis —asintió Rambo.

—¿Tuvo algún accidente, padre? —preguntó Jaqueline al inspector Morales.

—Jugando futbol en el seminario me quebraron la tibia de una patada —respondió.

—Fui yo —Rambo lo ayudaba a incorporarse—. Pero sin querer, él se me vino de frente, y yo era un muro en la defensa.

—Antes de irse denme su bendición —pidió Jaqueline.

Sin que el padre Pupiro pudiera hacer nada, Rambo se adelantó y la bendijo, alzando la mano sobre su cabeza, mientras ella se inclinaba respetuosamente.

—Allá usted si no detiene esta farsa inconsecuente, inspector —dijo Lord Dixon.

La Mahindra seguía a media calle con las puertas abiertas y en el aire aún se sentía el olor de los gases, que picaba en la nariz.

—¿No será mejor regresarnos a Ocotal? —vaciló el padre Pupiro al subir—. En el camino de aquí a Managua debe haber cantidad de retenes.

—Ni quiera Dios la Rita Boniche si nos ve de nuevo las caras. Si se reconcilió con nosotros fue porque ya nos íbamos. El jefe es testigo.

—Y habrá retenes también de aquí a Ocotal —asintió el inspector Morales—. No queremos comprometerlo, padre; si nos deja en la parada, nosotros seguimos en bus para Managua.

—De ninguna manera. Mis instrucciones son dejarlos en manos del padre Pancho. Que sea la voluntad del Altísimo.

—Todo es que no nos pidan las cédulas —el inspector Morales terminó de acomodarse en el asiento.

—Recemos por que no —el padre Pupiro encendió el Mahindra y se puso en marcha.

La policía de Sébaco estaba desviando el tráfico a Managua por calles aledañas, hacia el occidente del poblado, y se metieron en la fila de vehículos que se desplazaba lentamente hasta alcanzar un camino lleno de baches, paralelo al curso del río Grande.

Cuando salieron de nuevo a la carretera Panamericana, un destacamento de policías antimotines custodiaba el acceso al puente sobre el río, y agentes de civil, con los rostros cubiertos por pasamontañas, se encargaban de autorizar el paso. En lo alto de la armazón metálica del puente ondeaban banderas del Frente Sandinista.

El padre Pupiro repasaba las cuentas del rosario enredado entre los dedos, sin dejar de empuñar el timón, pero todo fue más sencillo de lo que imaginaban. Cuando les tocó el turno, el enmascarado se asomó por la ventanilla para examinar sus caras, y golpeó el techo de la cabina en señal de que podían seguir adelante. Rambo aún tuvo tiempo de darle la bendición.

—A éste ya le gustó eso de andar haciendo la señal de la cruz —dijo Lord Dixon—. La próxima vez lo vamos a ver sentado en el confesionario.

El padre Pupiro metió el pie en el acelerador para alejarse lo más rápidamente posible del puente, y buscó en el dial la radio Corporación. El locutor reportaba protestas en Managua. Los estudiantes universitarios se habían congregado en el centro comercial Camino de Oriente, vecino a la carretera a Masaya, estallaban las bombas lacrimógenas y la policía antimotines disparaba contra las vidrieras de las tiendas y cafeterías donde se refugiaban los manifestantes perseguidos. Los presos y heridos se contaban por docenas.

—Todo por unos árboles de lata —se quejó Rambo.

—Que esos árboles de lata no nos impidan ver el bosque —el padre Pupiro subió el volumen del radio—. Sólo son la gota que ha rebasado el vaso de la ignominia.

A mano derecha de la carretera se alzaba en la distancia, por encima del verdor de los árboles, la torre solitaria de la iglesia de San Pedro Apóstol de Ciudad Darío, y también por encima de los árboles se dispersaba la humareda de los gases, mientras se escuchaban, lejanos, los estallidos de las bombas.

—También se han levantado los muchachos en la cuna del poeta —el padre Pupiro se mostraba cada vez más contento.

—Rubén Darío nació en Metapa, antes Chocoyos, y hoy Ciudad Darío... —recitó Rambo.

—Algo aprendió en la escuela primaria su ilustre socio —dijo Lord Dixon.

—Adónde irá a parar todo esto... —suspiró el inspector Morales.

—Si nos atenemos a lo que usted piensa, esto no va a parar a ninguna parte —el padre Pupiro apartó por un instante los ojos del volante para mirarlo con severidad.

—Nosotros sí sabemos adónde vamos a parar, jefe. Directo a la boca del lobo.

—No haga caso de un pobre guerrillero desilusionado —el inspector Morales acercó la mano al hombro del padre Pupiro.

—La oscura y maloliente boca del lobo —dijo Lord Dixon—. Y sus garras afiladas.

Se acercaban al pueblo de Las Maderas, ya en el departamento de Managua, cuando el celular del padre Pupiro se encabritó con un zumbido de moscardón. Aminoró la velocidad para responder, se pegó el aparato al oído, y sólo lo escucharon decir tres veces «¡Madre santísima!». Volvió el aparato al bolsillo y se persignó.

—Monseñor, lo agredieron con un tubo al salir de la casa cural. Lo dejaron inconsciente de un golpe en la cabeza. Lo traen para Managua en una ambulancia.

6. La caja china

La falsa agencia aduanera de Las Colinas fue la residencia de un ministro de Agricultura y Ganadería del último Somoza, confiscada por la revolución, pero de eso hace tanto tiempo que nadie recuerda quién era aquel ministro ni dónde vivía.

La oficina de Tongolele se halla en el dormitorio principal que un día ocuparon el ministro y su esposa, reina en su juventud de la Feria Agropecuaria Nacional que Somoza inaugura cada año, y la estancia aún conserva los pesados cortinajes color oro viejo que huelen a orín de ratones, nunca apeados de sus correderas para ser lavados, y siempre cerrados, con lo que la penumbra es constante.

El escritorio metálico está instalado de cara al ventanal, en el mismo lugar de la cama, y atornillado en la pared frontal hay un televisor de plasma. En los clósets de caoba oscura, que cubren todo el largo de una de las paredes, recogen polvo los expedientes secretos ya antiguos, acomodados en cajas de cartón. En el cuarto de baño, de dimensiones suntuosas, se alinean archivadores metálicos a prueba de fuego, dotados de cerraduras de combinación que al final del día se sellan con lacre, donde se guardan los expedientes en uso. Tongolele ha mandado a instalar, además, una reja en la puerta. Cada vez que quiere hacer sus necesidades en aquella especie de bartolina, donde la loza del inodoro, el bidet y el lavamanos son de color rosado, debe quitar llave a la reja.

Las demás habitaciones han sido transformadas también en oficinas para los oficiales de inteligencia, y entre ellas está la de una hermana paralítica del ministro conde-

109

nada a su cama de por vida, que había gozado de fama de santa. Nunca hizo milagros, pero tenía sueños proféticos que al amanecer anotaba en papelitos guardados luego bajo la almohada, como ocurrió al adivinar el terremoto de Managua en 1972. En otro de sus sueños vio a Dinorah Sampson, la amante de Somoza, corriendo desesperada por la calle de una ciudad extraña mientras repetía entre sollozos «manora, manora», y mandó a prevenirla del peligro entrañado por esa palabra, que vino a ser el nombre del barrio residencial de Asunción, Paraguay, donde el dictador, años después, ya en el exilio, fue descuartizado por un disparo de bazuca cuando iba a bordo de su Mercedes-Benz.

Nadie recuerda tampoco cómo se llamaba aquella pitonisa inválida que junto con el ministro y el resto de su familia siguió a Somoza en su exilio y es ahora su vecina, callejón de por medio, en el cementerio Caballero Rivero Woodlawn Park North en Miami; y tampoco se recuerdan sus profecías, ni sabe nadie que la carta dirigida al diario *La Prensa* donde contaba su sueño del terremoto de Managua quedó entre los escombros de la sala de redacción, ya titulada con lápiz rojo por el editor de turno para ser publicada al día siguiente: «Curiosa ocurrencia de una lectora».

El comedor de vigas expuestas sirve de sala de reuniones, la misma mesa y las mismas sillas de estilo Tudor donde la familia del ministro se sentaba a comer; y como en la falsa agencia aduanera no se recibe a nadie, la sala, de la que han desaparecido los muebles, es sólo un desolado lugar de tránsito.

Si alguna vez Tongolele descorriera los cortinajes del dormitorio en el que despacha, se encontraría tras el ventanal la piscina vaciada años atrás, donde el monte brota entre las rajaduras del piso de azulejos y las ranas croan en coro en los charcos dejados por la lluvia, apenas llega el atardecer.

Y si algún visitante pudiera trasponer las puertas de la falsa agencia aduanera, notaría la pobre luz de las oficinas, candelas fluorescentes en constante zumbido atornilladas a los techos; pero, sobre todo, el persistente tecleo de las máquinas de escribir, el ruido del papel al ser sacado del carro, y el timbre que anuncia que el mecanógrafo ha llegado al fin de una línea. Un militante del barrio Los Ángeles, dueño de un taller de reparación de máquinas de escribir, ya sin clientela, es el encargado de componer las viejas y pesadas Underwood cada vez que flaquean, lo mismo que repara la de Tongolele, una Remington portátil. Lo más moderno que además del televisor tiene en su propia oficina es un fax conectado a una línea telefónica de número olvidado, y que sin motivo alguno repica a deshoras.

Tanto los asesores cubanos del G-2, que volvieron a aparecer al triunfo electoral de 2006, y a quienes Tongolele sigue guardando devoción y respeto, como los venezolanos del SEBIN, demasiado hablantines y pagados de sí mismos, han querido forzarlo a usar el sistema de encriptado digital Skorpion, ligado a un código satelital: computadoras, módems, codificadores, antenas y entrenamiento técnico, como parte de un paquete de cooperación que se firmó con el SFS ruso, pero nunca se cumplió, debido a su reticencia. Los informes escritos a máquina, de los que se saca una única copia al carbón, y los expedientes guardados en los archivadores en el baño de su oficina nunca han sufrido la más mínima filtración.

De la veda de computadoras en sus dominios, hace una sola excepción con su asistenta personal, la teniente primera Yasica Benavides, alias la Chaparra, que ocupa el antiguo dormitorio de la vidente, vecino a su despacho.

La Chaparra es originaria de la comarca de Yasica Sur, en las montañas de Matagalpa, de allí su nombre de pila. Es hija de una pareja de colaboradores históricos de la guerrilla sandinista, su padre lanzado al vacío desde un helicóptero militar sobre las espesuras del cerro del Diablo, y tenía un hermano muerto en combate en la Operación Danto contra los campamentos de la contra en Honduras en 1988. Y si Pedrón es la mano izquierda de Tongolele, ella es su mano derecha. Ancha de caderas, inflada de busto y corta de estatura como lo denuncia su apodo, de sus padres militantes la Chaparra ha heredado una lealtad ciega con el partido.

Su mayor tesoro es una foto tomada en la Casa de los Pueblos la noche de la ceremonia en que la condecoraron, junto con otros cuadros medios de la policía y del ejército, con la medalla a la fidelidad en el servicio a la patria y a la revolución. Hubo una foto de grupo, pero a ella la trataron de manera especial, porque cuando habían pasado ya al brindis la mandaron a llamar, la pusieron en medio de la pareja, y, teniendo como fondo la consabida montaña de flores, se tomaron con ella una foto que después le enviaron de la Dirección de Protocolo, enmarcada y firmada por ambos.

Se acerca ya a los cuarenta años la Chaparra, y ni sobre el asunto de su soltería ni de su estatura ni sobre ninguna otra cosa acepta bromas; se alza sobre la planta de los pies, encrespada, y es capaz de escupirte. Pasó una vez que Pedrón le susurró al oído, con deje de galán de cine ranchero: lo que se va a comer el gusano que se lo coma el cristiano, Chaparrita, dame ese gusto y te lo das vos también al mismo tiempo, no te vas a arrepentir; ante lo que ella no tuvo más remedio que callar, los ojos anegados de lágrimas, la quijada temblando de rabia, porque el jayán aquel era capitán, ella teniente primera y sólo le tocaba tragarse la bilis.

Se ha casado con la revolución y es feliz en su matrimonio ideológico, como las monjitas lo son al haberse desposado con el Espíritu Santo; pero aun las monjitas más castas terminan cayendo en el abismo tenebroso del pecado, opinaría Lord Dixon. Salió preñada, y resultó que Pedrón, escuchado por fin en sus súplicas, era al final de cuentas el padre de la criatura, negándose al principio a reconocer su fechoría. Pero Tongolele lo puso en confesión: es cierto que le dimos gusto al cuerpo una líquida vez y vea qué mala suerte que fue tiro seguro, comisionado. Vaya animal más grande, lo regañó Tongolele, ¿y ahora qué vas a hacer? Pues si a usted le parece nos casamos y santas paces, se avino Pedrón. La Chaparra se negó: a mi hijo lo crío sola, sin necesidad de estar oliéndole los pedos a nadie.

Le abre sin embargo en las noches la puerta de su vivienda en los multifamiliares del barrio San Antonio, polvos esporádicos, eso Tongolele lo sabe, porque se mete Pedrón a la oficina de ella, asienta las grandes manos sobre el escritorio, le dice cuatro palabras, contesta la Chaparra en cuchicheos, siempre emperrada, y él se va, como que no ha pasado nada, o lo ha rechazado una vez más, pero Tongolele sabe que la cita ha quedado concertada.

Una mano derecha eficiente, de memoria infalible, tanto que es capaz de recitar el contenido de cada una de las carpetas encerradas tras la reja del baño en los archivadores a prueba de fuego: las rojas para los casos perdidos, sujetos a los que hay que joder sin contemplaciones, dejando huella explícita del escarmiento; las azules para quienes tienen cola y puede ofrecérseles acuerdos de colaboración a cambio de no hacer públicas las pruebas de sus pecados, infidelidades matrimoniales, maridos homosexuales; las amarillas para los que hay que vigilar de cerca como desafectos en potencia; y las verdes para los fieles, de todos modos bajo atención porque nadie está exento de pecar. Al rubro verde pertenece el expediente de la profesora Zoraida.

La computadora única en poder de la Chaparra se usa en la falsa agencia aduanera para búsqueda de datos en la red, sobre todo, y en su casa tiene otra, por si Tongolele necesita alguna información fuera de horario; y apenas regresa del trabajo, tras dar de cenar a su hijo Daniel del

Rosario, que ya cumplió ocho años, y ayudarlo con las tareas, se dedica a trolear a cuanto enemigo del gobierno de Amor, Paz y Reconciliación se le cruza en el camino.

Aquella mañana del martes, cerca de las once, la Chaparra entra a la oficina de Tongolele, sin llamar, como siempre, la libreta de resorte en la mano y el bolígrafo metido dentro del pelo.

—Está encendida la calle, comisionado, hay una protesta en Camino de Oriente Más grande que la de ayer.

—Ya me di cuenta, Chaparrita. Al venir para acá me encontré a esas pandillas por todos lados.

—La mayoría son estudiantes de las universidades. Pero se les ha juntado gente de la calle.

—¿Han podido identificar a los cabecillas?

—Los muchachos están trabajando en eso, en base a las fotos que han tomado los agentes en el terreno, pero al parecer no es gente que tengamos en los expedientes.

—¿Hemos logrado infiltrarles gente?

—Estamos intentando, pero por lo mismo de que los cabecillas son caras nuevas, no es tan fácil ponerles cola.

—Y la policía, rascándose las pelotas, como siempre.

—Ya están allí los antimotines. Ha habido heridos y destrozos en los comercios.

—Bueno, que les vuelen garrote, para eso les pagan.

—Fueron activadas las fuerzas especiales —sigue reportando la Chaparra—; y también las brigadas de choque de los barrios, las están transportando en buses.

Cuando se trata de emergencias, la caja china llega de improviso trayendo la cita a la reunión, pero a esas alturas el edecán no ha aparecido. Si estaban movilizando desde los barrios a las turbas divinas, lo cual significaba alerta roja, es porque se ha dado una reunión del Consejo Operativo de Seguridad. Todo sin él.

—¿Quién te está informando?

—Los agentes en el terreno, comisionado. Pero todo lo que recogen es puntual.

—¿Y el oficial de enlace en la jefatura de la policía? ¿Cuál es el reporte?

—Ninguno. No contesta, me dicen siempre que está en reunión.

—Poneme al primer comisionado —le ordena.

A la Chaparra le gusta usar guayaberas de manga corta, de esas jaretadas, de cuatro bolsillos, y de uno de ellos saca el celular cuya cubierta nacarada lo hace parecer un estuche de cosméticos. Con un toque marca el número prenotado, y desde su escritorio Tongolele puede escuchar el zumbido que se repite distante, sin esperanza.

El comisionado Victorino Valdivia —conocido en las filas clandestinas como Melquíades, porque en aquellos tiempos *Cien años de soledad* andaba de mano en mano en las casas de seguridad y se había convertido en un manual para seudónimos de guerra— nunca tarda más de diez segundos en responder a sus llamadas. Lo trataba siempre con servilismo empalagoso, simplemente porque le tenía miedo.

Desde la noche anterior Tongolele trata de ignorar la conversación con su madre, pero no puede. Es un claveteo desconsolado en el plexo solar, que unas veces lo hace enojarse consigo mismo y otras lo avergüenza, si serás pendejo, ¿qué es lo que te preocupa? Pero se preocupa, y ahora peor. Si Melquíades, pendiente siempre de complacerlo, no responde el teléfono, es porque ha recibido órdenes de aislarlo. Él mejor que nadie sabe cómo funcionan esos mecanismos. Y por primera en su vida, el angustioso sentimiento de exclusión prende dentro de él como una llama sorda.

—Todo por esos árboles de mierda —quiere decir para sí mismo, y ya tarde se da cuenta de que ha hablado en voz alta.

—¡Jesús, comisionado! —exclama la Chaparra, asustada.

—Me los paso por los huevos —y ya sin importarle que la Chaparra lo oiga.

Pero por debajo de aquel incómodo sentimiento de exclusión hay otro agazapado; un animalito que se asoma sacando la cabeza peluda de su cueva, pela los dientecitos afilados y juega a volver a esconderse, sólo para asomarse de nuevo y enseñar otra vez los dientecitos, y también las pezuñas, no menos afiladas. Es el miedo.

—Fuera de esta trifulca en las calles, ¿qué más tenemos? —pregunta, en busca de ganar compostura.

—El cura aquel de Ocotal que tanto jode, comisionado.

—Ya le mandamos una muestra gratis de la medicina. ¿No tuvo suficiente?

—Más bien parece que ha empeorado. Tenemos la grabación de su último sermón. Es más bien un discurso contrarrevolucionario.

—Entonces, hay que buscar cómo amansarlo de otra manera. Recordame qué hay en su expediente. ¿Alguna beata que le alivie sus penas?

—Se buscó tentarlo con una muchacha de la catequesis que reclutamos, pero de entrada la paró en seco.

—¿Acaso será que le gusta que le midan el aceite?

—Tampoco por allí flaquea. El tal monseñor es duro de pelar.

—No hay nadie que tenga el cuero suficientemente duro en este mundo, Chaparrita. Que le metan una buena plata en su cuenta de banco, y ponemos a un narco falso a declarar que se la depositaron por negocio de drogas.

—No tiene cuentas en los bancos, comisionado.

El caso de monseñor Ortez había sido ventilado a través de la caja china. Estaba pendiente una gestión con la curia romana, por si asustarlo no daba resultado, como ya se veía que estaba ocurriendo.

—De todos modos, se está trabajando al más alto nivel de la Iglesia para que lo muevan de aquí. Pero aún no hay respuesta.

—Ya vino de Roma la autorización, comisionado.

—¿Cuál autorización? —la mira con asombro.

—Para llevárselo al Vaticano, a servir en los aposentos del papa. A fin de cuentas, es prelado doméstico de su santidad.

—Y eso, ¿cómo lo sabés?

—Una amiga que trabaja en la secretaría del partido me lo comentó.

Tongolele no alza la voz, y habla casi entre dientes, la mandíbula en tensión.

—Si sabés todo eso, ¿por qué no me lo informaste desde un principio para no estar aquí hablando mierdas innecesarias sobre lo que hay que hacer con el cura cabrón ese?

—Perdone, comisionado, no me atrevía porque es algo que primero debían comunicarle a usted a través de la caja china.

—Ve en lo que quedé, dependiendo de filtraciones de amigas tuyas.

—Permiso para entrar, comisionado —Pedrón, que ya ha entrado y ha cerrado la puerta, sabe que lo del permiso es una fórmula nada más—. Está llegando un informe de urgencia.

—No me digas que no han podido controlar a ese atajo de vagos en las calles.

—Hubo un atentado contra el cura. Le dieron un golpe en la cabeza con un tubo cuando despedía un entierro en el atrio de la iglesia.

—¿Cuál cura? ¿A quién te referís? Sobran los curas en este país.

—El de Ocotal, el monseñor que tanto jode.

Tongolele los mira a ambos, uno tras el otro, pasando revista de sus caras.

—¿Cómo puede ser eso? De aquí no ha salido esa orden.

—Habrá sido un espontáneo —encoje los hombros la Chaparra—. Alguien que actuó por su gusto y gana.

—No parece, todo estaba bien coordinado —niega Pedrón—. Al hombre lo recogió un vehículo en una esquina del parque frente a la iglesia.

Tongolele pide a la Chaparra que le comunique con el comisionado Vílchez, jefe de la policía en Ocotal, quien, contra lo esperado, se pone de inmediato al teléfono. Negativo. El autor del hecho no es de Ocotal. Efectivamente, un vehículo lo recogió frente a la iglesia. Llevaba placas de Managua. Afirmativo. Tiene el número de la placa, y también la descripción del individuo, según declaración de testigos. Se lo pasa todo en un momento.

—Mi comisionado Valdivia me llamó ordenándome que esta información no la comparta con nadie —termina diciéndole—. Pero ese nadie no lo incluye a usted, por supuesto.

No había sido explícito Melquíades con su subalterno en cuanto compartimentarlo a él, seguramente por olvido, piensa Tongolele. Al rato entra el correo electrónico, y la Chaparra lo imprime para llevárselo.

Describe al sujeto como atlético, aunque entrando ya en carnes, de piel más oscura que clara, ojos saltados y boca de labios gruesos, de unos cincuenta años de edad. Iba vestido con pantalones de gabardina azul pálido y camisa de manga larga blanca. El tubo que dejó botado lo llevaba envuelto en las páginas de un ejemplar de *El Nuevo Diario* de ese día, que a Ocotal no llega sino a las doce, con lo cual se reforzaba la suposición de que provenía de Managua. El vehículo es una camioneta Hilux doble cabina, color celeste, y la placa 204533 comenzaba con el prefijo MA, que corresponde a Managua.

La Chaparra regresa pronto con la información sobre la Hilux que le ha proporcionado la Dirección de Seguridad de Tránsito, conforme el número de placa: está inscrita a nombre de Pantera S. A., una empresa de seguridad privada.

Tongolele sabe de sobra quiénes son los dueños de la empresa. Melquíades y el enano Manzano.

—Pareja de principiantes —avienta la hoja impresa con desprecio—. ¿Para qué se meten a lo que no saben?

118

¿Cómo se les ocurre usar una camioneta de su propia empresa?

—A ese trompudo, tal como lo ponen en la filiación, yo lo conozco —Pedrón recoge la hoja del suelo.

—No jodás. Negros trompudos hay hasta para tirar para arriba —la Chaparra lo mira desdeñosa.

—Pero da la casualidad, de que éste, cuando no anda de uniforme, tiene la manía de vestirse como que va a dar la primera comunión y sólo le faltara el lazo y la candela. Fue de Seguridad Personal, y ahora trabaja en Pantera.

—¿Cómo se llama ese comulgante que vos conocés? —pregunta Tongolele.

—Abigail. Abigail Baldelomar Cantillano.

—Buscá a ver qué hallás de él —ordena a la Chaparra.

—Le están jugando la comida, comisionado —Pedrón da unos pasos hacia el escritorio, una vez que la Chaparra ha salido—. Ese Melquíades, tan devoto que era suyo.

—Si fuera sólo asunto de él, ya lo habría agarrado del pescuezo para ponerlo en su lugar, Pedrito.

—Pida la caja china, pregunte qué es lo que está pasando.

—No. La paciencia le conviene al piojo, porque la noche es larga.

—Yo de usted no me confiaría. Melquíades y todos los demás de esa camada son malos bichos. Y cuando alguien va de caída, se apuran a empujarlo.

—¿Quién te ha dicho que yo voy de caída? —Tongolele lo mira con altanería.

—No sé, comisionado —Pedrón baja la cabeza—. Pero me late que huelen sangre.

La Chaparra regresa al poco rato. En Seguridad Pública de la Policía Nacional le han dado todos los datos respecto al hombre, que aparece en el registro de guardias de seguridad privada, incluida una foto que ella trae ya impresa: nacido en Camoapa en 1963, su dirección está registrada en Managua, barrio Memorial Sandino, frente a la tapicería Bendición de Dios. La foto concuerda con la descripción de los testigos.

—La caja china, comisionado, no pierda tiempo —lo urge la Chaparra—. Algo jodido está pasando.

—Ya van a ser las dos y el tigre me araña la barriga —Tongolele busca sonreír—. Pedite unos pollos fritos, Chaparrita.

La comida tarda en llegar porque el tráfico está alborotado en las calles debido a los disturbios. Cuando la Chaparra regresa de botar los restos en la basura, escucha detonaciones fuertes por el rumbo de la carretera a Masaya, y corre a encender el televisor de la oficina de Tongolele.

Cerca de la rotonda Jean Paul Genie los manifestantes, ahora en multitud, se reagrupan desde distintas direcciones tras el estallido de las bombas lacrimógenas, y protegiéndose de la humareda con trapos en la cara, vuelven a la tarea ya antes empezada de derribar uno de los árboles de la vida sembrados en el camellón central de la carretera. Han atado cuerdas en las volutas de metal, y un muchacho, con el torso desnudo, asierra diligentemente el tronco de fierro en medio de un grupo que lo urge a terminar. Ahora tiran de las cuerdas y el armatoste se desploma con gran estruendo sobre el pavimento en medio de una algarabía. La gente salta y baila sobre la estructura.

Un hormiguero enloquecido corre hacia otro de los árboles de la vida sembrados en el mismo camellón, y detrás corren los camarógrafos. Los antimotines mantienen sus filas cerradas detrás de los escudos, pero no avanzan, y las fuerzas de choque, armadas de garrotes y cadenas, parecen acalambradas.

La Chaparra, las manos en los bolsillos de la guayabera, mira embobada al televisor, como si todo aquello estuviera ocurriendo en un planeta desconocido. Pedrón, arrimado contra la pared, mueve la cabeza con incredulidad, y Tongolele, recostado contra el espaldar del sillón, los pies sobre el escritorio, más que alarmado ante las escenas, parece entredormido.

En eso tocan a la puerta, que se abre sin más, y aparece el edecán, polainas blancas y guantes blancos, la barbilla en alto, la visera charolada del quepis tallada a la altura de las cejas, el cordón dorado en vueltas bajo la hombrera del uniforme, portando la caja china. Da tres pasos al frente, y se la ofrece a Tongolele. Pedrón sale entonces presuroso de la oficina, y la Chaparra alcanza a apagar el televisor antes de seguirlo y cerrar desde fuera la puerta con apuro.

Tongolele recibe la caja, busca la llave, y se llena de enojo cuando advierte que le cuesta encontrar el hueco de la cerradura porque la mano no se mantiene firme. El fénix hembra de alas extendidas y garras afiladas lo mira con fiereza desde la tapa laqueada.

Dentro de la caja, forrada por dentro de raso carmesí, está el sobre lacrado, limpio de cualquier escritura, y dentro del sobre, la hoja doblada en dos, absolutamente en blanco.

Es uno de aquellos mensajes que, de vez en cuando, por su relevancia, llegan escritos en tinta invisible, y que sólo puede leer acercando una llama a la hoja. No fuma, pero guarda una caja de fósforos en una de las gavetas del escritorio para aquel único menester.

También su mano vacila cuando enciende el fósforo y cuando lo lleva junto a la hoja, con miedo de quemarla, mientras el edecán permanece en su sitio, las manos enguantadas extendidas a los costados, de modo que el dedo del corazón roce la costura de los pantalones del uniforme, como dicta el reglamento:

Esperamos siempre contar con usted, compañero, empieza el breve mensaje, la letra escolar de colegio de monjas algo inclinada, y que la llama parece haber tostado en color sepia. Una entrada irónica, como si en el trazo de las palabras vibrara una voz dura y seca, pero burlona, para concluir de manera tajante: *por tanto necesitamos que se reporte delante*

121

del comandante Leónidas en el término de la distancia. Eso es todo.

Nos, nosotros. Queremos, deseamos, esperamos, orientamos, ordenamos, mandamos. Aquél es siempre un plural envolvente, que elimina cualquier posibilidad de vacilación, duda o apelación, porque es un yo extendido a un todos nosotros: el pueblo, los compañeros anónimos, la multitud que se junta en la plaza, las masas, los héroes y mártires que vigilan desde sus tumbas. La gesta histórica de la revolución.

Busca en la gaveta el empatador jaspeado al que calza la plumilla, saca el tintero, remoja la plumilla en tinta invisible, y escribe:

Órdenes recibidas serán cumplidas.
¡Patria libre o morir! ¡Patria o muerte, venceremos!

Deposita la hoja en la caja, la cierra, y se pone de pie para alcanzársela al edecán, que la recibe chocando los talones, y da media vuelta.

Ya solo en la oficina, se derrumba en el sillón del escritorio, que cruje bajo su peso.

7. La conspiración de la pólvora

La Mahindra entró por el portón del predio cercado de la iglesia Jesús de la Divina Misericordia en el reparto Villa Fontana, y vino a estacionarse frente a la casa cural. El padre Pancho, que esperaba inquieto en el porche desde hacía ratos, se apresuró en adelantarse a recibir a los viajeros.

Tiró en las lajas del sendero el cigarrillo Ducados que estaba fumando, aún a la mitad, y avanzó a trancos. Detrás de él se oían en el televisor encendido en la sala las voces de los reporteros de Cien por Ciento Noticias que transmitía en vivo, desde el hospital Metropolitano, las últimas informaciones acerca de monseñor Ortez. La ambulancia que lo traía desde Ocotal ya había llegado, ya estaba en manos de los médicos, y de un momento a otro habría un parte sobre su estado.

El padre Francisco Xabier Aramburu, jesuita vasco con veinte años de vivir en Nicaragua, llamado cariñosamente Pancho por sus feligreses, alto y huesudo, se doblaba al andar como si el viento lo empujara, el cabello grisáceo como una cola de zorrillo, aunque la pelambre de las cejas no perdía su color negro carbón; la quijada firme, velada de azul, necesitaba dos afeitadas al día. Podría tener unos cincuenta años, y aún jugaba futbol en la cancha del colegio Centroamérica con los muchachos de secundaria, moviéndose rápido y certero entre los contrarios. Sólo se vestía de cura para los oficios religiosos, y lo corriente era verlo de camisa a cuadros, jeans y sandalias, haciendo las compras en el supermercado, o preparándose la comida y aseando la casa, lampazo en mano.

Le abrió desde fuera la puerta de la camioneta al padre Pupiro, quien le explicó el atraso mientras se desentumía, el tráfico de la carretera norte cortado después del aeropuerto, tuvo que desviarse hacia el Mercado de Mayoreo, la pista Larreynaga congestionada, los muchachos levantaban barricadas en las bocacalles, antimotines por todas partes, patrullas de policías con chalecos antibala en las tinas de las camionetas Hilux.

—Pues ahora sí que arde Troya —dijo el padre Pancho—. Están descuajando de raíz los árboles de la vida. Y la tala apenas empieza.

—Lo oímos por el radio en el camino —dijo el padre Pupiro—. El estéril bosque de árboles de fierro, de que habla Ernesto Cardenal.

—La ambulancia ya ha llegado, la tele está transmitiendo desde el hospital.

—Nos adelantó una ambulancia cerca de Tipitapa, llevaba la sirena puesta. Debe haber sido ésa. ¿Y hay noticias de su estado?

—Todavía no salen los médicos.

Los dos pasajeros permanecían en la cabina contritos y callados. Parecemos dos gallinas compradas, susurró el inspector Morales. Diga mejor gallinas con morriña, le devolvió el susurro Rambo. Pero, de pronto, el padre Pancho estaba mirándolos por la ventanilla, y oyeron su voz gruesa que raspaba como lija: Bájense de una puta vez, mostrencos.

Ya camino a la casa cural los envolvió a los dos en sus alas, sus manos velludas puestas en sus hombros, y era difícil seguirle el paso, sobre todo el inspector Morales, que buscando dónde asentar el bastón tropezaba con las lajas, el padre Pupiro a la zaga. Lo de vestir de curas estuvo bueno para el viaje pero aquí más bien se puede volver sospechoso, dos curas más conmigo, ¿haciendo qué?, así que tendré el honor de que el celebrado inspector Morales sea mi jardinero de planta, y aquí, su amigo, ¿don Serafín?, el asistente del jardinero, pero, claro, tendrán su cuarto en la casa cural, ya se los he preparado, también les he comprado una muda de ropa según la talla que monseñor Ortez les calculó, a ver cómo les queda, y a ver también si mi gusto se aviene al de ustedes.

—No va a correr al jardinero que tiene ahora por causa de nosotros —dijo el inspector Morales.

—Nada de despidos, ese puesto lo ocupo yo, igual que el de cocinero y afanador, y también lavo y plancho y boto la basura —dijo el padre Pancho—. Y cuando quieran echarme una mano pelando verduras, no despreciaré el gesto.

En el porche, entre dos puertas gemelas —una que tenía el rótulo OFICINA, y la otra que daba a la sala—, había un escaño arrimado contra la pared, que parecía rescatado de una vieja estación de trenes, y en la pared un cartel que anunciaba una ultreya en la capilla del Niño Dios de Praga en Chiquilistagua, kilómetro 14 carretera vieja a León, doscientos metros al norte, y en el cartel una pareja joven mirando al horizonte: a ti, Señor, levanto mi alma.

Los llevó por la puerta de la sala, que permanecía abierta.

—¡Qué soberanos cojones los de monseñor Ortez! —dijo, y los libró del peso de sus manos.

—¿Dónde se conocieron? —preguntó Rambo, que sintió que algo debía decir.

—En el balneario de Casares, los dos en calzoneta —se sonrió el padre Pancho—. No nos habíamos visto nunca antes en la vida, y monseñor me dice: bendiciones, padre; y yo a él: bendiciones, padre.

—¿Cómo supo cada uno que el otro era cura? —preguntó Rambo.

—Es algo que se impregna en la piel desnuda, algo así como el barniz del Espíritu Santo —sentenció el padre Pupiro.

—Yo estaba en el balneario porque celebrábamos ese fin de semana unos ejercicios espirituales; y él, porque había venido de paseo en bus desde Ocotal con un grupo de feligreses.

—Dos padres en calzoneta, no me lo imagino —dijo Rambo.

—Pues así medio desnudos nos quedamos conversando con el agua a las rodillas, horas, creo. Porque terminamos colorados como langostas hervidas.

Aunque nadie más que el propio padre Pancho se ocupara de la casa cural, por el orden y la pulcritud reinantes daba la impresión de que una cofradía de beatas hacendosas la tuviera a su cargo: el piso ajedrezado brillante olía a kerosín; las ventanas tenían cortinas de encaje recogidas con lazos; las cuatro mecedoras de la sala, alrededor de la mesita cubierta por un tapete de croché, se hallaban colocadas en orden equidistante; el florero sobre el aparador, con un ramo de nomeolvides, parecía pertenecer más bien a un altar; y, al lado, la mesa de comer de cuatro puestos lucía al centro un frutero de china provisto de frutas de verdad, bananos, limones dulces y mandarinas.

En el televisor pasaban tomas de gente que encendía velas en el estacionamiento del hospital, otros rezaban de rodillas en la oscuridad, alumbrados por los focos de las cámaras, o agitaban banderas de Nicaragua, banderas de la Iglesia, sostenían mantas y carteles: LA SANGRE DE LOS JUSTOS CLAMA DESDE LA TIERRA, LA VERDAD OS HARÁ LIBRES.

El padre Pancho les ofreció cervezas, fue a buscarlas al refrigerador en la cocina, y ellos se acomodaban ya en las mecedoras, cuando en el televisor apareció de pronto la foto de monseñor Ortez con su atuendo de prelado doméstico, una foto de estudio donde lucía el solideo escarlata, la sotana de abotonadura escarlata, a la cintura la banda escarlata, la pesada cruz pectoral al cuello, en sus labios una leve sonrisa, la mirada algo irónica.

La estaban poniendo en pantalla cada media hora, para acompañar el reprís de la grabación del reporte del corresponsal de Cien por Ciento Noticias en Ocotal:

«... párroco de esta ciudad y muy querido por la población en general, brutalmente agredido en la puerta mayor de la iglesia de Nuestra Señora de la Asunción cerca de las once de la mañana de hoy por un desconocido que se dio a la fuga. Monseñor Ortez recibió un golpe en la cabeza con un tubo de cañería, a consecuencia del cual se desplomó en el suelo manando abundante sangre. Los feligreses lo recogieron para depositarlo en una banca de la iglesia mientras llegaban los auxilios médicos.

»El prelado había celebrado una misa de cuerpo presente, y salió a despedir a los deudos y demás miembros del cortejo fúnebre. Cuando el féretro bajaba las gradas de la iglesia, el agresor se acercó por detrás para atacarlo con el tubo, que llevaba envuelto en un periódico.

»Una camioneta, con otro hombre al volante, lo esperaba con el motor encendido frente al restaurante-bar Llamarada del Bosque, situado en la esquina noreste del parque central. En su huida, el hechor, descrito por los concurrentes al entierro como un hombre ya maduro, de contextura recia, dejó botado el tubo usado como arma.

»Monseñor Ortez, según allegados suyos, había sido objeto de constantes amenazas de muerte en los últimos tiempos, y hace poco su sobrino, Genaro Ortez, fue ultimado en la comarca de San Roque en circunstancias misteriosas, víctima de una agresión a mano armada sobre la que no hay ningún proceso judicial abierto.»

—Está claro que ese hombre del tubo no es de Ocotal —el inspector Morales apoyaba ambas manos en el bastón.

—¿Por qué lo dice? —preguntó el padre Pancho.

—No hubiera dado la cara.

—No pueden meter a un enmascarado en un funeral, lo detectarían antes de que pudiera acercarse —intervino el padre Pupiro.

—Precisamente, porque es una agresión en público usaron a alguien a cara descubierta, que no pudiera ser reconocido. Y esa camioneta en la que huyó, estoy seguro de que las placas son de fuera. Si es que llevaba placas.

—Y todo eso, ¿qué importancia tiene? —preguntó el padre Pupiro.

—Quiere decir que no fue un operativo local. Llevaron al hombre para hacer lo que hizo, y lo sacaron de Ocotal inmediatamente.

—Nada de eso ayuda a monseñor a salir del peligro de muerte en que se halla.

—Pero indica que la orden viene desde muy arriba.

—La mano pachona de Tongolele —dijo Rambo.

—Aunque no esperaban tanta repercusión —siguió el inspector Morales—. La coincidencia de las protestas de los estudiantes le dio aire al atentado.

—¿Ni siquiera es mérito entonces de monseñor que la gente salga de sus casas a orar por él? —el padre Pupiro se removió, inconforme, en el asiento.

—¿Usted considera un mérito ser agredido con semejante salvajismo?

—Ya hemos hablado de eso, inspector. El martirio es honra para el cristiano.

—¿Mientras más garroteados haya, entonces, mejor, padre? Los de arriba, felices de repartir martirio a manos llenas.

—Joder, a mí que me dejen al margen de los palos —se rio el padre Pancho, sacudiendo los huesos del tórax.

—Usted cuídese, padre, que es buen candidato para una garroteada pareja —el padre Pupiro empinó la lata de cerveza.

—Hombre, hay que ser un poco conspiradores, y no ofrecer el cogote de buenas a primeras. Sobre todo, cuando tienes que vértelas con cromañones.

—Usted tiene afinidades de sobra con monseñor Bienvenido —reclamó con suavidad el padre Pupiro—. Está en la misma trinchera, y él confía en usted sin reservas.

—¿Quién coño habla de reservas? Estoy del lado donde se nos necesita, porque la iglesia no puede ser neutra.

—Del lado de los pobres de la tierra tiene que ser.

—De los pobres, y de los oprimidos, de los pequeños, de los vulnerables, de los indefensos. Agregue a su gusto a esa letanía.

—¿Entonces? ¿En qué quedamos?

—Entonces nada. Lo que no quiero es que me manden un tubazo en la cabeza, y me dejen descalabrado. Pero si viene el tubazo, pues vendrá, qué cojones.

Hubo un rato de silencio. En el televisor se escuchaba el murmullo de la gente que rezaba de rodillas. Habían comenzado un rosario. En el asfalto brillaban más velas.

—El padre Pupiro acompañará a don Serafín a terminarse la cervecita, y el inspector Morales y yo nos apartamos un momento en mi cuarto —el padre Pancho se puso de pie—. Tráigase su lata, inspector.

—Si me permiten, yo más bien me voy al hospital —se levantó también el padre Pupiro—. Edelmira, la sobrina de monseñor, y su marido me esperan allá. Se iban a Honduras buscando protegerse, pero ahora eso queda para después. Cualquier cosa nueva yo les informo.

—Cuidado, padre, que no sólo moscas llueven del cielo —le dijo Rambo a manera de despedida.

—Ya sé —se rio el padre Pupiro—. También me puede cagar un pájaro.

El padre Pancho lo acompañó hasta el vehículo, y se entretuvieron hablando; y mientras Rambo, que había ido a la cocina por otra cerveza, se quedaba frente al televisor, el inspector Morales aprovechó para llamar a doña Sofía y darle cuenta de que ya estaba de regreso en Managua sin novedad.

Doña Sofía se había trasladado a casa de la Fanny, en la Colonia Centroamérica, para cuidar de ella, y tras apenas un saludo se la puso al teléfono, aquí se la paso porque está que quiere arrebatarme el aparato de la mano: la oyó llorar del otro lado de la línea, muy sostenido, muy despacito, pero luego, sorbiéndose las lágrimas, intentaba reírse, qué pendeja yo, llorando, una mujer hecha y derecha, y cualquiera creerá que lloro por mí, pero qué va a ser, yo estoy conforme con mi suerte, que sea lo que la Virgen santísima quiera, es por vos, papacito lindo, qué susto cuando me dice doña Sofía que te han llevado a la fuerza a Honduras, y después más susto cuando sé por su misma boca que estabas dispuesto a venirte de regreso corriendo tantos peligros a causa mía, y yo sin poder decirte que por mí no te afligieras, que mejor te quedaras donde estabas, y es lo mismo que si estuvieras lejos porque quién sabe cuándo voy a poder verte.

Y a su efusividad, y a sus lágrimas, a sus preguntas, él respondía con monosílabos secos, y al tiempo que iba diciendo sí, no, sí, se recriminaba su cortedad, pero se hubiera sentido ridículo consolándola, y tampoco quería parecer piadoso con ella. Y cuando se despidieron, otra vez el llanto, en el mismo tono sostenido, fue ahogando sus palabras.

El padre Pancho lo esperaba ya en su cuarto. Había una cama con un vistoso cobertor indígena del altiplano de Guatemala, la cabecera de hierro forjada como la cancela de una verja de jardín, y arriba de la cabecera un Cristo crucificado de trazos muy simples, obra de Ernesto Cardenal; al lado de la cama un sillón reclinable, forrado en cuerina negra, y contra una pared lateral un librero formado con adoquines, los travesaños de pino sin cepillar. En la otra pared lateral un cartel turístico de Vitoria, con la catedral de Santa María en primer plano, y en la esquina una capotera de madera, de la que colgaba una sotana blanca. Las paletas esmeriladas que faltaban en la ventana habían sido sustituidas con hojas de periódico.

Ofreció el sillón al inspector Morales, y él se sentó en la cama.

—¿Usted conoce a una allegada a esta iglesia, que se llama Lastenia Robleto? —preguntó—. Se encarga del altar del padre Pío de Pietrelcina.

—La Sacristana —respondió el inspector Morales—. La conoce doña Sofía.

—Claro, ella facilitó una reunión de doña Sofía con una feligresa, aquí en la sacristía, en una ocasión en que yo andaba en El Salvador.

—La reunión aquella con doña Ángela, esposa del magnate Miguel Soto.

—Y benefactora de esta parroquia.

—El marido de su benefactora violó a la hija, y ella terminó poniéndose del lado del hechor.

—Y por investigar ese caso a usted lo desterraron de Nicaragua. Razón tiene de respirar por la herida.

—¿Usted es el confesor de esa señora?

—Si está pensando que yo la aconsejé que saliera en la televisión respaldando a su marido, anda usted muy errado.

—No tengo por qué creer nada, reverendo.

—Me gusta esa palabra, «reverendo». Tenía tiempo de no oírla.

—Mi abuela Catalina decía: «Te voy a dar una reverenda pijeada con esta coyunda si seguís de rebelde y no me obedecés».

—Muy persuasiva, su abuela.

—Pero vamos a lo que íbamos. ¿Qué pasa con la Sacristana?

—Recibió una visita: una mujer de luto, menuda, de mediana edad, la cabeza envuelta en un rebozo, entró en la iglesia hoy, a eso de las cinco de la tarde, y le entregó un sobre dirigido a usted, pero le dijo que yo podía abrirlo.

Le alcanzó una hoja. Eran unas pocas líneas:

El atentado contra el monseñor de Ocotal fue por órdenes del jefe de los espías y sicarios Anastasio Prado, de apodo Tongolele, y el que lo ejecutó fue Abigail

Baldelomar Cantillano, que vive en el barrio Memorial Sandino frente a la tapicería Bendición de Dios. Es guarda de seguridad de PANTERA.

—Y en el mismo sobre venía también esto —el padre Pancho le pasó una foto de formato pasaporte.

El inspector Morales la examinó.

—Calza con la descripción del hombre que atacó a monseñor, según acaban de darla en la televisión.

—Pues yo saqué la misma conclusión. Desde la primera vez que lo describieron en la tele, empecé a hacerme un retrato mental de ese sicario, y todo fue ver la foto y quedarme pasmado.

—¿Y esa carita abajo de la hoja?

—Una especie de firma. Es la máscara que usa el personaje de *V de Venganza,* una historieta convertida en película.

—Quedo en las mismas.

—En una fecha del futuro llega a existir en Inglaterra un régimen totalitario. V es el héroe enmascarado que lucha para derrocar al líder fascista, Adam Sutler. Tengo el video de la película por si quiere echarle un vistazo.

—El día que me siente a ver películas es porque la pierna ya no quiere llevarme a ningún lado.

—Tan célebre se volvió la máscara, que la han adoptado los hackers de la cofradía Anonymous.

—Por ahora, veamos qué quiere este Mascarita: para empezar, nos envía una información que de poco sirve. ¿Vamos a ir a la policía a denunciar a este hombre, que ellos mismos deben saber perfectamente quién es?

—Tal vez Venganza, o Mascarita, como usted lo llama, quiere que la hagamos pública.

—No se me ocurre cómo. Pero mi preocupación es otra: ese Mascarita sabe que yo venía a refugiarme en este lugar.

—Es lo primero que me causó extrañeza —asintió el padre Pancho.

—Y eso significa que es peligroso que siga aquí, para usted y para mí.

El padre Pancho cogió de la mesa de noche una concha marina que servía de cenicero y la puso en su regazo.

—Véalo desde otro ángulo. ¿Y si se trata de alguien dentro del aparato represivo que no está de acuerdo con ellos?

—Ahora ya tiene al padre Brown en su equipo, inspector —dijo Lord Dixon—. No se puede quejar.

—¿El lobo que se arrepiente de sus muertes y daños? Eso sólo existe en las poesías y en los sermones, reverendo.

—Venga, no me descalifique, que los pecadores arrepentidos son mi especialidad —sonrió el padre Pancho, mientras el Ducados recién encendido ardía en su mano.

El inspector Morales puso la mirada en unas manchas de humedad en el cielo raso, como en busca de alguna clave perdida.

—Tengo que subirme al techo a arreglar esas goteras —el padre Pancho miró también hacia arriba.

—Aquí puede estar la mano maligna de Tongolele. Su mente tiene muchos vericuetos.

—Sea lo que sea, usted se queda aquí conmigo —el padre Pancho apagó el cigarrillo en la concha con toda energía.

—La verdad es que no tengo muchas alternativas. Si usted se toma el riesgo...

—Hombre, joder —la risa del padre Pancho se resolvió en una tos cavernosa—. Dios no anda por el camino de los cobardes.

—Voy a necesitar verme con doña Sofía —dijo el inspector Morales.

—Claro. Pueden reunirse en la sacristía, ella conoce bien el camino —se rio otra vez el padre Pancho, sofocando la tos, porque acababa de darle la primera calada a un nuevo cigarrillo.

Tocaron a la puerta. Rambo venía a avisarles que ya iban a pasar en la televisión el parte sobre el estado de monseñor.

En la pantalla estaban los miembros del equipo médico, en batas quirúrgicas, los gorros de trapo aún puestos, y el doctor Martínez Cerrato, jefe de neurocirugía del hospital, se adelantó para leer el parte frente a la aglomeración de periodistas que extendían hacia él los micrófonos:

«La situación respecto a monseñor Bienvenido Ortez es la siguiente: como consecuencia de golpe de contundencia recibido en la región parietal del cráneo, se produjo herida en el cuero cabelludo y fractura lineal sin astillamiento, sin depresión ni distorsión del hueso. Las imágenes del TAC no revelan hematoma epidural ni intradural, y por tanto ninguna comprensión de la masa encefálica. El paciente permanecerá en cuidados intensivos por un tiempo prudencial.»

—Yo no entendí ni verga —dijo Rambo.

—No hay fractura del cráneo, ni hemorragia interna en el cerebro —le aclaró el padre Pancho—. Son buenas noticias.

Los periodistas hacían preguntas en coro en medio de un alboroto, pero la jefa de relaciones públicas del hospital advirtió que deberían esperar al próximo parte, y los médicos se alejaron por un pasillo.

En eso el padre Pancho recibió una llamada. Era el padre Pupiro, desde el hospital. Se felicitaron porque monseñor no estuviera en peligro de muerte. Y la otra novedad era que se había presentado un delegado del gobierno de Amor, Paz y Reconciliación para informar a la familia que la presidencia se hacía cargo de todos los gastos. Edelmira, la sobrina, sin perder la cortesía, había sido muy firme en rechazar la oferta.

—Éstos sí que matan y van al entierro —comentó para sí el padre Pancho guardándose el teléfono.

—Lo que soy yo, me voy a acostar —oyó decir a Rambo.

—Aguarde, don Serafín, todavía no hemos cenado —quiso detenerlo—. Pensaba hacer unas repochetas leonesas.

—Me guarda mi ración para mañana —respondió Rambo desde el corredor que llevaba a los cuartos—. El sueño puede más que el hambre.

—Doña Sofía viene para acá —anunció el inspector Morales, que se había apartado a hablar en su celular—. Y ella también tiene algo urgente que comunicarme.

—Mala hora para andar en la calle en estas circunstancias —el padre Pancho miró su reloj. Iban a ser las diez de la noche.

—Si acaso la para una patrulla, le he dado como leyenda que viene a buscarlo a usted para que auxilie a un moribundo.

Había calculado una media hora, si no había tropiezos en el camino, entre que doña Sofía encontrara un taxi, y el tiempo de recorrido desde la Colonia Centroamérica hasta Villa Fontana. Por eso lo sorprendió oír al poco tiempo el vehículo que se detenía en la calle y se quedaba con el motor encendido, el portazo del pasajero que se bajaba, y otra vez el vehículo que arrancaba y se alejaba. No supo ni cuándo el padre Pancho había ido a abrir el portón, y ya tenía frente a él a doña Sofía calzada con zapatos deportivos de un verde fosforescente.

—En estos tiempos hay que estar lista para correr —dijo ella por todo saludo, mirándose los pies.

—No me extrañaría que haya estrenado esos zapatos sicodélicos dando brincos sobre los despojos de algún árbol de la vida —dijo Lord Dixon.

—Está en su casa, doña Sofía, la dejo en buenas manos —el padre Pancho, que la había recibido en la puerta, se fue a la cocina a preparar las repochetas.

Era su plato habitual en las noches de soledad de la casa cural, donde siempre cenaba muy tarde. Cosa nada más de cortar a la mitad las tortillas de maíz, rellenarlas con queso frescal, freírlas por las dos caras en la cazuela, y preparar un pico de gallo con tomates, cebolla, chile congo martajado, culantro y un chorrito de vinagre.

Una vez que doña Sofía leyó el papel firmado por Venganza y examinó la foto, entregó al inspector Morales otra hoja que sacó del bolsillo de la falda.

El escuadrón de la muerte que se encargó de Genaro Ortez con el objetivo de meter en cintura a su tío el monseñor estuvo formado por tres primos hermanos de Ciudad Darío conocidos como los Pitufos y que responden a los nombres de Josiel, Gamaliel y Joel, todos de apellido Pastora. Josiel y Gamaliel eran los artilleros y Joel manejaba la Hilux. Los tres son linieros de Fabiola Miranda, agente encubierta de Tongolele, que es su socio en los negocios y también su amante. Ella facilitó al trío para esta misión, y los premiaron entregándoles droga para vender por los lugares donde andan ambulantes.

Alguien había tocado a la puerta de la casa de la Fanny. De casualidad, doña Sofía pasaba por la sala, camino a la cocina, fue a abrir y se encontró con un sobre de manila en el piso, rotulado a nombre del inspector Dolores Morales. Se asomó. Una mujer vestida de negro y la cabeza envuelta en un tapado, de los que se usaban antes para cubrirse cuando se entraba a la iglesia, se alejaba por el callejón.

—Mascarita me está queriendo demostrar que puede llegar a mí de la manera que le dé la gana —dijo el inspector Morales.

—Y estas fotos venían también —dijo doña Sofía.

Eran tres fotografías de pequeño formato de cada uno de los Pitufos, sus nombres escritos a mano en el reverso.

El inspector Morales reconoció de entrada a Joel, pero para asegurarse, buscó en su teléfono la filmación. En el video aparecía de perfil, atento al parabrisas delantero, sin distraerse para nada con lo que sus primos hermanos hacían en la tina de la camioneta, ni sobresaltarse tampoco cuando sonaron los balazos. En la foto lo tenía de frente, el ceño arrugado como si lo deslumbrara el sol.

El padre Pancho vino con las repochetas y preguntó a doña Sofía si podía ofrecerle una bebida gaseosa, pero ella, al ver las latas vacías en la mesa de centro, pidió una cerveza, si no era molestia.

—Ya sólo me falta verla fumando, doña Sofía, y así se completan las señales del fin del mundo —dijo Lord Dixon.

—¿Desde cuándo bebe usted? —le preguntó el inspector Morales en voz baja, aunque perentoria, cuando el padre Pancho regresó a la cocina por la cerveza.

—Al país que llegares haz lo que vieres, según dice el proverbio, compañero. Y así me quito estos nervios. ¿Me está regañando?

—Nada de regaño, sólo que me extraña. ¿Qué la tiene nerviosa? ¿La Fanny? ¿Hay novedades? —el inspector Morales bajó aún más la voz.

—Sigue igual. Los doctores son optimistas, dentro de lo que se puede...

—Entonces, mejor cálmese, que también me pone nervioso a mí.

—No es eso lo que me saca de quicio, compañero Artemio, sino ver a la policía de nosotros convertida en una horda salvaje que sólo sabe volar garrote contra la juventud.

—Allí le traen ya su quitapenas, doña Sofía —dijo Lord Dixon—. Tiene toda la razón de buscar sosiego en la bebida. No es para menos.

El padre Pancho vertió la lata de cerveza en un vaso, con parsimonia de bartender, y se lo ofreció a doña Sofía.

Ella bebía a sorbos lentos, en tanto se balanceaba con gusto en la mecedora, y oía al inspector Morales poner al corriente al sacerdote sobre el segundo mensaje de Mascarita, el que le pasó, junto con las fotos.

—Esa enlutada que doña Sofía describe es la misma que entregó el primer mensaje a Lastenia en la iglesia —dijo el padre Pancho.

—Deme razón de ella —dijo doña Sofía—. ¿Su sobrina siempre estudia con la caja de huesos en la sacristía?

—Ya pronto va a graduarse. Ya vamos a tener una doctora.

—¿Qué piensa usted de ese personaje de la máscara, doña Sofía? —preguntó el inspector Morales.

—Para empezar, esa película la he visto como tres veces en el cable. Muchos opinan que V es un anarquista, pero yo creo que se trata de un héroe que persigue la venganza como algo muy noble.

—La venganza no es nada cristiana, lo cual va contra su religión protestante, doña Sofía, pero dejémoslo pasar —dijo Lord Dixon.

—No hablo del personaje de esa película, sino del que firma los mensajes —el inspector Morales se mostraba muy ocupado en mordisquear los bordes de la repocheta.

—Lo primero que pienso es que, si ese otro Venganza lo que quisiera es agarrarlo a usted, ya lo habría hecho hace tiempo.

—Ya ve, inspector —dijo el padre Pancho—. Y le insisto en que se trata de un adversario oculto en las propias filas del régimen.

—No nos vamos a poner a discutir otra vez sobre sicarios de buen corazón, reverendo.

—En todo caso, nos estarían mandando esos mensajes con una sola intención: que se hagan públicos —opinó doña Sofía.

—Joder, doña Sofía, somos almas gemelas en nuestras apreciaciones, y el inspector se queda en minoría.

—Es lo que quieren que hagamos —negó el inspector Morales—. Pero nadie nos asegura que no sea una trampa.

—¿Qué clase de trampa? —preguntó doña Sofía.

—No sé —el inspector Morales contemplaba con satisfacción sus avances sobre la repocheta—. Que de repente toda esa información sea falsa.

—Hay que jugársela de todos modos —doña Sofía eructó con todo comedimiento—. Mi idea es abrir una cuenta falsa de Twitter, y colgar allí todo eso en imágenes de texto. Y lo que nuestro amigo Venganza nos mande después.

—Eso es como lanzar al mar un mensaje dentro de una botella —el inspector Morales se limpiaba la grasa de la repocheta en las perneras del pantalón—. Puede ser que nadie lo encuentre nunca.

—Para eso están los hashtags —respondió doña Sofía—. Son las brújulas para navegar en la red.

—Nos estamos entendiendo, doña Sofía —dijo el padre Pancho—. Tengamos por seguro que esas denuncias se van a volver virales.

—No digo que no haya que probar —concedió el inspector Morales.

—Cuando termine de comer, me presta su computadora, padre —doña Sofía miró con desconsuelo el vaso ya vacío, en el que quedaban restos de espuma—. El hashtag va a ser #nicaragualibre.

—Marquen este día histórico —dijo Lord Dixon—. Ha nacido la Hermandad de la Pólvora en esta casa cural.

8. Ángeles, serafines, querubines, tronos y demás potestades celestiales

Otra vez descendía sobre Managua la bruma sucia del atardecer, cuando el portón corredizo de la casa de Las Colinas que albergaba la falsa agencia aduanera volvió a abrirse. Esta vez Pedrón iba al volante del taxi, y Tongolele a su lado, la cabeza gacha, los granos del acné encendidos de rojo en una floración repentina, el mechón blanco de pronto ceniciento.

Pedrón repasa las emisoras del dial apenas se pone en marcha, y en la radio Corporación, entre ráfagas musicales con fragmentos de *El pueblo unido jamás será vencido,* la canción de los Inti Illimani que había revivido de la noche a la mañana, se anuncia una gran manifestación de protesta en Managua para el día siguiente, y que por la magnitud que se espera que tenga, es llamada de antemano la Madre de todas las Marchas.

Los compases regresan desde el fondo de las décadas, «y tú vendrás marchando junto a mí y así verás tu canto y tu bandera florecer la luz de un rojo amanecer»: los pies adoloridos en las botas hediondas, el sudor tantas veces vuelto a secar en el uniforme de fajina, el peso del fusil colgando a la espalda en una marcha que siempre recuerda cuesta arriba, y en el pequeño aparato de transistores pegado al oído aquel mismo himno daba entrada a la voz del locutor de radio Sandino que «desde algún lugar de Nicaragua» transmitía los partes militares mientras se acercaba el triunfo de la revolución.

Tongolele silencia la radio.

—Tiene razón de no querer oír esos cantos de aquellos tiempos, comisionado —dice Pedrón—. La derecha los está falsificando.

—Qué sabés vos, si entonces estabas soplando la tuba en la banda de música de la guardia —Tongolele no quita los ojos del parabrisas.

—No era la tuba, sino el clarinete.

—Tuba, trombón o clarinete, lo mismo es atrás que en la espalda. El asunto es que le cantabas *Las mañanitas* a Somoza.

—Le acepto eso, no hay necesidad de que me lo remoje. Pero eso no quita que a esa radio Corporación ya debían haberle callado desde hace tiempo las tapas.

—Le pusimos una carga de C-4 a la antena en Tipitapa y de nada sirvió. La repararon, y siguieron en la misma subversión.

—Esa maldad fue hace añales, ya necesitan otra dosis. Ensuciar la música revolucionaria ya es suficiente motivo de castigo.

—Todo anda al revés, Pedrito. Si no, mirá para dónde voy. Y bajo el mando de quién.

Pedrón calla. No va a meter el dedo en esa herida que ha desgarrado pellejo y carne.

En las cercanías de Galerías Santo Domingo el avance se hace difícil porque los vehículos deben sortear las oleadas de manifestantes que parecen moverse sin rumbo, y además estorban el paso los ramajes de fierro de los árboles de la vida, derribados entre una maraña de cables eléctricos y alambres telefónicos.

El taxi busca rutas alternas, pero a cada trecho se encuentra barricadas improvisadas con pilas de adoquines, chasis de vehículos descartados, batientes de puertas y hasta carretones de acarreo volteados de costado. Y detrás de las barricadas, muchachos con salveques de piedras y uno que otro tubo de lanzar morteros pirotécnicos, los rostros tapados con toallas, blusas, camisolas, y, de repente, alguna máscara del torovenado, un diablo cornudo y colorado, un jaguar de colmillos filudos, y hasta capuchones de hule con las caras de tiempos idos de Gorbachov o Margaret

Thatcher. Y por todas partes la humareda negra y espesa de las llantas quemadas.

A la primera embestida, con una simple descarga de fusilería, y al ver caer a los primeros muertos, todos esos muchachitos tendrían que huir y sería fácil cazarlos, piensa Tongolele, que no aparta la vista sombría del parabrisas. Pero qué le importa a él si a esos culos cagados, que nunca en su vida han oído sonar un tiro de verdad, los desalojan o no de las barricadas, o si los dejan o no seguir botando a su gusto y antojo los árboles de la vida.

Apenas había salido el edecán portando la caja china, y como si hubiera estado esperando detrás de la puerta, se presentó frente a él un oficial del ejército al que nunca había visto, de cara alegre y pasado de peso, el uniforme planchado con esmero, los zapatos bien lustrados, el quepis bajo el sobaco, permiso, comisionado, y le entregó un oficio de la Dirección de Inteligencia Militar que sacó de su cartapacio: por instrucciones superiores, el gordito feliz y contento, portador de la presente, coronel Jacobo Pastrana, pasaba a hacerse cargo en forma interina de las dependencias de la agencia aduanera, y todos los miembros del personal quedaban bajo sus órdenes.

En ese inventario entraba necesariamente la Chaparra, mano derecha cercenada, y entraba Pedrón, mano izquierda cercenada, a quien, faltaba más, comisionado, autorización concedida, el gordito feliz y contento permitió que lo acompañara a su lugar de destino, a condición de regresar con el taxi camuflado apenas cumplido el cometido, allá tendrá usted a su disposición otro medio de transporte, comisionado. Y otra arma, comisionado, así que, si me hace el favor, me entrega su pistola de reglamento.

Salen de la pista de circunvalación, bloqueada a la altura del barrio San Judas, y buscando calles apartadas alcanzan el barrio Sierra Maestra y luego el Camilo Ortega, y desde allí pueden llegar al reparto Torres Molina, y a la carretera sur, y no es sino cuando han dejado atrás el empalme de Nejapa, ya en la carretera vieja a León, que Pedrón se atreve a hablar de nuevo.

—Explíqueme, comisionado, todo esto que ha sucedido, pero despacio, que soy lerdo de cabeza. Es que jugando beisbol en una liga infantil, el pitcher me dio un bolazo en el sentido en un turno al bate, y entonces no se usaban cascos protectores.

—Qué querés que te explique, Pedrito —Tongolele sonríe vagamente—. Voy en caída libre y aún no termino de llegar al suelo, así que todavía no sé de qué tamaño es el pijazo.

—Su mamá se lo cantó anoche, comisionado. Le estaban haciendo la cama, y usted hizo poco caso.

—Ya para entonces me tenían desplumado, listo para ensartarme en el asador. De poco me podía librar.

—Más bien agradecidos deberían estar, porque en los partes de la caja china usted advirtió a tiempo que podía pasar todo esto que estamos viendo.

—Quién sabe si esos partes eran leídos. Quién sabe si en lugar de una caja china hay decenas, y las van guardando en alguna bodega, sin abrirlas.

—Y su mamá insistió en advertir que el exceso de árboles de la vida rompía el equilibrio magnético. Y tampoco le hicieron caso.

—Los árboles de la vida los están aserrando con ella y yo arriba.

—Lo que menos entiendo de todo esto es por qué lo dejan como subalterno de Leónidas.

—Para que la humillación sea completa, Pedrito. Más claro no canta ni el gallo de la pasión.

—Yo fui rehén de Leónidas cuando el comando sandinista que él mandaba se tomó el Nejapa Country Club, en media fiesta de las debutantes.

—Leónidas, como el de las Termópilas —dice Tongolele—. Su verdadero nombre causa más risa, se llama Silverio Pérez, como el torero del pasodoble de Agustín Lara.

—A mí me daban permiso de salir del Campo de Marte para tocar el clarinete con la orquesta de Julio Max Blanco, por eso estaba allí esa noche, ganándome unos bollitos.

—Me imagino que te cagaste del miedo.

—Quién no iba a cagarse en medio de aquella balacera. Yo no sé por qué, en mis nervios lo que hice fue lanzarme a la piscina.

—Más se cagó Somoza, porque en la fiesta había no sólo ministros y embajadores, estaba también un sobrino carnal, que escoltaba a una de las debutantes.

—A los músicos, los cocineros, los meseros y a las damitas debutantes nos soltaron los guerrilleros a las dos horas; pero a los íntimos y allegados de Somoza, su sobrino a la cabeza, los metieron todos a un cuarto cerrado.

—Y al día siguiente aceptó canjearlos por todos los prisioneros políticos. Fue un golpe duro, lo humillamos.

—Y allí es donde Leónidas se aprovecha. Fue el último en subir al avión, y ya en lo alto de la escalera alzó los brazos, el Galil en una mano, se volteó para donde estaban los fotógrafos y se quitó el pasamontaña.

—Un payaso. Por ánimo de figuración violaba el anonimato, que era una regla en esa clase de acciones.

—Pero esa foto fue la que lo hizo famoso. La barba frondosa como la de Camilo Cienfuegos, el Galil en alto, las granadas de mano prendidas a cada lado del cuello, en las tiras del zambrón.

—Un farsante de mierda. Cualquiera medianamente entendido en asuntos de combate podía ver que esas granadas eran un adorno teatral, copiado de alguna película de guerra.

—Entonces, viene el triunfo, y se da cuenta de que queda en la segunda fila.

—Viceministro de una cosa, viceministro de otra, nunca pasó de allí, y eso no lo aguantó su vanidad. Por eso desertó a Honduras y se pasó a la contra.

—El traidor. Cuando se decía el traidor, ya se sabía que era él.

—Traicionó a la revolución por su egolatría, y por su ignorancia ideológica. Alguien que se preciaba de no haber leído nunca a los clásicos del marxismo-leninismo, y aun así hablaba de lucha de clases.

Una tarde, allá por 1981, en la barbería que Tongolele, entonces jefe de Seguridad Personal, había hecho montar en el sótano del Ministerio del Interior, bajo la dirección del maestro Romualdo Traña, para uso exclusivo de los dirigentes revolucionarios, Leónidas, hablando desde debajo de la toalla caliente que le cubría la cara, se explayaba en contar cómo siendo su familia tan pobre, su padre viudo había hecho sacrificios para enviarlo interno al colegio Centroamérica de los padres jesuitas en Granada; un colegio exclusivo, de puros hijos de oligarcas y burgueses, decía, y allí, sin necesidad de haber leído los manuales de Konstantinov, se había dado cuenta de que había clases. Una voz atiplada, la del propio Tongolele, le había respondido: «... clases a las nueve, a las diez, a las once...»; y ante la risotada general, Leónidas ni siquiera se había atrevido a quitarse la toalla de la cara.

—Hasta que fue perdonado —dice Pedrón—. Volvió la revolución al poder, y hasta finca le dieron. Y lo nombraron presidente de la Asociación de Combatientes Históricos.

—Esas políticas de reconciliarse hasta con los traidores y desertores nunca dejan de revolverme el estómago —dice Tongolele.

Tras salir de la carretera vieja a León y tomar un camino vecinal, están llegando a la finca de Leónidas en la comarca de Chiquilistagua, donde le han ordenado a Tongolele presentarse. Ha bautizado la propiedad como La Quinceañera, en recuerdo de aquel baile de debutantes de donde había sacado su fama.

Les abre el portón un guardián que lleva botas de hule y una escopeta colgada al hombro, y siguen por un sendero bordeado de palmeras reales de troncos encalados, hasta llegar frente a una casa de paneles de pino y techo de zinc, con un corredor frontal, asentada sobre pilotes curados con alquitrán. Frente al corredor se halla un Porsche de los años sesenta, la capota plegada y la carrocería verde musgo bien pulida, como salido de un museo de carros deportivos.

Junto a la casa hay adosado un cobertizo, y en el cobertizo un tractor y unos barriles de diésel; más allá las jaulas de un gallinero vacío, y detrás del gallinero las cuadras de una caballeriza, también vacías. A la entrada de las cuadras, embancado sobre piedras de cantera, un remolque de transportar caballos que coge sarro, y unos palomares erigidos sobre astas.

Pedrón se baja para despedirse y entregarle el teléfono celular junto con el cargador, y Tongolele le palmea fuertemente la espalda, conteniendo el impulso de abrazarlo. Luego se vuelve, ya sin más, y sube las escaleras que llevan al corredor, a sus espaldas el ruido del motor del taxi que se va.

Leónidas ha escuchado seguramente sus pasos sobre el tablado porque viene a recibirlo a la puerta, y extiende teatralmente los brazos con una sonrisa de picardía. Tongolele avanza hacia él, y se deja abrazar con desgano.

Son muchos años sin encontrarse frente a frente. Leónidas está pasado de peso, y se nota por lo ancho de la cintura, pero conserva la agilidad. Varias semanas atrás lo había visto en una entrevista de televisión en uno de los canales oficiales, con motivo de sus ochenta años, y cuando el periodista le preguntó por su condición física, por toda respuesta se lanzó al piso y se puso a hacer lagartijas frente a las cámaras, cincuenta en total, que él mismo fue contando en voz alta, se incorporó de un salto al terminar, para volver a su asiento en el set.

Lleva una camiseta polo a rayas azules y pantalones de fajina. Seguramente se tiñe la barba, siempre negra y abundante, en contraste con la avanzada calvicie.

147

Atraviesan la salita donde hay cuatro sillas de bambú, colocadas alrededor de un tronco de árbol barnizado con todo y la corteza, que hace de mesa, y un cocodrilo disecado adorna la pared frontal, como si reptara agarrándose con las uñas a las tablas machimbradas, dos canicas de jaspes verdosos por ojos.

En la oficina, que huele a cagadas de murciélago, las paredes están llenas de fotos hasta el límite del techo. Leónidas con Fidel Castro, quien le muestra un fusil de mira telescópica; con el general Omar Torrijos, los dos en calzoneta en una playa de la base militar de Boquerón; con Yaser Arafat, ambos tocados con la kufiya palestina; sentado en el suelo bajo una tienda de beduino al lado del coronel Muamar Gadafi, quien le había regalado el Rolex de oro macizo que sigue llevando en la muñeca, con la efigie del propio Gadafi en la carátula.

Y, en una pared aparte, su famosa foto subiendo la escalerilla del avión con el fusil en alto, que destaca por el tamaño de la ampliación, y por el marco de yeso dorado, al lado de otra, del mismo tamaño, y enmarcada también en dorado, igualmente antigua, donde aparece junto al comandante en medio de un grupo de combatientes guerrilleros, que posan como un equipo de futbol, unos de pie, otros de rodillas, en ristre los fusiles de la más variada gama.

Tongolele, antes de sentarse, se ha acercado a examinar las fotos mientras Leónidas lo observa, entre atento y juguetón, y se detiene frente a tres de ellas, inclinándose porque ocupan la parte baja de la pared: en una, Leónidas posa con oficiales de la CIA vestidos como para un safari, en la base militar de Palmerola, en Honduras. En otra, junto al coronel Oliver North, que había dirigido desde la Casa Blanca la Operación Irán-Contra, señalándose mutuamente mientras ríen. Y en otra, saluda con un apretón de manos a Ronald Reagan en el Salón Oval de la Casa Blanca, esta última con dedicatoria.

—Esas fotos son parte de mi historia, y yo le pertenez-co a la historia —dice Leónidas apoyado en el sillón de alto respaldo, forrado en vinilo rojo y negro—. No tengo por qué esconderlas.

Tongolele calla mientras se dirige a ocupar su asiento frente a él. El escritorio tiene grabada en el frontispicio, de manera bastante tosca, un águila real con las alas desple-gadas.

—Fui contra, es cierto. Pero un contra a favor, para corregir el rumbo de la revolución —se ríe Leónidas, ce-lebrando su frase ingeniosa—. Para que hubiera libertad, democracia, progreso para la pobretería, que es lo que tenemos ahora. Desgraciadamente, no me escucharon entonces.

Tampoco ahora Tongolele responde nada. La palabra pobretería encubre desprecio de clase. Una sandez ideoló-gica. Sólo quiere que aquel trámite acabe cuanto antes, re-cibir las órdenes que tenga que darle, tragárselas como un purgante, y preguntar cómo va a salir de allí ahora que se hace de noche, o si tendrá que dormir en la finca, en cal-zoncillos; ni siquiera un cepillo de dientes ha traído.

—Al final de cuentas no me querían en mi propio par-tido, ni tampoco me querían en la contra, porque he teni-do siempre el defecto de pensar por mí mismo —sigue Leónidas, sentado ya en su sillón rojo y negro, las manos desplegadas sobre el escritorio, la vista al frente, como si lo estuvieran entrevistando.

Tongolele, distraído, sólo acierta a asentir.

—Y después, me volví un cadáver que ya apestaba, ni me querían los neoliberales en el poder, ni me querían tampoco los sandinistas como vos —dice poniéndose len-tamente de pie otra vez—. Pero el comandante, ya con la banda presidencial terciada en el pecho otra vez, me man-dó a llamar.

Se pasea de ida y vuelta, las manos trenzadas a la espal-da, y se detiene.

—¿Qué creés que me dijo? —pregunta.

Tongolele se encoge de hombros.

—Lo pasado, pasado, Leónidas, ¿qué querés? Vos sólo decime en qué puedo servirte. Nada, le respondí yo, puestos públicos no quiero, no luché para eso, tampoco luché por prebendas —dice Leónidas—. Vea cómo me dan un préstamo en los bancos, y yo me arreglo solo.

Y le han dado un préstamo en Alba Caruna, la financiera fundada gracias a los fondos de la cooperación petrolera venezolana tras la primera visita del comandante Chávez. Entonces compró La Quinceañera, una poquedad, sesenta manzanas. Quiso criar ponies, un mercado que no se había explotado en Nicaragua, el de los caballitos de paso suave para niños. Puso también un gallinero de gallinas de Guinea, gallinitas ornamentales, para lucirse en los jardines, con la idea de empezar después a criar pavorreales. Se dedicó, además, a la crianza de palomas mensajeras, con la mira de exportarlas, ya bien entrenadas, al resto de Centroamérica; los ejércitos eran buenos clientes potenciales. Todo eso no le ocupaba mucho suelo, así que tenía tierra suficiente para una siembra experimental de algodón de colores: la semilla ya viene modificada para que la fibra salga roja, verde, amarilla, según la tela que se quiera; si azul, por ejemplo, se hacen bluyines, y así no hay que teñir la tela.

—¿Y entonces? —habla por fin Tongolele.

—Entonces me cayeron encima las siete plagas de Egipto —responde Leónidas, agazapándose, la mirada vigilante, como si se dispusiera a enfrentar al enemigo.

A los caballitos ponies los picaron los vampiros y les entró rabia. A las gallinas de Guinea las atacó la peste de Gumboro, y causó una verdadera mortandad. Las palomas huyeron con rumbo desconocido llevándose en las patas las cápsulas con los mensajes de prueba, espantadas por los murciélagos que allí siguen, aposentados en los palomares, tranquilos como en su propia casa. Y al algodonal de colores se le vino encima una nube de gorgojos picudos, de unos que parecen inofensivos de tan minúsculos, pero tienen unas mandíbulas de acero inoxidable.

—Hubieras probado mejor a criar canguros boxeadores —dice Tongolele—. Son resistentes a las enfermedades, y te hubieras hecho rico entrenándolos para guardas de seguridad.

Leónidas lo mira, confuso.

—¿Te estás burlando de mí? —pregunta—. No estoy para burlas.

—Y en la fibra multicolor china, de la que se sacan telas estampadas, ¿tampoco pensaste?

—Ya veo que estás bromeando. Date ese gusto, que de algo hay que divertirse en la desgracia.

—Ni burlas, ni bromas. Sólo estoy tratando de darte consejos útiles, aunque sea ya muy tarde para salvarte de la quiebra.

—Para salvarme siempre ha estado el comandante.

—Te apuesto que Alba Caruna recibió órdenes de tirar a pérdidas tu préstamo.

—Sos mejor adivino que tu mamá —sonríe Leónidas—. Me citó él a su despacho, y me dijo: ya dejate de experimentos, Leónidas, te ordeno que te dediqués a escribir tus memorias, que eso es lo que le interesa a la revolución, y no te preocupés de tus ingresos, que desde ahora mismo corren por cuenta del gobierno de Amor, Paz y Reconciliación.

Y en ésas está ahora, encerrado en La Quinceañera dedicado a sus memorias, asentando sobre el papel cosas que muchos no saben: intrigas y zancadillas entre compañeros desde los tiempos de la lucha guerrillera; dando cuenta de aquellas sandeces ideológicas, que si formar un partido proletario primero y hasta después de tener organizada a la clase obrera tomar las armas, o tomar las armas pero refundirse en lo más hondo de la montaña a comer mono asado y esperar a que maduraran las condiciones para disparar el primer tiro, teoría según la cual allí andaríamos todavía, perdidos en el monte y arrastrando las barbas hasta el suelo; un capítulo explicando cómo había renunciado a las mieles del poder para corregir, desde la manigua, el rumbo perdido de la revolución; otro capítulo para que se viera cómo fue que la CIA nunca pudo doblegarlo, y en Langley terminaron odiándolo por su rebeldía.

—Pero, de pronto, se presenta esta emergencia, y se solicita mi colaboración —dice Leónidas—. Una llamada por teléfono, y para Leónidas es suficiente.

—¿En qué consiste esa colaboración? —pregunta Tongolele, aliviado porque al fin entrarían en materia.

Pero no parece escucharlo.

—Como buen soldado, Leónidas responde: escucho y obedezco —y para reconstruir la escena saca el celular, se lo lleva al oído y se cuadra, la otra mano en la sien.

Tongolele había olvidado que después de darse cuerda por un rato, Leónidas empieza a hablar en tercera persona para referirse a él mismo.

—¿Cuál es mi papel en tus planes? —vuelve a preguntar.

Leónidas sonríe, acariciándose la barba.

—Ya sé cuánto te arde ser mi subordinado. Para vos Leónidas sigue siendo un traidor, porque no podés dejar de ver el pasado con esos anteojos ideológicos de cuero de vaqueta que nunca te quitaste.

—Cumplo las órdenes que me dan, y si me ponen por jefe a Judas, o a Barrabás, ni discuto ni pregunto, ni me paso al bando enemigo.

—El gran culazo conspirador, el gran cerebro de las maquinaciones ocultas, destronado. Y aquí está tu traidor, convertido en tu jefe, porque a la hora de volar verga sin asco alguno, a quien llaman es a Leónidas —Leónidas se golpea el pecho.

—Allá arriba sabrán por qué me pusieron bajo tus órdenes. Yo vine a recibir instrucciones, no a discutir quién tiene más huevos.

—Triste que te peguen la patada en el culo, y que ni te expliquen.

—Si sos vos el que me lo va a explicar, es que de verdad ando por los suelos.

—Consolate con la idea de que a lo mejor tu periodo de rehabilitación no dura mucho.

—Un revolucionario siempre está conforme en el sitio que le asignen —dice Tongolele.

En los ojos de Leónidas, que no dejan de mirarlo, se queda brillando una chispa de burla; y luego, con toda parsimonia, se pone unos anteojos de mediacaña, y saca de una gaveta del escritorio un plano de Managua que extiende encima. La ciudad está dividida por zonas en el plano, marcadas con trazos rojos de plumón.

—A Leónidas le han confiado dirigir la Operación Abate —dice—: hay que fumigar a todas estas sabandijas que han salido a las calles buscando perpetrar un golpe de Estado.

—¿Golpe de Estado? ¿Esos cafres? Los golpes de Estado los da el ejército.

—El ejército está del lado de nosotros, cuidado con malinterpretar mis palabras. Estos pendejitos escolares están siendo usados por los curas, los gringos y la burguesía vendepatria para dar el golpe de Estado. Y nosotros vamos a pararlos en seco.

—Y las fuerzas especiales de la policía, y los antimotines, ¿se repliegan entonces a los cuarteles?

—La policía va a darnos respaldo táctico. Es el pueblo, armado de manera espontánea, el que va a salir a defender sus conquistas.

—¿Armado de qué manera?

—Armamento de arsenal militar, Leónidas no los va a mandar a acabar con tanto chinche y cucaracha con pistolitas de juguete.

—¿Estamos hablando nada más de Managua?

—Managua, Masaya, León, Matagalpa, Jinotepe, Estelí. Donde se necesite el insecticida. Y los cerebros tácti-

153

cos de las fuerzas de tarea serán los combatientes históricos. Vamos a usar walkie-talkies de frecuencia especial
para comunicarnos.

Los combatientes históricos. Una colección de viejos
jefes guerrilleros de barrigas prominentes, con problemas
de próstata crecida, cuántos con marcapasos instalados,
diabéticos, hipertensos, organizados en la asociación de veteranos que preside el propio Leónidas, y que solicitan por
su medio operaciones de cataratas, diálisis, medicamentos
que no pueden costear, cartas de recomendación para emplear parientes, asistencia económica para reparar sus casas.

—Yo no soy combatiente histórico, yo estoy en activo
—dice Tongolele.

—¿Activo? Yo creo que ya no —ahora la sonrisa no le
cabe a Leónidas en la cara.

—Limitémonos al operativo ¿Qué es lo que me toca
en concreto hacer?

—Todo el oriente de Managua es tuyo —Leónidas re-
corre con el dedo el trazo de uno de los círculos rojos en el
plano—. Lo primero que quiero que quede libre es la carretera al aeropuerto.

—Con dos o tres descargas al aire ese chavalero corre a
refugiarse bajo las naguas de sus abuelitas.

—Nada de tiros al aire. Vamos pija y rincón, con Akas
bien aceitados. Armas de guerra. Y detrás, van las palas
mecánicas despejando las barricadas.

—Van a ser muchos muertos.

—Y si lo que hacemos es volar tiros al aire, los muertos
vamos a ser nosotros. Nos van a colgar de los mismos árboles de la vida que todavía no han botado.

—¿Cuánta gente es la mía?

—Como tu zona es de las más calientes, Leónidas va a
ponerte una fuerza de tarea de doscientos hombres, bien
armados, y suficientes camionetas Hilux, todas nuevecitas.
Tu base de operaciones es el Mercado de Mayoreo. Y vas a
contar con el apoyo de francolines con fusiles Dragunov.

—¿Son necesarios los francotiradores? Habrá poder de fuego de sobra.

—Vas a tener francolines en tu zona, y los va a tener Leónidas en su teatro central de operaciones. Están anunciando una gran marcha para mañana. Leónidas los va a dejar que avancen hasta la catedral. Y a la hora indicada, los Dragunov a volar cabezas, y la fusilería a ponerlos en desbandada.

—¿Vamos de manera escalonada, o simultánea?

—Rompemos fuegos al mismo tiempo, contra los marchistas, y contra las barricadas en las zonas. El que salga huyendo de una línea de fuego cae en la otra.

—Seis círculos rojos, seis zonas de limpieza. Más la marcha que hay que disolver. Corremos el riesgo de que nos agarremos a balazos entre nosotros mismos. Cada fuerza de tarea tiene que llevar un distintivo.

De repente, se oye aportando ideas que se abren paso en su cabeza por encima de su reticencia, y por encima de su humillación. En el fondo, lo que busco es acomodo, piensa. No quedarme fuera del juego, ver qué pasará mañana, esperar a que el viento cambie. Sobrevivir.

—¿Qué clase de distintivos? —Leónidas mira su Rolex—. La gente comienza a reconcentrarse a las cinco de la mañana, no queda mucho tiempo.

—Camisetas. Un color de camiseta por cada zona de operaciones. Yo puedo conseguirlas antes de esa hora.

—¿Y algo así como máscaras? ¿Algo con que tapar las caras de los combatientes?

—Medias de seda, se me ocurre. Gorros tejidos, que se pueden bajar hasta los ojos, no es problema abrirles huecos. Y pañuelos indios.

—Y todo eso, ¿será vendido, o regalado?

—Yo lo resuelvo, y punto.

—Entonces, que lo lleven todo al estadio de beisbol. Allí va a estar el centro logístico. Y ahora tengo que echar una meada.

Tongolele busca en el registro del celular el número de Fabiola, no sin dificultades porque está acostumbrado a que Pedrón le pase el aparato cuando la llamada se halla lista. Mientras, en el baño al otro lado del tabique, Leónidas orina con chorro de caballo.

La oye chillar en el teléfono, y primero tiene que apaciguarla, ¿qué está pasando con vos, amorcito, te llamo y te llamo y no contestás, me están llegando noticias muy feas, andan rumores de que estás detenido. No está pasando nada, todo tranquilo, ya sabés que hay una emergencia, estoy reconcentrado, luego hablamos.

Y le explica lo de las camisetas, son para una liga de futbol de muchachos pobres de las comarcas, el campeonato comienza muy temprano de la mañana. Lisas, las camisetas, sin logos ni nada. Los colores más vistosos. Rojo fucsia, azul de Prusia, amarillo canario, verde esmeralda, que se puedan ver desde lejos. Como los colores de los árboles de la vida, comenta ella. Tongolele le detalla también lo de las medias de seda, los gorros, los pañuelos. ¿Y todo eso es para la misma liga de futbol? Digamos que son regalitos para las madres de los jugadores, vos me entendés bien, no hay por qué explicarlo. Ella comercia también emblemas del partido, que se venden en la plaza cuando hay concentraciones, por ejemplo, pañoletas rojo y negro, ¿pueden servir?, pregunta. Sirven, claro que sí, que agregue también las pañoletas. Pero se trata de varias gruesas de artículos, hay que ir a buscar la mercadería a diferentes bodegas, lo de más bulto son las camisetas. Entonces, que se ponga a eso ya, que junte todo y lo mande al estadio Dennis Martínez. Cinco de la mañana a más tardar.

Tongolele termina la llamada, y se mete el teléfono en el bolsillo trasero del pantalón, en lo que Leónidas vuelve subiéndose el zíper.

—No traje ropa, no tengo ni cepillo de dientes —dice—. Quisiera ir a mi casa un momento. Antes de las cuatro estoy de vuelta.

—No hay quien te lleve —responde Leónidas, mientras guarda el plano en la gaveta del escritorio—. Y el Porsche no te lo puedo prestar, es muy retrechero y sólo conmigo enciende.

—Estoy preso aquí, entonces.

—¿Preso? ¿Qué grosería es ésa? Sos huésped de Leónidas, que no es poco decir.

—Dejémonos de faramallas. Te dieron órdenes de retenerme aquí.

—Las órdenes que tiene, Leónidas no las puede discutir con un subalterno.

—¿Dónde me acuesto entonces?

—En mi cama va a ser imposible, porque no duermo con hombres.

—A mí el gallinero me basta.

—No es para tanto. Aquí en la oficina ponemos una colchoneta, y hasta que amanezca vas a tener tiempo de sobra para soñar con los ángeles, serafines, querubines, tronos y demás potestades celestiales.

9. Obispo de unas ruinas

Amanecía el miércoles cuando al inspector Morales lo despertó el revoloteo nervioso de una gallina que volaba al suelo desde un árbol cercano, la luz difusa por debajo de la cortina de cretona de la ventana. Se dio cuenta de que no se encontraba en su casa del barrio El Edén porque en su patio no había gallinas, ni cortina de cretona en la ventana.

Fue recorriendo con la mirada legañosa la habitación: donde había dos catres de campaña arrimados a paredes opuestas, uno de ellos el suyo, cada catre vestido con primor de solterona, las sábanas y las fundas bordadas en cruceta, y en medio de los catres, en una mesa, una pequeña imagen de bulto de la Purísima Concepción con un rosario rodeando la peaña. Pudo percibir, o imaginar, un vago olor a incienso, o a vela recién extinguida, y hubiera querido decir a agua bendita, pero el agua bendita no tenía ningún olor. Entonces advirtió que ahora, no sabía por cuánto tiempo más, su vida discurriría en el encierro de las casas curales, donde todo parecía a punto de marchitarse.

Se sentó en el catre, con la vejiga adolorida de tan llena. Caminó hasta el baño en calzoncillos, tal como había dormido, ayudándose con el bastón, y no fue sino de regreso, después de orinar con dificultad, cuando reparó en que Rambo no estaba en el catre gemelo al suyo. Entreabrió la puerta del cuarto y se asomó al corredor. La casa cural se hallaba desierta; el padre Pancho debía estar dando su primera misa del día. Cuando volvía al catre vio, prensada bajo el pedestal de la imagen de la Virgen, una bolsa de papel kraft que olía a cebolla, sacada seguramente del tacho de basura en la cocina, escrita con apagados trazos de lápiz de grafito en los dos costados:

Apreciado y estimado jefe dos puntos

Va a pasar a perdonar pero aunque era verdad que se me caía la cabeza del sueño no era cierto que me vine a acostar sino que tenía que escribirle a usted esta carta para dejarle mi parecer por escrito ya que si le preguntaba en persona si me podía ir en misión estaba claro que no me iba a dar permiso porque así es usted que se cierra en una cosa y no hay quien lo mueva. Quiero con toda sinceridad decirle que no nací para el encierro ni para fingirme cura ni mucho menos para estar de jardinero de este padre cogiendo sol todo el día y sabiendo como usted mismo repite que al que está en un punto fijo es más fácil que lo agarren que al que anda libre de un lado para otro. Así que me voy a ver lo que averiguo sobre toda esta represión que está pasando y si es que la cosa viene más fuerte todavía. Que es lo que yo creo. Que van a sacar los fierros y disparar a la muchachada en las calles porque esta rebeldía viene que crece como la espuma y con cadenazos garrotes y lacrimógenas no van a poder parar al gentío de estar botando al suelo los árboles de la vida hasta dejar pelón ese bosque que la señora ha mandado a poblar y esa ofensa ella no la perdona así no más porque le están espantando a sus espíritus de protección que anidan como pájaros en esas ramas de fierro y que han venido volando desde el país de la India y más allá y el esposo no es que se deje quitar el mando así no más ni los que andan en manada alrededor de ellos dos tampoco se van a arrugar así de fácil y permitir que los bajen del caballo porque si la tortilla se da vuelta bien saben que los van a meter a todos en chirona como huéspedes de El Chipote en pago de lo que han hecho y entonces o ellos o nosotros dirán. Y dirán que es mejor morir matando. Yo me comunico con usted jefe en cuanto pueda o me presento en persona y tenga confianza de que mi lealtad no le falla sólo que yo soy así y dios quiera y la suerte y no vaya a agarrarme Tongolele que entonces sí hasta allí llegué y ya no me quedará de otra más que decirle adiós no sólo a usted sino también a esta vida y entonces fue que ya me llevó mandinga que es lo mismo que decir candanga. Explíquele al padre que no es que me robé la muda de ropa pero tampoco me iba a ir desnudo. Ya sé que no se puede venir conmigo aunque lo invite porque esa pata tiesa suya no se lo permite y espero que su Fanny se cure de su mal maligno atentamente.

Terminó de leer el mensaje sentado en el filo del catre, y se repasó las ralas cerdas de la barba amanecida. Tenía que ocurrir tarde o temprano. Este Serafín sólo podía hallarse conforme y a gusto en los callejones del Mercado Oriental, viviendo de la rebusca, envuelto en el humo de la Mary Poppins y, si se ofrecía, dándole a la piedra filosofal, la krakatoa, como él mismo decía; un porrito, aunque fuera exangüe, una piedrita aunque no durara más que un suspiro, y más tras tantos días de severa abstinencia.

—No se haga el pendejo, camarada, que no le luce —dijo entonces Lord Dixon—. Bien sabe que su fiel escudero va directo a buscar reenganche en las fuerzas de choque.

—No te metás con Serafín, si me podés hacer el favor —dijo el inspector Morales.

—Y más ahora que deben estar pagando el triple por cada cadenazo o por cada garrotazo —siguió Lord Dixon, indiferente a la advertencia—; y como él mismo intuye, con sabiduría de sicario, pronto a esos léperos les van a dar armas de combate para matar inocentes.

—Vos no lo conocés a Serafín como yo lo conozco, por eso sos demasiado duro con él.

—Y, encantado, tu Rambo de arrabal va a coger uno de esos fusiles, y a cazar estudiantes indefensos se ha dicho —continuó Lord Dixon.

—Vos siempre le has tenido tirria, tu juicio no es sereno —le reprochó el inspector Morales.

—¿Estoy inventando acaso, camarada? —lo desafió Lord Dixon—. ¿No estaba en la plantilla de las fuerzas de choque del Mercado Oriental? Como quien dice, un inocente lobato de los boy scouts.

—Lo torturaron en El Chipote, lo metieron en la piscina, le aplicaron el submarino a punto de ahogo.

—Perro que come huevo ni que le quemen el hocico —dijo Lord Dixon.

—Bueno y si es así, ¿qué putas puedo hacer yo? —se encabritó el inspector Morales—. ¿Tenerlo amarrado a la pata del catre?

—Impedir que se fugara, imposible, lo reconozco —dijo Lord Dixon—. Pero ahora, póngase en guardia, porque existe el riesgo inminente de que denuncie su paradero.

—¿Serafín, traicionarme a mí? Perdoname que me ría.

—Más se va a reír cuando vengan a llevárselo, no de regreso a la frontera, sino a las mazmorras de El Chipote —dijo Lord Dixon—. Y lo peor es que también se llevarán al padre Pancho, que le ha dado a usted asilo y cobijo.

—Pongo la mano al fuego por Serafín, aunque tanto te duela.

—Esa mano se le va a carbonizar, tovarich, sólo le va a quedar el muñón —dijo Lord Dixon.

El padre Pancho tocó la puerta, y enseguida se asomó, recién afeitado y sonriente, mientras el inspector Morales se metía a toda prisa los pantalones. Le apenaba, más que lo sorprendieran desnudo, que la prótesis de vinilo, más clara que su piel, luciera tan maltrecha y sucia, porque no cumplía con el precepto de lavarla con detergente al menos una vez a la semana.

El desayuno estaba listo, y además había dos buenas noticias: según el reporte mañanero del padre Pupiro, monseñor había evolucionado muy bien, y le podían dar de alta en unos tres días. La otra era que Mascarita estaba dando guerra en Twitter, según acababa de llamar doña Sofía: *La Prensa* y *El Nuevo Diario* habían copiado los dos tuits en sus ediciones digitales, y muchos sitios los seguían reproduciendo con largas colas de retuits y likes.

—Doña Sofía, sobra decirlo, es una verdadera lumbrera —dijo el padre Pancho.

—Se fue Serafín —le informó el inspector Morales mientras se abotonaba la camisa nueva, también a cuadros como la del padre Pancho—. No amaneció en su cama.

—Vamos caminando que se nos enfría el desayuno —el padre Pancho hizo una señal con la cabeza de que lo siguiera.

En la pequeña mesa de la cocina, desnuda de mantel, había dos sartenes de fierro recién retiradas de la cocineta de dos quemadores; en una, huevos perdidos fritos con abundante tomate martajado, y en la otra, frijoles colorados que aún mantenían su hervor. Además, una marqueta de pan y dos pocillos donde humeaba el café recién chorreado.

—Debo serle sincero, padre —el inspector Morales tomó asiento—; la fuga de Serafín supone un gran riesgo.

—¿Acaso su amigo no es de confiar? Fue su compañero de lucha en la guerrilla.

—No es que sea capaz de irse directo a una estación de policía y venirse acompañando a la patrulla, como Judas Iscariote.

—¿Entonces? Sírvase, que no hay cosa peor que unos huevos helados.

—El único afán de un animalito salvaje cuando lo alejan de la selva es regresar a ella. Serafín sólo quiere volver al Mercado Oriental; allí es donde se siente a gusto.

—A su hábitat, como en los documentales del National Geographic —sonrió el padre Pancho.

—Pero tampoco es que Serafín sea modelo de disciplina. Y en un medio como ese donde él se mueve, siempre existe el riesgo de una zafadura de boca.

—A usted le toca valorar ese riesgo —el padre Pancho, a manera de bendición de los alimentos, cerró los ojos, se llevó una mano al entrecejo, y después se persignó.

—Por eso es que no quiero comprometerlo a usted de ningún modo. Ahora con más razón.

El padre Pancho, el tenedor en la mano, alzó la cabeza del plato.

—Para serle sincero, no creo que en las alturas estén ahora mismo pensando en usted.

—No conoce a Tongolele.

—Tienen otras cosas muy serias de las que ocuparse. Todo amor y paz y reconciliación de sus discursos, y de pronto les salen hasta debajo de las piedras estos muchachos en rebeldía.

—Tongolele sabe que estoy de regreso, porque lo sabe ese Mascarita, que sean cuales sean sus intenciones, es alguien de ellos mismos —dijo el inspector Morales.

Aún el plato a medio acabar, el padre Pancho prefirió encender uno de sus Ducados.

—Que exista alguien como Mascarita es prueba de que la gangrena comienza a extenderse dentro del régimen.

—Si esto no es obra de su propia argucia, Tongolele debe andar ya tras el rastro del topo que tiene en su guarida. La gente con acceso a la información secreta nunca es mucha.

—Si es que el topo está dentro de la guarida de Tongolele —el padre Pancho dio una larga calada al cigarrillo.

—¿Dónde más va a estar? —dijo el inspector Morales—. Algún resentido o alguien que presiente que el barco se va a terminar por hundir.

—O alguien de otra estructura del poder que no comulga con el sistema. Usted dirá que soy necio, pero cada vez estoy más convencido de eso.

—Le propongo un punto intermedio —el inspector Morales hablaba con la boca llena—. Ni su héroe de última hora, harto del sistema, ni el villano Tongolele que me quiere poner una trampa. Quedemos en el resentido, o en la rata que ve venir el naufragio.

—En todo caso, héroe, villano, rata, o resentido, Mascarita es una persona cuidadosa que no quiere dejar huella. Correos de carne y hueso; nada de emails que puedan ser trazados.

—O porque es alguien de la antigua escuela, como yo.

El padre Pancho sabía hacer esos aros de humo que ya sólo se veían en las películas en blanco y negro, donde abundaban los fumadores. Pero era un humo pestilente el de esos Ducados.

—Yo no llegaría, así, de primas a primeras, a la conclusión de que Mascarita no usa la tecnología porque se quedó rezagado —dijo—. Más bien creo que la evita a propósito.

El inspector Morales se levantó para llevar su plato al fregadero.

—Sé por experiencia propia que loro viejo no aprende, reverendo.

—Usted no sabía nada sobre el personaje Venganza, conectado a los hackers. En cambio, Mascarita lo usa como emblema. Y, si se fija, imprime sus mensajes en computadora.

Desde la calle empezó a oírse el sonido intermitente, e insistente, de las sirenas de vehículos de la policía.

—¿Y ahora qué pasa? —el inspector Morales se incorporó, alarmado.

—Quédese calmo, que no es con nosotros. Los estudiantes de la Universidad Nacional, aquí al lado, se tomaron desde la madrugada el recinto y han levantado barricadas en los accesos.

—En mal vecindario me vine a meter —el inspector Morales se reía ahora, y volvió a su asiento—. ¿Cuánto cree usted que va a durar esta rebeldía de los muchachos, reverendo?

El padre Pancho ya estaba sacando otro cigarrillo del paquete, y las colillas muertas, junto con los palillos de fósforo quemados, nadaban en el fondo de su taza.

—Una experiencia nueva en este país, la resistencia pacífica —dijo—. A lo mejor estamos empezando a vivir la primavera nicaragüense, como la Primavera Árabe.

—Desgraciadamente sólo tenemos dos estaciones, invierno cuando llueve, verano cuando no llueve. Lodazales o polvazales. Primavera sólo en las fotos en colores de los calendarios.

El padre Pancho encendió el fósforo y se quedó contemplando la lumbre antes de acercarla al cigarrillo.

—Hombre, es un decir. En Ucrania era pleno invierno, con nieve hasta las rodillas, cuando los policías antimotines botaron al suelo sus escudos frente a la multitud. Enfrente tenían a sus propios amigos, vecinos, familiares.

—En cambio aquí, cuando no puedan controlar a la multitud van a disparar sobre ella. Y cuando no basten los antimotines, sacarán a los paramilitares a la calle, armados hasta los dientes.

—La República Islámica, entonces, en vez de Ucrania. Ojalá se equivoque, inspector.

—Conozco el cebo de mi ganado —dijo el inspector Morales—. El fanatismo a muerte y el oportunismo a muerte son dos enfermedades gemelas.

—Es una triste frase, aunque merece ser anotada.

—Y muchos de los que combatieron en la guerra contra Somoza y siguen vivos tienen una nostalgia pervertida por meter el dedo artrítico en el gatillo, anote esa otra. Y por ponerse el uniforme verde olivo, aunque no les ajuste de la barriga.

En eso, la Sacristana, alta y gruesa como era, metida en su sayal gris, el rosario a la cintura, apareció en el vano de la puerta de la cocina. Como el inspector Morales le quedaba de frente, lo saludó con una leve reverencia, no exenta de azoro, y deslizando con cuidado sobre el piso sus zapatos de enfermera, blancos de albayalde, como si se cuidara de pisar los animalitos de Dios que encontrara a su paso, fue a entregarle al padre Pancho un sobre de manila.

—Otro mensaje de Mascarita —dijo—. ¿La misma mujer?

La Sacristana negó con energía.

—Un muchacho —respondió—. Entró a la iglesia con mucho irrespeto, montado en una bicicleta.

Y sin decir más, volvió a salir.

—Ya ve, inspector, su amigo Mascarita es hombre que se maneja con habilidad —el padre Pancho le alcanzó el sobre—. Ha cambiado de cartero.

—¿Y esta señora es de confianza, reverendo?

—Sabe quién es usted y por qué está aquí. Pero no es una mujer curiosa, ni parlanchina.

—Una imprudencia, y adiós mis flores.

—Si usted confía en su amigo Rambo, déjeme a mí confiar en ella, y declaramos el juego empatado.

El inspector Morales desdobló la hoja y leyó en voz alta:

> MB será llamado a Roma por el papa Francisco apenas salga del hospital. Van a dejarlo allá como papalote sin cola nombrado obispo de un lugar que no existe, todo para sacarlo de en medio, aunque el Vaticano dirá oficialmente que es para protegerlo.

—Como no lograron aplacarlo matándole al sobrino, ni pudieron dejarlo dundo con el tubazo en la cabeza, le aplican la grúa —dijo el inspector Morales—. Esto sí que se llama alta diplomacia.

—Pero es que no puede ser, putamadre —dijo el padre Pancho.

—¿Qué es lo que no puede ser? —preguntó el inspector Morales.

—Pues esto —respondió el padre Pancho, señalando el papel—. El papa Francisco no es capaz de prestarse a una maniobra de esa calaña.

—¿No es jesuita el papa? —preguntó con falso candor el inspector Morales.

—¿Y qué? —se revolvió el padre Pancho—. ¿No lo soy yo también? ¿Usted me va a salir con que cree en esa leyenda de la doblez de los jesuitas?

—No, reverendo, yo preguntaba porque tal vez usted puede averiguar si Mascarita está diciendo la verdad —reculó el inspector Morales.

El padre Pancho lo miró con fijeza, y extinguió en la taza el cigarrillo que acababa de encender.

—Mi provincial en San Salvador no sabrá nada, pero tengo cómo indagar.

El inspector Morales lo escuchaba de lejos hablar por teléfono. Al rato volvió, y parecía buscar a ciegas el asiento.

—Lo nombraron obispo titular de Forontoniana —dijo—. Acabo de hablar con el provincial de los dominicos en San Salvador.

—¿Forontoniana? ¿Qué lugar es ése?

—Un lugar que no existe, como dice Mascarita. Sólo quedan ruinas. Fue la capital de la provincia romana de Bizacena, en lo que hoy es Túnez.

—¿Obispo de unas ruinas?

—Es un cargo honorífico, un título nada más. Obispo *in partibus infidelium.*

—Obispo en tierra de infieles —dijo Lord Dixon—. Una diócesis fantasma, que dejó de serlo tras la conquista de los árabes, o los turcos, que entraron volando cabezas con las cimitarras desenvainadas. Hay algunas ruinas que indican dónde estuvo una vez la ciudad.

168

—Pero él ya era monseñor —dijo el inspector Morales—, ya tenía un rango alto en la Iglesia.

—¿Prelado doméstico del papa? Eso no es nada, inspector. Hay curas que se inflan con esos títulos huecos, pero a monseñor Ortez siempre le han venido flojos los oropeles.

—Doble lotería entonces. Antes prelado doméstico, que no es nada, y ahora obispo de un lugar que tampoco es nada.

—Intrigas, puras intrigas —el padre Pancho cabeceaba como un toro—. Es sólo para llevárselo a Roma y dejarlo perdido en las oficinas de un dicasterio.

—Eso tampoco sé con qué se come, reverendo.

—Un dicasterio es como un ministerio en un gobierno, filas y filas de escritorios —dijo Lord Dixon—. Sólo que todo es un revolotear de sotanas.

—El dicasterio donde lo mandan es la Congregación para las Causas de los Santos.

—¿Y allí qué hacen?

—Llevan los procesos de canonización; les abren un expediente a los candidatos y averiguan sus milagros.

—Al menos podrá ayudar a que a sor María Romero la eleven a los altares. Sería la primera santa nicaragüense.

—Pueden pasar siglos sin que nadie desempolve su expediente —dijo Lord Dixon—. Hay miles de esos expedientes perdidos en las catacumbas de Roma, donde guardan los archivos de los santos que nunca fueron ni serán.

—No creo que a monseñor le den ningún poder para eso, será un simple oficinista —dijo el padre Pancho—. Uno entre una inmensa caterva.

—Tal vez el papa, que lo manda a llamar, lo saca de allí y se lo lleva como secretario a su casa pontificia.

—El papa ni siquiera sabe que monseñor Ortez existe. Todo lo hacen en su nombre. Qué vergüenza Roma.

—Le conviene al propio Francisco que la cristiana grey crea que él no sabe nada de lo que pasa a su alrededor —dijo Lord Dixon.

—Entonces, a monseñor se lo llevan a huevo. A montarse en el avión se ha dicho.

—Este golpe lo vienen fraguando arriba desde antes, algo así no se improvisa —rumiaba el padre Pancho.

—Y el Vaticano se presta a que todo quede bajo el disfraz de que lo alejan para protegerlo.

—Se puede creer en Sai Baba y en el Ojo de Fátima, y a la vez resultar bendecido con los favores del santo padre —dijo Lord Dixon.

—Es lo malo cuando el poder del Evangelio se trastoca en poder temporal —el padre Pancho sacó el último cigarrillo que quedaba en el paquete—. Eso es Roma, por desgracia.

—El corto y sinuoso camino que hay de Belén a Babilonia —dijo Lord Dixon.

—Y monseñor, ¿puede negarse? ¿Puede decir de aquí yo no me muevo y a Roma no voy ni que me lleven amarrado?

—Cae en desobediencia frente al papa y lo castigan con la pena canónica de suspensión a divinis.

—¿Le quitan la sotana?

El padre Pancho estrujó en el puño el paquete vacío de Ducados.

—No puede decir misa, no puede impartir los sacramentos, no puede escuchar confesiones.

—Un cura que ya no es cura —dijo Lord Dixon—. Una tortuga desnuda, fuera de su concha.

—Muerto en vida, en otras palabras. Y para quien no puede vivir sin la sotana, es como arrancarle el alma de cuajo.

—Peor que eso, quedaría en la indigencia. Quien sirve al altar vive del altar. ¿Qué otra cosa sabemos hacer los curas? Ni yo, ni monseñor Ortez tenemos ni en qué caer muertos.

—¿Qué hacemos entonces con este mensaje?

—Seguramente no le darán publicidad al decreto pontificio hasta que monseñor haya regresado a su parroquia.

—Entonces hay que adelantarse, y mientras más pronto, mejor.

—Nada se ganaría en este caso. El Vaticano no se va a echar para atrás porque filtremos una medida ya tomada. Y ni siquiera monseñor Ortez está enterado.

—Ésta es una guerra, y hay que usar todas las municiones. No podemos saber qué cosa va a tener efecto y qué no.

—Pues déjeme consultarle al padre Pupiro.

—No puede consultar, reverendo, aunque se trate del padre Pupiro. Nadie más debe saber que la cuenta de Twitter la manejamos nosotros.

—Y yo que creía que los jesuitas eran buenos conspiradores —dijo Lord Dixon.

—Pero démosle chance a monseñor de salir del hospital, por lo menos.

—De todos modos, tarde o temprano se va a dar cuenta. Aquí lo que vale es la sorpresa.

—Sabía san Ignacio lo que valía atacar por sorpresa —asintió el padre Pancho—. Lo probó su regimiento en la batalla de Pamplona.

—No sólo en la guerra, sino también en sus lances con las damiselas de la corte —dijo Lord Dixon—. Porque mujeriego empedernido fue en sus mocedades.

El inspector Morales se disponía a leer por teléfono el mensaje a doña Sofía, para que lo copiara, pero el padre Pancho, sin decirle palabra, le quitó el celular de la mano, fotografió la hoja y la pasó por WhatsApp. Unos minutos después se lo devolvía.

—Respondió como un rayo doña Sofía —dijo—. Le pican los dedos por tuitear esa información.

Afuera, por el rumbo del recinto universitario, comenzaron a sonar detonaciones, primero espaciadas, después nutridas y cada vez más fuertes.

—Bombas lacrimógenas a granel, y, esas últimas, granadas de sonido —dijo el inspector Morales.

—Quieren impedir que los estudiantes salgan a sumarse a la manifestación que está convocada para hoy —dijo el padre Pancho.

En la sala de la casa cural se oyeron unos aullidos feroces, y luego estertores roncos, como si alguien estuviera siendo degollado. El padre Pancho corrió a ver, y el inspector Morales lo siguió.

La Sacristana se había dejado caer en una de las mecedoras y, recostada contra el espaldar, amordazaba su llanto con el puño en que tenía un pañuelo.

El padre Pancho le puso una mano sobre la frente, y ella alzó a verlo, como si tardara en reconocerlo.

—¡Mi sobrina! —dijo entre sollozos.

Habían secuestrado a su sobrina en la rotonda universitaria. Llegaron disparando unos hombres de camiseta amarillo canario montados en la tina de una camioneta, hirieron a varios, a ella la culatearon en el suelo, y después que la esposaron la subieron a la fuerza a la tina y se la llevaron con rumbo desconocido. Según la Doris, su compañera de estudios que llegó corriendo a la iglesia a avisarle, iba manando sangre de la cabeza.

—¿Qué se vino a hacer hasta aquí, si ella es de otra universidad? —berreaba la Sacristana—. Culpa de esa Doris, de esa libertina que la entotorotó.

—Joder, Lastenia, ¿qué palabras son ésas? —la reprendió el padre Pancho—. Libertina mis cojones, son muchachas esas que se las traen.

—¿Cómo se llama su sobrina? —preguntó el inspector Morales, listo para tomar nota en el sobre en que venía el último mensaje de Mascarita anunciando el exilio forzado de monseñor Ortez.

—Eneida —respondió la Sacristana, llevándose el pañuelo a los ojos—. Eneida Robleto. No tiene más padre ni madre que yo.

—Ya la advertí que deje esa manía de andar anotando —lo regañó Lord Dixon—. Convénzase de una vez por todas que usted no es más que un fugitivo.

Segunda parte

Bruja primera:
Giren, giren, en torno al caldero;
arrojemos en él vísceras envenenadas.
Tú, sapo, que bajo la piedra fría
treinta y un días con sus noches
tu veneno destilas medio en sueños,
hervirás primero en la olla encantada...

WILLIAM SHAKESPEARE,
Macbeth, acto IV, escena I

10. Un obsequio de Taiwán

Empieza un largo miércoles. Acostado en la colchoneta tendida en el piso de la oficina, apenas ha logrado entredormirse tras una larga noche en blanco cuando escucha trajinar a Leónidas, que ya está de pie. Lo oye entrar al baño, oye el ruido del inodoro al descargarse, poco después el chorro de la regadera que rebota en el piso, y el gorgoteo del agua al irse por el caño; y al rato siente sus pasos que se acercan en la oscuridad sobre el tablado, y el olor a cloro de la toalla deshilachada que le deja caer sobre la cara. Y lo oye reír sin razón aparente al alejarse de nuevo.

La cortina de baño estampada con flamencos color carne viva, parados en una pata, está desgajada de los ganchos a grandes trechos, y cuando la descorre, termina de desgajarse más. Se mete con remilgos de asco porque el agua jabonosa no ha terminado de escurrirse en el piso, y como en la jabonera sólo queda una lasca enredada de pelos, decide que con echarse el agua encima es suficiente.

Se restriega con energía la cabeza, los hombros, el pecho, como si lo acontecido el día anterior fuera una suciedad que puede irse en remolinos por el desagüe; pero cuando se viste con la misma camisola sin mangas de las que ya no se usan, los calzoncillos hasta la rodilla, de los que tampoco se usan, los jeans color ratón, la camisa a rayas celestes con las sombras del sudor debajo del pegue de las mangas, piensa que la pesadumbre y el desánimo son mariconadas, igual que los resentimientos; y que la única manera de remontar el despeñadero y regresar a la superficie es volviendo a hacer méritos, probar lo que vale donde sea que lo pongan. Demostrar que está hecho para la disciplina. La humildad también es un arma de combate, si sabe usarse.

Leónidas ya ha desayunado cuando él sale del baño, pero sobre el pantry de la cocina encuentra un pocillo de café, que se bebe amargo, y una pieza fría de pan dulce, pegajosa de azúcar, que comienza a morder con aprensión pero que termina comiéndose sin dejar miga.

Afuera, Leónidas ya está subido al Porsche y acelera el motor, urgiéndolo a salir. Viste pantalones de camuflaje del desierto, color arena y vegetación pálida, y la camisa del uniforme de la selección nacional de beisbol, la gran N de Nicaragua a la izquierda de la pechera, un número 1 en la espalda, y adelante, atrás, en las mangas, emblemas de marcas comerciales: electo por unanimidad presidente de la FENIBA, la Federación Nicaragüense de Beisbol, le explica a Tongolele cuando se sienta a su lado y se recuesta en el asiento, dispuesto a escucharlo con paciencia y comprensión: quién soy yo para discutir las decisiones de arriba, quién soy yo para cambiar los designios depositados en la caja china. El equipo de la selección en pleno le había entregado en una ceremonia el uniforme con el número 1, dice Leónidas, muy sonriente, examinándose la camisa del uniforme color gris porque es el que corresponde cuando se juega en casa propia. Y hoy vamos a jugar en casa propia, somos los dueños del terreno.

La presidencia de la FENIBA era un puesto de poder político, y el comandante lo había llamado para pedirle el favor de que se presentara como candidato. Estarás demasiado ocupado escribiendo tus memorias, atendiendo a los combatientes históricos, pero saca el tiempito, te necesito allí también; y viene el pendejo de Leónidas, dice Leónidas, y le responde: si me garantiza que tengo los votos suficientes, comandante, acepto la candidatura. Y el comandante, con justa razón, se rio de la ocurrencia: pero, hombre, jodido, si no tuviera la elección en el bolsillo ni me molesto en llamarte.

Como si no lo supiera él, que había recibido en la caja china las órdenes perentorias de asegurar los votos a como diera lugar, pues había delegados de la asamblea general de la FENIBA que se resistían aun siendo miembros del partido, por lo de siempre: es un traidor, cómo vamos a votar por un traidor, y fue necesario halagarlos con algún regalito, satisfacerles alguna solicitud, y, a otros, torcerles el brazo de manera poco amistosa.

Ya llegan al estadio Dennis Martínez, ubicado entre la avenida universitaria y la carretera a Masaya, en las cercanías de la laguna de Tiscapa, y en la cercanía también de la catedral metropolitana, de la Universidad Nacional de Ingeniería, y de la Universidad Centroamericana, un obsequio del gobierno de Taiwán para que Nicaragua no abandonara el puñado de países que aún no desertaban para irse a abrir relaciones diplomáticas con China Popular.

Los predios están bajo el control de la policía, los accesos resguardados por barreras metálicas en las que sólo se permite el paso a los vehículos que acarrean a la tropa de paramilitares, buses de las líneas urbanas de Managua aportados por las cooperativas de transporte, camiones de obras públicas, microbuses y camionetas de ministerios y entidades de gobierno.

Se movilizan las fuerzas territoriales, el aparato de Estado, los recursos de transporte, la policía, el ejército, que no da la cara, pero no puede dejar de estar detrás, si no de dónde todo el armamento de guerra que según Leónidas va a utilizarse, empezando por los Dragunov. Y le guste a él o no quién esté a la cabeza de la operación, payaso o no payaso, traidor o no traidor, la voluntad de arriba de dar una respuesta contundente es expresa. Y él es parte de esa voluntad que se dirige hacia un solo objetivo: retomar el control de las calles. Tiene que metérselo en la cabeza.

Las órdenes para que sean apartadas las barreras y den paso al Porsche son repetidas con celeridad de un control a otro, y en cada resguardo saludan militarmente a Leónidas.

179

La cenefa que rodea en lo alto la estructura del estadio, trenzada de azul, negro y blanco, empieza a destacarse entre las sombras del amanecer. Los amplios ventanales del vestíbulo se hallan encendidos como para una gala, y frente a las puertas desbordadas de luz desembarcan los contingentes compuestos de hombres de diversas edades que cargan mochilas coloridas: policías vestidos de civil, relevados de sus unidades; guardas de seguridad privada, reos comunes a quienes se ha ofrecido la libertad, integrantes de las fuerzas de choque de los barrios, escogidos entre quienes saben el manejo de armas de fuego, miembros de la juventud del partido, y lo más granado del lumpen del Mercado Oriental. Una vez en tierra, todos son instruidos de alinearse en filas de dos en fondo para dirigirse a los palcos y mezanines.

Tuvimos una discusión, dice Leónidas, apagando el motor y guardándose las llaves en el bolsillo de la pierna del pantalón de camuflaje, y Tongolele pone cara cordial para escucharlo; parte de la disciplina que se impone él mismo es ser en adelante cordial: ¿Discusión?, ¿ah, sí?, ¿con quién? Leónidas se iza desde el asiento, y mientras Tongolele aún no logra salir de las honduras del suyo, él ya está de pie en el pavimento, el plano de Managua enrollado bajo el brazo: discutimos entre los directivos de la FENIBA si el nombre se escribía con una ene o con dos, Denis o Dennis, y al fin lo dejamos como está en su cédula de identidad, Dennis.

Qué discusión más trascendental, piensa Tongolele, y de inmediato se reprime, abre la portezuela, al fin ha podido desencuevarse. Las letras sólidas que forman el rótulo ESTADIO DENNIS MARTÍNEZ brillan también, iluminadas por fanales de luz blanca, en el frontispicio del estadio, encima de la cenefa.

Veintitrés temporadas como big leaguer, le quitó el récord al dominicano Juan Marichal de más juegos ganados por un pitcher latinoamericano en el gran circo, y por si todo esto fuera poco, lanzó un juego perfecto, fecha histórica la del 28 de julio de 1991, nueve entradas al ritmo de uno, dos, tres, tirando bólidos de fuego arriba de las noventa millas por hora, pizarra final, Expos de Montreal 2, Dodgers de Los Ángeles 0, ¿querés más masa, loritá? Es una enciclopedia parlante en asuntos de beisbol Leónidas, eso no puede negarse. Y ahora decime, ¿por qué no está Dennis en el salón de la fama de Cooperstown? Tongolele, que camina un tanto por delante, se encoge de hombros, no lo entiende al beisbol, nunca lo ha entendido, es un juego complicado, le aburre. Debe ser pura envidia, responde, tal vez porque no es yanqui.

La calidad y el verdor de la grama, importada de los mejores viveros de Miami, palcos VIP espaciosos, sky boxes exclusivos, pizarras electrónicas gigantes, un sistema de luminarias que da mayor claridad que la propia luz del día, un food court, un fan club, tiendas de recuerdos, un estadio a todo meter donde uno podía sentirse como en cualquiera de los mejores de las grandes ligas, sigue predicando Leónidas mientras entran al vestíbulo, y todo este progreso es el que cuatro golpistas querían detener para volver a los tiempos del somocismo.

Las pacas de camisetas, atadas con cinchos, y las prendas que servirían de cubrecaras, metidas en tres grandes cajas de cartón, han llegado a tiempo y se hallan depositadas contra una pared del vestíbulo. Pasan revista al encargo y Leónidas entrega el plano a Tongolele para que asigne un color a cada zona de operaciones y así proceder a la distribución.

El chofer que ha traído la encomienda —un hombrecito enclenque y encorvado, de bigote canoso, que parece incapaz de manejar un vehículo de carga, y menos de transportar él solo, a pulso, los bultos de camisetas y las cajas desde el estacionamiento, tal como lo ha hecho— custodia la mercancía, atento a la llegada de Tongolele; y cuando ve alejarse a Leónidas, se adelanta para pedirle que firme el recibido en la orden de libramiento, y, además, entregarle una nota de la Fabiola, metida en un sobre de oficio y escrita en papel cuadriculado:

Nos van a joder el negocio porque vendieron en un tuit de un tal Mascarita a los Pitufos por razón del encargo que fueron a cumplir a la frontera a solicitud tuya, allí los sacan retratados, y a mí misma me echaron por delante con nombre y apellido y todo, pero no sólo eso te digo sino que en otro tuit de ese mismo Mascarita, que quién sabe quién se esconde detrás, te están endilgando también que mandaste a pegarle el tubazo al monseñor y ponen nombre y foto de la persona que hizo el encargo, más tarde busco cómo volver a contactarte porque me preocupa no saber si es de muy de las alturas que quieren perjudicarte, o son tus enemigos rivales, o acaso es gato casero el que tenés en tu oficina porque son cosas secretas de tu trabajo que de dónde van a salir a luz pública si no es de esas tres posibilidades que te digo. Yo quedo en ascuas y como apenas es la medianoche ya sé la madrugada desesperada que me aguarda, pero no te quiero cargar de más penas de las que ya tenés que son más que suficientes. Este señor don Prudencio, que es de toda mi confianza y quien te lleva la presente, tiene que irse a sacar la mercancía a las bodegas y no lo sigo atrasando, ya veremos cómo nos amanece.

Dobla el papel, se lo mete en el bolsillo de la camisa, y le dice a don Prudencio, que se muerde el bigote mientras aguarda sin quitarle ojo, que puede irse de una vez, está bien, razón recibida, y el otro se va, curcucho como bajo un peso agobiante, y como temeroso del aire que puede alzarlo en cualquier momento del piso, tanta es su flaquencia.

Casi está amaneciendo cuando sale a los palcos, ya con los colores de cada zona marcados en el plano, y mientras tanto se esfuerza en quitarse de la mente los nubarrones que cada vez más se espesan a su alrededor, si es así como la Fabiola dice, aquello apenas estaba empezando, le patean el culo degradándolo, y le patean el hocico publicando secretos comprometedores, y aún le achacan acciones en las que nada tiene que ver. ¿Y las patadas en el hocico también vienen de arriba? ¿O a otro más abajo se le ocurrirá que es tiempo de aprovechar y quebrarle los dientes? Si no puede contestar esas preguntas, mejor no hacérselas. Y manotea frente a su cara, como si así pudiera dispersar aquellos nubarrones espesos.

Toda la tropa se halla desparramada en los palcos desde los que se alza una bolina de voces como si algún partido esté a punto de comenzar, y el alboroto crece en tanto las camisetas van siendo distribuidas en medio de una rebatiña, se desnudan el torso para ponérselas, o se las meten encima de las camisas, se prueban las máscaras, se anudan los pañuelos, y cuando reciben a través de los megáfonos de mano la orden de reagruparse según el color de las camisetas, rojo fucsia, azul de Prusia, celeste cielo, amarillo canario, verde esmeralda, gris perla, igual número de camisetas por color, igual número de hombres por zona, Tongolele, satisfecho de su idea, ve la facilidad con que se van juntando, al mismo tiempo que las voces se apaciguan. Una contribución a la causa de su parte.

Después, cada contingente va siendo llamado al terreno, y los pelotones se colocan a ambos lados del infield, a lo largo de las rayas de primera y tercera base, cada jefe de las fuerzas de tarea ya a la cabeza, entre ellos él, con su camiseta amarillo canario, el color elegido por él mismo para su destacamento, y un pañuelo rojo indio anudado en el antebrazo. Ésa ha sido otra idea suya de última hora, un distintivo para los jefes.

Las armas y las cajas de municiones, cubiertas por grandes lonas, se hallan desplegadas sobre la grama del infield, y Leónidas va a colocarse en el montículo del pitcher, el megáfono en la boca: bien podríamos, compañeros, usar los micrófonos inalámbricos de este estadio donde todo es inteligente, y nos veríamos en esas pantallas gigantes, pero entonces estaríamos alertando al enemigo porque nos oirían en varios kilómetros a la redonda, así de potente es el sistema de sonido, y es por eso que nos conformamos con este megáfono de anunciar matarratas en los callejones del Mercado Oriental, pero de matarratas se trata, compañeros, nosotros vamos a aplicar hoy día el plaguicida Abate en todo el país; aquí empezamos con Managua, pero apenas se vayan ustedes a cumplir su misión, vienen los contingentes destinados a las otras ciudades donde tenemos que combatir también las alimañas que han salido de sus madrigueras, ratas, y también culebras, arañas, alacranes, chinches, piojos, pulgas, zancudos, cucarachas, garrapatas, jejenes, sepan y estemos claros que eso de los árboles de la vida sólo es el burdo pretexto de un plan cocinado en los peroles del diablo para destronar la revolución que todos hemos jurado defender a costa de nuestra sangre.

El megáfono devuelve distorsionada la voz de Leónidas entre pitidos agudos, y Tongolele lo escucha hablar ahora no en la tercera persona que lo hace aparecer como un personaje lejano, oculto entre las nubes, sino en el nosotros majestuoso que lo envuelve todo, el nosotros del último mensaje recibido en la caja china mediante el que lo han defenestrado.

Y ahora Leónidas ordena levantar las lonas y descubrir el armamento: escojamos el chunche que nos guste, compañeros, un AK ruso de culata plegable, o uno de culata fija, allí tienen los M-16 gringos, como los que arrebatamos en combate al ejército genocida de Somoza, les garantizo su eficacia porque somos viejos amigos; y podemos agarrar todos los magazines que nos alcancen en las mochilas, que por falta de munición no pereceremos, pero no preguntemos por armas cortas porque no van a encontrar ninguna, nada de tiritos por aquí y tiritos por allá, lo que necesitamos es poder concentrado de fuego; pero algunas vamos a entregar, y tocó la cartuchera de nylon prensada a la cintura, sólo como distinción para ciertos compañeros muy especiales. Son nada menos que pistolas Jericho fabricadas en Israel, y se diga lo que se diga, los judíos en asunto de armas son exquisitos.

Con fierros de esta variedad y calidad tenemos más que suficiente para divertirnos todos volando reata tieso y parejo por el tiempo que sea necesario. Con su pausa, claro, la pausa del almuerzo, perdonen que no pudimos organizarnos para el desayuno, pero ya van a ver el almuerzo, una caja para cada uno con medio pollo rostizado, papitas fritas crujientes, y hasta una manzana Golden y una barra de chocolate, y lo mismo la cena, todo eso cortesía de «ya sabemos quiénes». Y «ya sabemos quiénes» nos han ordenado que en esa ración vayan también dos latas de cerveza Heineken que hagan doler la mano de tan helada; y no vayan a creer que «ya sabemos quiénes» se han olvidado de las necesidades de los hogares de cada uno de ustedes, y por eso van a recibir al final de cada jornada cincuenta lolos de los verdes, que «ya sabemos quiénes» les mandan con todo cariño.

Los jefes de tarea han de vérselas para contener el impulso de los reclutados que quieren abalanzarse sobre las armas como si se tratara de una repartición de juguetes navideños. Recorren los lotes con incredulidad, qué es tanta bellezura, dice uno, y se agacha para alzar un fusil AKM de asalto con tambor de setenta y cinco proyectiles, pero la voz de Leónidas lo detiene: ésos sólo están allí para que nos recreemos la vista, compañero, no nos alagartemos; también pueden apreciar al lado, pero no me los toquen tampoco, el Remington 700, que admite munición de distintos calibres, es un fusil de cacería y a eso es justamente a lo que vamos; la escopeta Mossberg 500, que tiene oculto el martillo de la corredera; la ametralladora PKM, que se apoya en sus dos patas delanteras; y otros antiguos conocidos, como el lanzacohetes ruso RPG-7, que parece un fagot musical. Todas esas piezas van a ser asignadas de manera selectiva a cada fuerza de tarea, y quedarán en manos de compañeros que saben usarlas sin desperdicio.

Y aquí atrás, entre el short stop y la segunda base, admiremos los Dragunov de mira telescópica fabricados en Bielorrusia, al lado de sus gemelos, los Catatumbo, que nos envían los hermanos bolivarianos de Venezuela, más ligeros que los Dragunov, porque están hechos de polímero, los unos y los otros destinados también a manos de compañeros experimentados en el tiro franco; sólo sepamos, para que nos animemos, que tienen un alcance de mil trescientos metros, es decir, más de un kilómetro, lo que significa que desde aquí arriba, desde el techo del estadio, un tirador puede abrirle en dos la jupa a cualquier hijueputa golpista que huyendo de nosotros quiera refugiarse en la catedral.

Leónidas ya tiene en la mano su propio fusil, uno de los Catatumbo, con una plaquita de plata en la culata donde va estampada la firma del presidente Nicolás Maduro, y lo alza como había hecho al subir la escalera del avión tras el asalto al Nejapa Country Club más de cuarenta años atrás, mientras sostiene en la otra mano el megáfono: y para que esa recua de pendejos sepa con cuántas papas se hace un guiso, antes de empezar el operativo vamos a organizar un desfile triunfal, así se cagan en los calzones y a lo mejor el tufo a mierda los espanta de una vez por todas.

En el palco privado de la FENIBA, que tiene detrás un salón ejecutivo, con un bar, una cocineta y un comedor de doce plazas, Leónidas reúne alrededor de la mesa a los jefes de las fuerzas de tarea para la última revisión de las fronteras de cada zona, y fijar los puntos desde donde operarán los puestos de mando; y ya para despedirse les hace entrega de los walkie-talkies, para ellos y sus jefes de columna. Él será Alfa Cero en el código de comunicación. Tongolele, Delta Uno.

Y ya el contingente de camisetas amarillo canario debidamente pertrechado, y listo para abordar los buses de la Universidad Nacional Agraria que los llevarán a su centro de operaciones en el Mercado de Mayoreo, pregunta quiénes tienen rango activo, o experiencia en táctica de combate, y dos miembros de las Fuerzas de Operaciones Especiales de la policía dan un paso al frente, el sargento Juárez y el sargento Mendiola.

Junto a ellos se adelanta un sesentón espigado, de pelo afro y anteojos de armadura gruesa, y una rala barbita de chivo. Lleva una camisa brillante manga larga color gris perla, muy ceñida, las puntas del cuello en pico volteadas sobre la camiseta amarilla, y unos pantalones de diolén acampanados. Parece estarse bajando de la máquina del tiempo tras haberse pasado la noche envuelto en humo de mota oyendo música de los Bee Gees.

Ninguno de los dos sargentos da muestras de conocer a Tongolele, para su alivio. Pero el de la máquina del tiempo no le quita de encima la mirada socarrona. Los ojos, bajo los vidrios de aumento, parecen pertenecer a una persona de cara más grande. Le intriga saber de dónde ha sacado experiencia militar, si va vestido como va, y si maneja el AK con tanto desgano, agarrándolo por el cañón, la culata entre las piernas, y dejando que la correa barra el suelo.

Fue jefe de columna del Batallón de Lucha Irregular Sócrates Sandino en la guerra contra los contras, y ahora trabaja como redactor de planta de los noticieros de la radio Compañera, dice. También, dice por lo bajo, con una sonrisa que pide complicidad, que es poeta. Periodista y poeta. Ha ganado un concurso del Instituto Nacional de Cultura, y otro del Banco Central convocado para las fiestas darianas. Se llama Amando Lira. A Tongolele no le parece que hable en serio cuando oye el nombre, o es que se trata de un seudónimo literario. Hasta que el otro saca la cédula de identidad y se la muestra.

No le gusta que sea poeta, no le gusta su catadura, pero sólo aquellos tres han levantado la mano, y sin más remedio entrega al poeta y a los dos sargentos los walkie-talkies, explicándoles la frecuencia de operación, y dándoles sus códigos, Delta Dos, Delta Tres, Delta Cuatro.

Y cuando ocupa su lugar en el asiento delantero del último de los buses, el poeta Lira viene a sentarse junto a él. Su camisa gris perla huele a sudor viejo, y sus zapatillas, adornadas con flecos en el empeine, son las menos apropiadas para una operación militar. De todas maneras, aquélla no es más que una práctica de tiro al blanco.

Como la pista Larreynaga se halla cortada por las barricadas, para llegar al Mercado de Mayoreo deben hacer un extenso desvío, tomando primero la pista de la Solidaridad, seguir hasta el Mercado Roberto Huembes, atravesar el reparto Schick, continuar de allí a Residencial Las Colinas, y alcanzar la pista a Sabana Grande.

—Yo a usted lo conozco —dice el poeta Lira, que tiene aliento de jarabe para la tos—. Lo he visto en las tarimas de la plaza, escondido en tercera o cuarta fila.

—Vamos a limitarnos a que yo te doy las órdenes, vos las cumplís, y así vamos a estar contentos los dos —dice Tongolele.

—Para los periodistas, aun nosotros, los del partido, oficialmente usted no existe —sigue el poeta Lira como si hubiera oído llover—. Y tampoco existe la agencia aduanera.

—No me has escuchado, o es que no me expreso bien —se pone más severo Tongolele—. No quiero plática.

Ha escogido para él mismo un AK de culata plegable, con el que siempre se ha sentido cómodo desde los tiempos de la guerrilla, y lo lleva cruzado sobre las piernas.

—Aquí hay poca gente con la que uno pueda hablar algo mínimamente interesante —el poeta Lira agarra su AK de manera que el cañón mira hacia al techo del autobús.

—Voy a tener que relevarte del mando —trata de cortarlo de nuevo Tongolele—. Por sordo.

—Usted me recuerda a mi jefe del batallón, el capitán Chirinos —la sonrisa del poeta Lira sigue pegada con impertinencia a sus labios—. No quería plática conmigo, pero cuando me necesitaba, allí estaba yo a su lado.

—Es lo mismo conmigo, te estás callado, no importa que te tenga en las costillas, y santas paces.

—Lo hirieron mal al capitán Chirinos cuando la contra nos cercó en Santa María de Pantasma, y entonces yo lo cargué, entre las balas, hasta el puesto médico. Me quedó debiendo la vida.

—Como en las películas. Aquí no vas a tener que cargar a nadie porque vamos a un paseo. Y, de todos modos, ahora te faltarían las fuerzas.

El poeta Lira saca del bolsillo trasero del pantalón su cartera, y de la cartera saca un envoltorio, donde entre los pliegues de una cinta azul desteñida hay una medalla, que libra de la cinta para mostrársela a Tongolele.

—Es la medalla de oro Camilo Ortega en premio al valor en combate —y, sin esperar más, vuelve a guardarla.

—No por eso sos el gran culazo.

—Es cierto —y ahora la sonrisa se le ha pasado al poeta Lira a toda la cara como si se tratara de un barniz pegajoso—. Pero sería peor estar en el bando de los que no la tienen. Y no lo digo por usted, comisionado. Usted tiene la orden Carlos Fonseca, que es la máxima que otorga el partido.

—¿Por qué andas en esto? —le pregunta Tongolele sin voltear a verlo.

—Porque hay que parar a la derecha —el poeta Lira se ríe, sacudiendo la cabeza, como si se tratara de un chiste—. Éste es un golpe de Estado que quieren dar los ricos. Se benefician del poder, pero no les basta. Lo quieren tener ellos.

—Estos muchachos que andan alborotados en las calles nunca en su vida han visto en persona a uno de esos empresarios —Tongolele se arrepiente ya tarde de lo dicho.

—Estamos de acuerdo. No los invitan ni a sus fiestas, ni a sus bodas. Pero eso no quita que, como buenos pequeñoburgueses, no estén actuando como un instrumento de los intereses capitalistas.

—Tus poesías deben ser sobre la lucha de clases, según veo.

—Mis poemas no los entendería el proletariado —el poeta Lira vuelve a reírse—. Toco temas existenciales. La angustia de vivir, el misterio de la muerte.

—Poesía burguesa, entonces. Para que la lean los ricos ociosos a los que querés volarles la cabeza.

—No creo que la lean ni los ricos ni los pobres —el poeta Lira sigue riéndose—. Con costo, la leerá el jurado que me premia. Aunque tengo la sospecha de que mandan a premiarme de arriba.

Tongolele se ríe también. Es la primera vez, en no sabe cuánto tiempo que le dan ganas de reírse.

—Ya me hizo el día, poeta.

—Y usted, comisionado, ¿por qué está aquí?

—A vos te dan la mano y ya querés agarrar todo el brazo.

—Cuando lo vi entrar al estadio, pensé: lo mandan a dirigir el operativo, lógico, un cuadro de su categoría. Pero así, de subalterno, sí que no me lo explico.

—Bueno, te quedás con las ganas, y pasamos la hoja.

—A menos que sea una medida disciplinaria.

—¿Usted le da a la mota, poeta?

—Para curarme el estrés.

—Pues parece que anoche se la pasó fumando verde. Le va a temblar el pulso y le va a fallar la puntería.

—Nada de sueños de humo, comisionado. Si castigan a su mamá, pues no es extraño que a usted lo castiguen también. Que sea justo o injusto el castigo, ése es otro asunto.

—Ahora sí que de verdad se está propasando, poeta. No conoce a mi madre, no se meta con ella.

—De nombre, no hay quien no la conozca. Pero el caso es que el asistente doméstico de ella es mi sobrino.

—¿Paquito? —pregunta Tongolele, el susto empezando a espesarse en su estómago como un aceite oscuro.

El poeta Lira asiente con gravedad.

—Recala en mi casa cuando no está de servicio, y anoche apareció a eso de las tres de la madrugada, muy alarmado —dice.

—El famoso Paquito, tan sentimental y exagerado —Tongolele trata de parecer indiferente—. Muy amigo de hacer escándalo de todo, y aumentarle de su cuenta a los cuentos que cuenta. Cuando no los inventa.

—En este caso no hay nada que inventar. A su mamá llegó a desalojarla a eso de la una de la madrugada una patrulla motorizada de Seguridad Personal, y la sacaron en camisón a la calle; dejaron un guarda armado en la puerta para impedirle el paso, y se fueron.

—Si todo eso es mentira, lo capo sin anestesia, poeta.

El poeta Lira pela los dientes en un amago de risa que no llega a cuajar.

—Paquito se quedó acompañándola, y ella le pidió que hiciera varias llamadas. Primero a Lázaro, su yerno.

—Lázaro se fue del país.

—Después la llamada fue para usted, pero sucede que nunca contestó. Hasta que pudieron dar con esa señora Miranda, la que es comerciante.

Tongolele siente que el poeta Lira lo manosea. Bien conoce quién es esa que llama la señora Miranda, y la relación que tiene con él.

—Su nombre es Fabiola.

—Pues esa misma. Se presentó de inmediato, y se llevó a su mamá para su casa. Hasta entonces, cuando ya la vio en manos seguras, Paquito se vino para donde la mía.

Tongolele consulta su celular bajo la mirada curiosa del poeta Lira. Después de la comunicación para arreglar el envío de las camisetas y los cubrecaras, lo había dejado en modo de silencio. Allí está anotada la llamada entrante de su madre. Luego, horas después, aparecen varias de la Fabiola, seguramente cuando ambas estaban ya juntas.

—Mi madre no es culpable de nada. Debe ser un malentendido.

—De qué tamaño será ese malentendido que la expulsan de la casa con que la premiaron, y no la dejan sacar ni una puesta de ropa —el poeta Lira parece que se está riendo, pero en todo caso es una risa muda.

—Ella lo único que aconsejó fue que no sembraran tantos árboles de la vida, que había un número límite —su voz es apenas un susurro, y se asusta tras haber hecho aquella confidencia.

—No se pierda en los vericuetos del pensamiento mágico, comisionado. Los fierros que llevamos en la mano no son para que dejen de botar esos árboles, que para mí son sólo adornos, sino para defender las conquistas de la revolución.

—Si fuera tan sencillo como eso, que son sólo adornos.

—Volviendo a esa señora Fabiola Miranda, comisionado. La relacionan con usted.

—Y tu fuente sigue siendo Paquito.

—Paquito es más reservado de lo que usted cree. Se lo digo porque yo reviso las redes en la madrugada, por mi oficio de periodista. Y está pegando duro el tuit sobre el asunto de los Pitufos.

—¿Para dar noticias te basás en anónimos como ése?

Los ojos del poeta Lira crecen aún más tras los lentes, al punto que parecen salirse de las órbitas.

—Escribo mis notas de acuerdo a las orientaciones que me llegan. Pero me divierto haciéndome un background con todo lo que circula, aunque no pueda usarlo.

—Bonita diversión —Tongolele se pone de pie, y tercia el fusil a la espalda—. Ya llegamos.

Los buses arriman a un descampado montoso, al fondo de los predios del Mercado de Mayoreo, donde hay una bodega abandonada. A un costado se hallan cuatro palas mecánicas del programa CALLES PARA EL PUEBLO de la Alcaldía Municipal de Managua, con sus operadores sentados en las cabinas.

El intendente del mercado, un gordo de respiración dificultosa, con los faldones de la camisa por fuera, espera montado en su motocicleta, que entre sus piernas parece una miniatura, a que se acerque Tongolele para abrir el candado del portón de la bodega.

Es una estructura metálica, con la iluminación eléctrica desconectada, sofocante como un horno a pesar de la hora temprana, y la única claridad entra por las láminas agujereadas del techo que el viento agita en olas. Pero es suficiente para distinguir las dos largas filas de camionetas Hilux de color gris, sin placas, estacionadas contra las paredes laterales, las trompas hacia delante, la carrocería cubierta con la capa protectora de parafina del viaje marítimo, y los asientos aún forrados de plástico transparente.

Todas tienen las llaves puestas en la ignición, y los lugartenientes de Tongolele van asignando los puestos de choferes entre quienes saben manejar.

La fuerza de tarea queda dividida en cuatro columnas operativas: la primera, al mando de Tongolele, despejará la carretera norte, desde la Subasta hasta el aeropuerto, y de allí hasta la Zona Franca. La segunda, al mando del sargento Mendiola, se encargará de la misma carretera norte, desde la Subasta hasta el empalme con la pista Juan Pablo II, en Plásticos Robelo. La tercera, al mando del poeta Lira, operará a lo largo de la pista Larreynaga. La cuarta, al mando del sargento Juárez, será una columna volante, de incursión rápida en cualquier escenario. Los francotiradores serán apostados en las alturas que los jefes de columna decidan.

Antes de que suban a las Hilux, Tongolele hace formar a las columnas en la bodega para pasar revista.

—¿Y el desfile triunfal? —pregunta el poeta Lira cuando tiene al frente a Tongolele.

—No estamos para perder tiempo en desfiles —responde.

El poeta Lira se adelanta y se acerca a su oído.

—Le recomiendo prudencia, comisionado —dice—. Imagine un escenario, imagine unos reflectores, imagínese a usted mismo en ese escenario bajo los reflectores. Lo están observando, están midiendo sus pasos.

Tongolele arruga el entrecejo.

—¿Por qué no vas vos con tu columna a ese desfile, y después regresás a hacerte cargo de tu misión?

—Me parece correcto. Así no dejamos el hueco visible.

Uno de los hombres de la columna del poeta Lira, que revisa su fusil con esmero, llama la atención de Tongolele.

—Yo te conozco —le dice—. ¿Dónde te he visto antes?

—Por allí, en alguno de los caminos de este mundo —dice Rambo, y se amarra el pañuelo indio sobre la nariz.

11. El mensajero en bicicleta sorprendido por la espalda

Desde que su marido el topógrafo la había abandonado para irse con una mesera, la Fanny alquilaba una casa en el callejón de La Carlanca en la Colonia Centroamérica. Y como no tenía carro de su propiedad, el garaje, cercado de barrotes como una bartolina, lo había convertido en una pieza tapando las rejas con láminas de plywood, y el portón con una sábana que hacía de cortina.

Allí se hospedaba esos días doña Sofía, dedicada a cuidar a su amiga en su enfermedad. Además de la cama plegable, que se doblaba en dos durante el día, había en el encierro una mecedora de junco, y una máquina de bordar cubierta con un lienzo. Un día, antes de convertirse en operadora telefónica de larga distancia, la Fanny tuvo en el barrio Altamira un taller de bordado para marcar monogramas en toallas, sábanas y fundas de los ajuares de novia, negocio que fracasó, sin que pudiera hallar luego comprador para la máquina.

Cuando tendía su cama por las noches, doña Sofía se enfrentaba a una extraña litografía que colgaba en un marco de la lámina de plywood lindante con la cabecera. Era santa Lucía de Siracusa, mártir de los primeros tiempos del cristianismo, patrona de los ciegos y los oculistas, y también de las modistas, de los sastres y de las bordadoras.

No dejaba de sentir una vaga incomodidad ante la imagen, rescatada del naufragio del taller, a cuya tutela la Fanny la había encomendado. En una mano la santa sostenía la palma del martirio, y en la otra un plato donde mostraba los ojos, arrancados de sus órbitas por orden del procónsul del emperador Diocleciano en Sicilia, según la leyenda al pie de la imagen; pero al mismo tiempo los tenía en la cara, y con ellos la miraba de manera beatífica.

Inquieta, se había acercado al lecho de la Fanny para que le aclarara el misterio, y lo primero que averiguó es que la explicación impresa en la litografía estaba equivocada. El procónsul Pascasio no mandó que le sacaran los ojos a santa Lucía, sino que la quemaran viva en la hoguera. Se los había sacado ella misma, porque un pretendiente pagano la importunaba alabándolos, qué ojos más bellos, qué mirada más tentadora, y que esto y lo otro. Y entonces ella se los mandó de regalo dentro de una urna de cristal: si tanto le gustaban, allí los tenía, de enamorados idólatras no quería saber nada. Se quedó ciega de su propia mano, pero podía ver con los ojos del alma, por eso estaban a la vez en el plato y en su cara.

La Fanny, movida por las incertidumbres y las aflicciones de su mal, se había venido entregando cada vez con más fervor al catolicismo, y doña Sofía, antes tan inflexible en la defensa de su fe evangélica, estaba lejos de reprochárselo. Ella misma, a su solicitud, había ido en taxi a la librería San Pablo, en las vecindades de la Universidad Centroamericana, a comprarle el prontuario sobre las vidas de los santos que tenía en su mesa de noche, y de donde había sacado la novedosa información sobre santa Lucía.

A eso de las doce del día del miércoles, doña Sofía, sentada sobre la cama plegable, revisaba en el celular las reacciones al tuit en el que se denunciaba el destierro de monseñor Ortez, que si ya eran copiosas desde el principio, aumentaron después que, a media mañana, el nuncio apostólico, monseñor Gaetano Ambrosio, se había visto obligado a confirmar la información, explicando que se trataba de «un movimiento rutinario en las esferas vaticanas, decidido de antemano, sin ninguna influencia de circunstancias locales», y que el nuevo obispo sería destinado a la Congregación para el Culto Divino y la Disciplina de los Sacramentos. Estas escuetas declaraciones, dadas por teléfono y que aparecían en el portal electrónico de *La Prensa* bajo el título AGREDIDO, Y ENCIMA DESTITUIDO, habían desencadenado en las redes una avalancha de protestas de laicos y comunidades católicas de base.

Examinaba en la pantalla la fotografía de archivo de monseñor Ambrosio que acompañaba la nota —un rostro de ojos encapotados y ojeras oscuras, labios brillantes y gruesos carrillos colorados, como las estampas de esos frailes golosos de las etiquetas de los licores digestivos—, cuando percibió que, detrás de la sábana que cubría el portón del garaje, se proyectaba en contraste, a la luz del mediodía, una figura en movimiento apareada a una bicicleta, la cabeza y las ruedas estiradas hacia lo alto de la sábana. El chischileo de la cadena de los pedales se detuvo, y la figura arrimó la bicicleta a los barrotes, desapareciendo del telón, seguramente porque se dirigía a la puerta, y doña Sofía esperó el repique del timbre.

Pero no sonó el timbre, y entonces se apresuró en acercarse a la reja y se asomó por una de las hendijas de la sábana. El ciclista iba de regreso hacia la boca del callejón, siempre la bicicleta cascabeleando a la par. Entonces tuvo un pálpito repentino, y tras meter en el bolso el teléfono y el carriel con las llaves y el dinero, corrió a la puerta. Debajo estaba el sobre. Lo levantó a la pasada, lo puso también en el bolso y salió en persecución del mensajero.

Ajeno a toda prisa, como si cumplido el mandado ya no tuviera más nada que hacer, había alcanzado la avenida y caminaba por una de las aceras, la bicicleta a su lado cogida de los manubrios, ajeno también al alboroto de motores y cláxones, porque el tráfico de entrada a Managua por la carretera a Masaya, sobre la que empezaba a concentrarse la gente a la altura de la rotonda Jean Paul Genie para la Madre de todas las Marchas, se desbordaba por las calles de la Colonia Centroamérica en busca de salida hacia la pista de la Solidaridad.

Doña Sofía usaba el bolso como resguardo frente al reflejo del sol para no perder de vista al mensajero que seguía delante de ella en dirección al centro comercial Managua, y ya llegaba a la iglesia de Nuestra Señora de Fátima. Andando casi a la carrera, con la ligereza que le daban sus zapatos deportivos verde fosforescente, logró alcanzarlo en la esquina del restaurante La Tortuga Murruca, y lo agarró con firmeza por el cuello de la camisa.

El muchacho se volteó, asustado, y el susto de doña Sofía no fue menor. Frente a ella tenía a Bob Esponja, el ayudante de campo del doctor Pedro Celestino Carmona, alias Vademécum, cuando su viejo amigo se valía de una escuadra de duendes bien entrenados para acosar y rendir deudores remisos.

Se había estirado en todo aquel tiempo que tenía sin verlo, cuando parecía que ya no crecería más; una pelusa asomaba sobre el bozo, y la manzana de Adán le resaltaba prominente en el pescuezo.

—No me digás que el doctor Carmona está metido en esta trama de los mensajes —le dijo doña Sofía, sin soltarlo.

A Bob Esponja, como siempre, se le atragantaban las palabras y luchaba con ellas, como si se estuviera asfixiando, antes de poder pronunciar ninguna.

—Él está preso —dijo por fin, con voz ronca que de pronto se volvió atiplada.

Doña Sofía imaginó lo peor. Que en la racha alcohólica en que andaba desde hacía tiempo, el doctor Carmona hubiera asaltado alguna licorería, o en su delirium tremens hubiera malherido a alguien en alguna cantina de mala muerte.

—¿Preso por qué razón? —y tras preguntar, lo soltó.

—Lo agarraron en una manifestación de protesta contra los árboles de la vida en el Camino de Oriente, a la que se fue a meter gritando mueras a la dictadura. Lo tienen refundido en El Chipote.

—¿Y es que andaba pasado de copas el doctor cuando lo capturaron?

—Hasta el mismo culo andaba. Pero eso no le hace, ya sea bueno y sano, o bien picado, él le vuela verga tieso y parejo al gobierno.

—Qué boca, Dios mío, qué lenguaje —dijo Lord Dixon—. Pero disimule tamañas vulgaridades, doña Sofía, que lo importante es descubrir al remitente de los mensajes.

—Dios quiera y no lo torturen al pobre doctor, pero si lo tienen guardado, al menos servirá para que no siga bebiendo.

—Más bien al que lo encierran y le niegan el trago cuando ha cogido carrera lo mata la desesperación. ¿Usted sabe lo que son los diablos azules?

—De oídas. En mi vida he probado el licor.

—Es cosa horrible. Son diablos que te persiguen en manada, te acorralan, y es tal su bulla y algazara, que terminás pegando la cabeza contra las paredes.

—Vea usted la escuela de este niño —dijo Lord Dixon—. ¿Qué se puede esperar de él en el futuro?

—Qué vas a saber vos de esos delirios, si sos una criatura.

—Tuve un tío que era perro al guaro, al que tuvieron que amarrar porque lo perseguía la recua de demonios y corría desnudo en pelota en media calle, y amarrado lo llevaron al hospital de los locos que está en el kilómetro cinco de la carretera sur. ¿Conoce?

—Ni por el frente he pasado —respingó doña Sofía—. ¿Qué voy a andar haciendo yo en los manicomios?

—Insisto en que las leperadas de este chavalo no la distraigan de su objetivo principal, doña Sofía —dijo Lord Dixon.

Ella volvió a agarrar del cuello de la camisa a Bob Esponja.

—Entonces, ¿quién te mandó a dejar este sobre?

—A mi mamá es a la que le pagan por entregar esas cartas. Y cuando no puede, me manda a mí. Ésta es la segunda vez que le hago el favor, porque se puso enferma con grandes calenturas.

—Entonces, ¿fuiste ayer a la iglesia de la Divina Misericordia a dejar otra de estas cartas? Ya veo que eras vos el que entró con todo y bicicleta al templo.

—Se la entregué a aquella señora que parece gigantona, y que es amiga de usted. ¿Se acuerda que una vez llegó a dejarle un sobre al shopping del Guanacaste, y yo se lo recibí? Ahora no me reconoció.

—¿Quién le lleva esas cartas a tu mamá?

—Una mujer con la que se conoce desde hace tiempo, porque mi mamá fue su sirvienta.

—No digás esa palabra tan fea —lo reprendió doña Sofía—. Se dice asistenta del hogar.

—Ideay, si mi mamá servía en su casa —Bob Esponja se encogió de hombros—. Le cuidaba a un hijo natural que había tenido por la libre, sin casarse ni nada.

—Se dice hijo de madre soltera —volvió a reprenderlo doña Sofía.

—Eso es, doña Sofía, eduque a este bellaco en el lenguaje de género, todos esos términos que usa son herencia de la sociedad patriarcal —dijo Lord Dixon.

—¿Podría yo hablar con tu mamá?

—Si vamos a mi casa, sí. Es que ahora que la Magdalena está bien hecha mierda con esas calenturas, no sale a la calle.

—Ésas no son maneras de llamar a tu propia madre. Hay que ser más respetuoso. ¿Cómo vas a decirle «la Magdalena»?

—¿Y cómo se atreve a usar esa expresión de que su madre está «hecha mierda»? —dijo Lord Dixon—. Lo apropiado es «quebrantada de salud».

—Un día le dije «mami», como en la tele, y me amenazó con quebrarme una raja de leña en el lomo si volvía a salirle con esa palabrita de mamploras.

—¿Tenemos que coger un taxi?

—Es por aquí no más cerca, en el barrio La Fuente, a la vuelta del patio del colegio Soldados de la Cruz. Podemos ir caminando.

Doña Sofía tenía distintos asuntos que resolver. Se había venido tras el muchacho este sin avisar a la Fanny, que debía estar preocupada con su ausencia. Necesitaba leer el nuevo mensaje de Venganza, y no iba a hacerlo en plena calle. Y era necesario notificar de inmediato al inspector Morales de esta nueva correspondencia.

—¿Ya almorzaste? —le preguntó a Bob Esponja.

—Cuando vuelva a la casa compro un boli y un pan en la pulpería, y con eso resuelvo —respondió Bob Esponja.

—¿Te parece que te invite a comer, y luego vamos a tu casa?

—De a cachimba me parece.

Entraron en La Tortuga Murruca, Bob Esponja por delante, llevando emparejada su bicicleta. Doña Sofía buscó entre las mesas del patio la más apartada, y en un rincón localizó una, entre maceteras de coludos que colgaban del techo. Y mientras Bob Esponja pasaba revista a las fotos a colores de los platos en el menú emplasticado, fue en busca del baño de mujeres.

Se encerró en el cubículo, se sentó en la tapa del inodoro, y después de llamar a la Fanny para tranquilizarla, abrió el sobre:

El jefe de los espías y sicarios Tongolele, asesino y corrupto, mandó a matar a su cuñado Lázaro Chicas, un salvadoreño que fue de la guerrilla del FMLN, por asunto de pelea de reales entre ellos pues eran socios de varios negocios lucrativos. Al carro Toyota Corolla color rojo vino que venía manejando Lázaro Chicas desde su casa en Bosques de Jiloá le echaron encima un camión que lo despeñó en el cráter de la laguna de Asososca y en la morgue lo hicieron aparecer como NN y así sin nombre lo enterraron en secreto. Este crimen es de los muchos en la cuenta de Tongolele, capaz de matar al marido de su hermana para quedarse con su parte en los chanchullos de que eran socios, un verdadero lagarto pues además de esos negocios tiene otros en sociedad con su amante Fabiola Miranda que es la reina del contrabando en el Mercado Oriental. Que sepan todo esto los familiares y amigos de Lázaro Chicas y que lo sepa su suegra la profesora Zoraida para que por lo menos le mande a poner una cruz a la tumba anónima en el cementerio Milagro de Dios última fila contra el muro sur lote 234.

En el sobre venían fotos otra vez: una de la página del pasaporte salvadoreño de Chicas, donde aparecía su cara y su filiación, y otra que también tenía su cara, pero tomada en la gaveta de la morgue. Además, una hoja de Excel con la lista de los negocios de Tongolele, los que le manejaba Chicas, y los que tenía en sociedad con Fabiola Miranda, cada uno detallado con los nombres de las compañías, números de registro mercantil y domicilios comerciales.

Urgida, porque desde fuera alguien tocaba a la puerta del cubículo y después buscaba empujarla, fue colocando las hojas y las fotos sobre sus rodillas para fotografiarlas, y lo mandó todo por WhatsApp al inspector Morales, junto con un mensaje en el que pedía instrucciones. También le daba noticia de que se hallaba con el mensajero —nada menos que Bob Esponja, el duende mayor del doctor Carmona—, en camino de averiguar quién era el remitente, y así descubrir la identidad de Mascarita.

Los golpes y el forcejeo en la puerta se repitieron, descargó el inodoro, y al abrir se encontró con una mujer de luto, de anteojos como alas de mariposa, que llevaba de la mano a una niña peinada con un lazo rojo y la miraba con rencor por su tardanza.

Cuando volvió al lado de Bob Esponja, el mesero esperaba para tomar la orden.

—Quiero este bistec a caballo, con los dos huevos estrellados encima, y el bacon frito que le ponen arriba —Bob Esponja señaló la foto en el menú—. Y quiero los panqueques con miel, y también una milkshake de fresa en vaso grande, de estos que parecen floreros.

—Te vas a enfermar —lo reprendió doña Sofía muy modosamente.

—La Magdalena dice que soy un barril sin fondo. Pero nunca me ha dado ni dolor de barriga, ni tampoco cagadera.

—Sigue demostrando que es un digno discípulo del doctor Carmona —dijo Lord Dixon sentándose también a la mesa—. ¿Ya se fijó, doña Sofía, si el dinero que anda en el carriel alcanza para semejante banquete?

—Para mí nada más un café con leche —dijo doña Sofía.

—En la oficina de detectives que ustedes tenían en Bolonia ahora hay un billar, pero a Dick Tracy siempre lo dejaron pintado afuera —le informó Bob Esponja.

—Se ve que andás suelto en tu bicicleta por todo Managua.

—Y en la barbería de Ovidio y Apolonio pusieron un salón de masajes, pero yo creo que las masajistas son putas.

—Corríjalo, doña Sofía —dijo Lord Dixon—. Se dice trabajadoras sexuales.

—¿Tu mamá sabe lo que viene escrito en las cartas? —le preguntó doña Sofía.

Él revolvía la pajilla en el milkshake que le habían llevado, efectivamente, del tamaño de un florero.

—Ni sabe ni creo que le interese. Lo que le interesa son las doscientas yucas que esa mujer que fue su patrona le da por cada carta.

Un niño disoluto, sin más oficio que coger la calle, y una mamá enferma y en necesidad, pensó doña Sofía; dos agentes inocentes de una trama fácil de deshilvanar, por lo mal urdida. O se trataba, por el contrario, de una conjura bien montada, donde los agentes puestos en juego eran piezas ciegas, lo que quitaba cualquier posibilidad de que pudieran revelar alguna información valiosa, si sólo tenían conocimiento de la pequeña parte que les tocaba.

Pero, de todas maneras, si la madre de Bob Esponja tenía familiaridad con la persona que remitía los mensajes, esa persona estaba a punto de ser identificada. A menos que también se tratara de una pieza ciega, y entonces el callejón terminaba de nuevo en otra pared.

Entró en su teléfono un WhatsApp del inspector Morales, lleno de errores de digitación. Nunca iba a aprender a usar los dedos pulgares, estaba visto. Le daba luz verde para que procediera a difundir el nuevo mensaje de Mascarita. También le contaba brevemente que los paramilitares se habían llevado secuestrada a la sobrina de la Sacristana, Eneida Robleto, estudiante de sexto año de Medicina en la Universidad Americana, de veintitrés años de edad. Un comando de enmascarados, con camisetas amarillas.

—¿Se acuerda de aquellos huesos en la sacristía de la Divina Misericordia, doña Sofía? —dijo Lord Dixon—. Esa niña se refugiaba allí para estudiar sus lecciones.

Y mientras Bob Esponja empuñaba el cuchillo y el tenedor, porque tenía ya el bistec a caballo frente a él, doña Sofía se dedicó a subir el hilo de tuits con los detalles del asesinato de Lázaro Chicas, las fotos y la información sobre los negocios de Tongolele.

Se le ocurrió en ese momento que debía divulgar también el secuestro de la estudiante de Medicina, y a lo mejor eso ayudaba a salvarle la vida. Se lo preguntó al inspector Morales en otro WhatsApp, quien no tardó en contestarle, con lo que se abrió un acalorado intercambio:

Negativo, limítese temas carta recibida. Sobrina harina otro costal.

Disiento, compañero Artemio. Vale la pena denunciar a esos sicarios de las camisetas amarillas.

Tenga seguro hoy aparecerán bandas paramilitares vestidas camisetas diversos colores. Trátase identificación logística.

A esa muchacha la pueden torturar, la pueden desaparecer.

Ya padre Pancho aconsejó tía poner denuncia oficina derechos humanos doña Vilma Núñez.

Pero nosotros estamos obligados moralmente, compañero Artemio.

Será día caliente. Habrá más secuestrados. Cálmese.

¿Puedo hacerle una pregunta, compañero Artemio?

Sea breve.

¿Quién se está vengando de Tongolele? ¿Usted, o Mascarita?

(En línea / escribiendo / en línea / escribiendo)

No entiendo pregunta.

Mascarita se está queriendo desquitar de ese hombre abominable por razones a lo mejor personales. Está bien, colaboremos en hacerle daño a semejante alimaña. ¿Usted también lo hace por venganza? Porque veo que desprecia cualquier información que no tenga que ver con tal individuo.

(En línea / escribiendo / en línea / escribiendo)

Proceda según instrucciones.

—Parece que el inspector Morales escribiera telegramas de aquellos en clave morse, cuando se pagaba por palabra —dijo Lord Dixon.

—Mientras más viejo, más odioso ese hombre —se quejó doña Sofía.

—No le gusta que se metan a escarbar en la intimidad de sus pensamientos, ni siquiera usted —dijo Lord Dixon.

—¿Y no es cierto acaso que lo que quiere es vengarse de Tongolele?

—¿Y eso qué malo tiene? —dijo Lord Dixon—. Y no lo llamemos venganza, sino más bien justicia.

—Pongamos que la mamá de este muchacho me da la información necesaria y descubro quién está detrás de Mascarita. ¿Qué se habrá ganado entonces? ¿Qué tenemos que ver nosotros con pleitos entre esbirros?

—Hágase esa pregunta cuando ya lo haya averiguado, pero mientras tanto no se atrase —dijo Lord Dixon.

Bob Esponja se había quedado mudo y triste frente a los platos vacíos.

—No sé por qué me he puesto pensativo —suspiró, acariciándose a dos manos la barriga.

—Más pensativa va a quedar doña Sofía frente a semejante cuenta —dijo Lord Dixon.

—Vos me guiás hasta tu casa y yo te sigo —doña Sofía alisó sobre la mesa los billetes que había sacado del carriel para pagar la cuenta.

Atravesaron el estacionamiento del centro comercial Managua, y al desembocar en la pista de la Solidaridad, largas filas de Hilux se desplazaban hacia el occidente, llenas de paramilitares con las caras cubiertas y vestidos con camisetas de diversos colores, meneando en alto sus armas de guerra. El compañero Artemio estaba en lo cierto. Y no gritaban consignas, no amenazaban de palabra a nadie. Era una demostración muda, y por tanto más siniestra.

Atravesar el barrio La Fuente, bajo el solazo que parecía hervirlo todo a fuego lento, resultó más fatigoso de lo que doña Sofía se esperaba, y por momentos perdía la paciencia al tener que llamar a Bob Esponja para que se detuviera, porque de pronto se montaba en la bicicleta y agarraba carrera.

En todo el barrio sólo había una iglesia católica, la parroquia de Nuestra Señora de Lourdes, y en cada esquina o cada media cuadra aparecía un templo evangélico, algo que en otros tiempos la habría regocijado; pero tal como lo probaba su tolerancia frente a las supersticiones de la Fanny, su espíritu militante se había venido apaciguando. Ahora ya raras veces ponía los pies en un culto protestante.

Tanto los templos como los comercios vecinos a ellos tenían nombres sagrados: al lado de la tiendita de ropa de paca La Sulamita, se arrimaba el salón de ventanas ojivales que albergaba la iglesia de Dios de las Profecías Libres en Cristo; junto a los billares Hebrón, se hallaba la iglesia de los Santos de los Últimos Días, con su torre en aguja, una miniatura que parecía armada con tacos de madera; frente al taller de piñatas Judith, donde Buzz Lightyear y el sheriff Woody Price se balanceaban colgados de la puerta, vestidos de papel crepé, estaba el zaguán donde se congregaban los fieles de la Cuarta Iglesia Apostólica de la Fe en Cristo Jesús; la funeraria El Samaritano y la iglesia Oración Fuerte al Espíritu Santo tenían puertas contiguas. Y hasta la propia iglesia Ríos de Agua Viva, a la que pertenecía doña Sofía, tenía aquí una sucursal, lindante con la rosticería El Pollo de Emaús.

Ya en el límite del barrio, tras dejar de lado el cerco trasero del patio de recreo del colegio Soldados de la Cruz, cruzaron un campo de beisbol infantil con la grama del outfield sollamada a trechos, y a trechos crecida hasta la rodilla; luego un puente peatonal que atravesaba un cauce que era a la vez refugio de bazukeros y vertedero de basura, y llegaron a una cuartería de paredes de tabla y techo de láminas corrugadas, sobre las que se alzaban los infaltables platos rojos de las antenas parabólicas. Eran diez piezas las de la cuartería, y todas daban a un patio vecinal donde al fondo, tendidas de una cuerda, se oreaban una casulla verde y un alba sacerdotal que, con las mangas sujetas a prensadores de ropa, parecían echarse a volar.

Bob Esponja arrimó la bicicleta a la jamba de la última puerta de la izquierda, y con un ademán de la cabeza le mostró de largo a la madre, que no los había sentido llegar, inclinada en la penumbra sobre un burro de planchar. Era una mujer de piel quemada, flaca pero fibrosa, como un muchacho pendenciero. Cuando asentaba la plancha de fierro sobre el mantel que tenía entre manos, bordado con motivos litúrgicos, se realzaban los músculos del brazo.

Todos aquellos trapos se los daban a lavar y planchar de la parroquia de Nuestra Señora de Lourdes, la iglesia católica del barrio cercada de templos protestantes, pensó doña Sofía mientras se acercaba a la puerta.

Cuando descubrió a doña Sofía, a contraluz en el umbral, la señora Magdalena alzó a verla con hostilidad, los ojos irritados por la fiebre, sin preguntarle siquiera qué hacía allí y qué quería. Y cuando advirtió a Bob Esponja que se colaba furtivo dentro de la pieza, se deshizo contra él en insultos por haberse tardado tanto, su voz masculina encima del alboroto de la discusión de los litigantes del programa *Caso cerrado* que comparecían delante de la doctora Polo en la pantalla del televisor puesto sobre una silla desfondada.

En el piso, junto al planchador, había una media botella de ron Plata, con la mitad de un limón por tapadera.

—Ya veo a qué se debe la procacidad de la señora Magdalena —dijo Lord Dixon—. Vaya con tiento, doña Sofía, no se vaya a sacar usted su tarascada.

La mujer se puso en cuclillas para beber a pico de botella, chupando luego el limón, y tras incorporarse siguió planchando tranquilamente el mantel. Parecía olvidada del hijo, que se había ovillado en el suelo, contra el biombo que separaba el dormitorio, forrado de carteles publicitarios de los yogures Yoplait, la cerveza Toña y ofertas de

Movistar para recarga de celulares. Y parecía haberse olvidado también de doña Sofía, que continuaba de pie en el vano de la puerta, sin atreverse a entrar.

Tanteó la plancha, que se había enfriado, y cuando fue a la hornilla de carbón por otra, acercó el rostro renegrido para soplar el fuego, y sus facciones se encendieron con un resplandor rojizo que volvió sus ojos más febriles.

—¿Qué se le ofrece? —preguntó por fin, volviendo con la plancha en la mano.

—Desde hace tiempo conozco a su hijo —dijo doña Sofía, probando el terreno.

—Quién no conoce a este vago de las cien mil putas, que anda suelto todo el día por todo Managua como perro sin dueño —la voz de la señora Magdalena sonaba como un pregón.

—Su hijo fue muy amable de llevar una carta a la casa donde yo vivo, una carta para un amigo mío —doña Sofía no dejaba su tono apacible.

—Cartas van cartas vienen, por aquí pasan y no se detienen —antes de repasar con la plancha uno de los bordes del mantel, la señora Magdalena lo roció con una buchada de agua.

—Mi amigo tiene tiempo de no ver a esa persona que le manda esas cartas, y quisiera averiguar su paradero —siguió doña Sofía, e intentó sonreír.

—Yo qué voy a saber nada —la señora Magdalena otra vez estaba en cuclillas bebiendo de la botella—. Este muchacho matrero hasta de duende ha andado disfrazado en las calles, y yo mejor no me meto en lo que hace, si acaso cobra deudas, o si acaso reparte cartas, allá su gusto.

—No la deje irse por veredas, doña Sofía, el muchacho sólo es su suplente en la entrega de las cartas —dijo Lord Dixon.

—Va a pasar a perdonar, señora Magdalena, pero usted misma llevó una de esas cartas a la iglesia de la Divina Misericordia —doña Sofía dio un paso adelante.

—Una no tiene por qué estar dando cuenta de nada, y no van a venir a ordenarle a una en su propia casa lo que una tiene que hacer, bonito estaría.

—No estoy ordenándole nada, sólo vine a pedirle un favor —doña Sofía se acercó al planchador.

—No hay favores gratis —dijo Lord Dixon—. Ofrézcale una recompensa.

—Una está enferma con fiebres de cuarenta, una está obligada a levantarse de la cama para planchar estos trapos de los curas, porque si no, una no come.

—¿Ya ve? —dijo Lord Dixon—. Suelte todo lo que le queda en el carriel.

—¿Puedo ayudarla en algo? —preguntó doña Sofía.

—Una ya no aguanta los pies cargados de varices de tanto estar parada todo el santo día planchando, y encima vienen de la calle a molestarte y ni siquiera te preguntan si necesitás algún remedio para tus dolencias —siguió la señora Magdalena.

—Dígame qué medicinas son y yo voy a la farmacia y se las compro.

—Usted para esto de sonsacar voluntades no sirve, doña Sofía —dijo Lord Dixon—. Cuando ella dice remedio para sus dolencias, se refiere al ron Plata.

—Y encima vienen y desconfían de una, como si una fuera a agarrar los reales de la medicina y ocuparlos para otra cosa.

—¿Cuánto es lo que necesita? —preguntó doña Sofía, con más timidez que otra cosa.

—Siquiera una tuviera una bonita televisión, no está cacharpa vieja que ni a golpes obedece —la señora Magdalena empezó a doblar el mantel.

—Ya pasamos a palabras mayores —dijo Lord Dixon—. Su carriel no aguanta ni la arrancada para un televisor nuevo. Y lo querrá plano, de esos inteligentes.

—Tan bonitas que se ven las novelas en esas pantallas donde los artistas se asoman como si fueran espejos —suspiró la señora Magdalena.

Doña Sofía vio entonces que Bob Esponja se incorporaba en su rincón, sin dejar de mirar hacia la puerta.

—Tenemos visita —dijo Lord Dixon.

Doña Sofía se volteó.

La figura de la Chaparra se destacaba a contraluz en el vano de la puerta, con su guayabera jaretada de manga corta, a la espalda una mochila Swiss Army, gris y negra.

12. Congojas en el puesto de mando

Cuando Tongolele sube a la camioneta Hilux, a la cabeza de la columna destinada a despejar el tramo de la carretera norte que le toca, ya ha madurado la decisión de dirigir a cara descubierta el operativo. Por eso no se pone como antifaz la pañoleta roja y negra que ha sacado de una de las cajas de cartón en el vestíbulo del estadio. Y no se monta en la cabina, al lado del chofer, sino que trepa a la tina, con los otros, y se coloca delante, para hacerse notar.

Está imitando a Leónidas, lo sabe, y todo para que su cara se haga visible en algún video que prenda como fuego en las redes. Viral, dice la Chaparra. Sobrará quien filme con su teléfono el paso de la caravana desde algún balcón o alguna ventana, desde algún vehículo, uno de esos enemigos solapados de la revolución que ahora salen hasta debajo de las piedras; así, esa imagen suya será monitoreada, y llegará a donde tiene que llegar y la verá quien tiene que verla. Quien necesita él que la vea. Y mejor si lo filman repartiendo muerte.

Acumular méritos. La frase baila en su cabeza, ha querido rechazarla, pero vuelve a presentarse, inquieta y terca frente a sus ojos, y entonces la deja estar. Su cuenta de méritos ha caído a cero a causa de malentendidos, de calumnias, de celos, y es necesario rellenarla de nuevo. Hay que desbrozar el camino al edecán que porta la caja china. Y si tiene que hacerlo él mismo con sus propias manos, tapar los huecos, arrancar la hierba venenosa y quemarla, lo hará. En cuatro patas si es necesario. ¿Con la lengua si fuera necesario?

La ruta al aeropuerto internacional Sandino es un objetivo estratégico, y ofrece mayor oportunidad de lucimiento, por eso mismo ha decidido ponerse personalmente a la cabeza de la operación de despeje, barricada por barricada. Pero basta menos de una hora para darse cuenta de que la resistencia no es lo que parecía ser según el reporte operacional suministrado por la policía, que hablaba de numerosas armas de fuego en posesión de los golpistas.

La primera de las cuatro barricadas, armada con costales de fertilizante, la carcasa de una refrigeradora, llantas de tractor, piedras de construcción y tablas arrastradas desde un aserradero, se alza frente a La Subasta misma, un antiguo corral de remate de ganado convertido en complejo comercial.

Dos muchachos flacos, las cabezas envueltas en sus propias camisas, visibles sólo los ojos, con aspecto de fedayines, se yerguen por encima de la barricada sosteniendo una bandera de Nicaragua, muy huevoncitos, enseñando el cuerpo, y él mismo ha dado la señal de abrir fuego disparando la primera ráfaga que abate a uno de ellos mientras el otro salta como un muñeco de resortes al pavimento y emprende la huida, pero ya herido cae de rodillas al alcanzar la cuneta, y ante la lluvia nutrida de balas los que se hallan ocultos tras la barricada corren unos a refugiarse en el patio del aserradero, en la banda izquierda, y otros buscan a mano derecha el estacionamiento de La Subasta llevando en hombros al herido, al que han recogido, en tanto la gente congregada en las paradas de buses escapa en todas direcciones junto con los vendedores ambulantes.

Otro de aquellos fedayines de mentira se ha quedado a mitad de la calle, y se adelanta alzando los brazos para rendirse, como en las películas, pero lo derriba de un disparo, ahora el fusil puesto tiro a tiro. Incrédulo, el muchacho lleva las manos al estómago y, tras retroceder unos

214

pasos, cae de espaldas contra la arpilla de sacos de fertilizante.

Ninguna de las otras barricadas ha resistido tampoco al fuego graneado de los artilleros que se desplazan ahora a pie, a los costados de las camionetas en marcha. En la última del tramo, levantada frente al templete egipcio del casino Pharaohs, donde entre camas y catres amontonados al centro de la carretera el espejo ovalado de un chifonier los ciega con sus reflejos blancos, por lo que hay que quebrarlo a balazos, un osado ha sido abatido mientras trata de encender la mecha de un mortero casero. Otro ha muerto en posesión de un riflito de tiro 22 de cazar iguanas, que no llegó a disparar.

A las diez de la mañana está en capacidad de informar a Leónidas que el paso al aeropuerto se halla libre de subversivos y despejado de obstáculos porque las cargadoras frontales de la alcaldía, que vienen detrás, están terminando de limpiar los escombros de las barricadas. Las dificultades mayores, si así puede llamárselas, se han presentado con los estudiantes de la Universidad Agraria, vecina a la Zona Franca, pero también ese foco ha sido aplacado gracias al cerrado poder de fuego de la columna, obligados los guerrilleritos a buscar salvación dentro de los edificios, pero hasta allí ha entrado su gente tras ellos, para desalojarlos de las aulas y los auditorios. Ahora se está procediendo a entregar a las patrullas de antimotines el control de la carretera.

Deja una parte de las unidades en plan de patrullaje en el teatro de los acontecimientos, porque de nuevo intentarán levantar las barricadas, sin duda, pero él decide regresar con el grueso de la tropa a la base de operaciones en el Mercado de Mayoreo, para recoger desde allí los informes de las otras columnas, y estar listo a reforzar a las que sea necesario.

El primer reporte recibido por la red de walkie-talkies es del poeta Lira. Una de las camionetas de su columna se ha salido del desfile que recorría la pista de la Solidaridad, cerca de la Lotería Nacional, y todavía no se sabe de su paradero, pero la están rastreando:

—Grave cosa eso, grave cosa eso, ¿quién iba de jefe de la unidad? Cambio.

—Cara de culo, cara de culo. Cambio.

—No entiendo. Cambio.

—Así le dicen al maje, Cara de Culo. Cambio.

—¿Vos lo conocés al sujeto? Cambio.

—Negativo, negativo, Delta Uno, ¿quién conoce a quién? Nos entregaron el personal a la carrera. Cambio.

—¿No se habrán pasado al otro bando? Ésa sí sería cagada verdadera. Cambio.

—No creo, se fueron a operar por la libre o se fueron a beber guaro, pero desertar no creo. Cambio.

—Vos me respondés por esas armas que te pueden salir caras si no aparecen, lo único que nos faltaba es que vayan a cometer algún asalto. Cambio.

—Copiado, Delta Uno. Pero recuerde que yo soy nada más un subalterno suyo. Cambio y fuera.

Dentro de la bodega abandonada reverbera sin piedad el calor, y si sale al descampado el sol le recuece los ojos, y lo alcanza, además, en oleadas, la vaharada caliente del tufo de las verduras que han llegado en la oscuridad de la madrugada en los días anteriores y se pudren ahora bajo los techos recalentados de los galerones del mercado. Los hombres de la columna deambulan sueltos, con los fusiles colgados a la espalda, y el amarillo canario de sus camisetas ofende la vista bajo el deslumbre. Conversan en voz alta, discuten de manera festiva, hacen cuenta de los muertos, se burlan de los estudiantes a los que han puesto en fuga, y se oyen carcajadas celebrando una obscenidad. Alguno se arrima a orinar al tronco de una higuera, y la luz irisa el chorro de orines.

Se mete a ratos en la cabina de la Hilux y enciende el motor para hacer funcionar el aire acondicionado. Vuelve a la bodega. En el walkie-talkie que se ha prendido a la cintura pasan voces cruzadas, como ráfagas, estallidos de palabras que luego se desvanecen. Y se halla en la puerta de la bodega cuando ve llegar, alzando polvo, el Ford Passat de la Fabiola.

Pedrón viene al volante. Lo ve descender, la efigie a colores de Bob Marley con todas sus rastas desplegada en la pechera de la camiseta negra, y oye que deja el motor en marcha, lo que significa que trae pasajeros que necesitan del aire acondicionado. ¿La propia Fabiola? Desde lejos le hace señas de que se acerque.

En primer lugar, cómo lo ha encontrado. ¿Cómo hiciste para encontrarme? No se me ha olvidado el oficio de averiguar, comisionado, no me he salido de él, aunque, para decirle la verdad, ya hablando en serio, trabajo no me dan mucho en la oficina, el gordito feliz y contento de Inteligencia Militar ni siquiera volvió a aparecer, y al mayor que dejó a cargo no le importa lo que hacemos o no hacemos, los informes que seguimos elaborando creo que le sirven para limpiarse las nelfis, le solicité permiso de salir, y el mayor, concedido, sin alzarme ni siquiera a ver, ni tampoco preguntó si lo quería por escrito y si era por el día entero, es decir, comisionado, les vale pija mi presencia, y si pedí ese permiso es porque doña Fabiola tenía urgencia de comunicarse con usted, y me suplicó que la trajera; asunto delicado, me dijo, que no es de hablarlo por teléfono, y como se llevó a vivir con ella a la profesora Zoraida, no sé si ya sabe todo lo que pasó anoche en la madrugada en la casa de su mamá, que la llegaron a desalojar por la fuerza, pues ella también quiso venir, y allí está, en el asiento de atrás del vehículo, siento mucho si esto no le parece, pero cómo iba yo a evitarlo, si ni siquiera doña Fabiola pudo convencerla a la señora de que era una imprudencia venir hasta aquí estando la situación en las calles como está.

—Demasiadas palabras, Pedrito, me estás mareando, y peor con este sol que ya me tiene recocida la mollera.

—Perdone la molestia, comisionado, pero es que para tamaña ocurrencia de sucedidos se necesita tamaño cachimbo de palabras.

—¿Y qué quiere mi mamá? ¿Cuál es el sofoco? Ya sé que la sacaron de la casa, ¿pero qué mierdas puedo hacer yo?

—Es más bien sobre su cuñado Chicas, comisionado. Se puso luto, de luto viene aquí a verlo.

—¿Luto? ¿De qué cuenta luto?

—Por un asunto que salió en uno de los tuits de Mascarita, que se ha dedicado a machacarlo a usted. Seguro ya está al tanto de esos tuits.

—Algo me informó la Fabiola. Me echan lo del sobrino del cura, y hasta el tubazo al cura. ¿Y ahora?

—Ahora lanzan la denuncia de que el muerto del accidente de Asososca es Chicas, y que no fue accidente sino asesinato. Y fotos de cuando estaba vivo, y del cadáver en la morgue.

—Y la culpa también es mía, te apuesto.

—¿No le digo? Lo han agarrado de encargo, comisionado. También sacan a publicidad la lista de los negocios que usted y su cuñado tenían juntos.

—Nunca tuve negocio alguno con él; lo había contratado para que me los manejara, sólo por darle gusto a mi mamá.

—A mí no tiene que explicármelo, que eso bien lo sé, pero eso es lo que ponen en el tuit, y con minucia de datos de cada empresa.

—Daría un huevo y la mitad del otro por averiguar quién está por detrás jugándome esa maraña.

—Sus enemigos, qué duda cabe.

—Cuáles son mis enemigos y cuáles mis amigos, ahora que todos los perros me orinan, quisiera saber.

—Sus amigos somos pocos. Los enemigos ya se sabe que le sobran.

—El enano Manzano, por ejemplo.

—No sería tan bruto de haber quemado a su propio agente. Hasta la foto de Baldelomar sacaron en el tuit del ataque al cura.

—O a lo mejor es que aquí hay gato casero, Pedrito.

—¿Gente del sobaco de su confianza, quiere decir? ¿Así como la Chaparra, o como yo mismo? La duda ofende, comisionado.

—¿Acaso sólo ustedes dos trabajan conmigo, muy pendejo? Hay por lo menos dos docenas de gente en la agencia aduanera.

—Pero son oficiales de caso, comisionado, que sólo saben cada uno lo que les toca.

—Entonces, ¿en qué quedamos? Si no es de afuera, y si tampoco es de adentro, sólo queda que el que me quiere joder es el Espíritu Santo.

—O las dos divinas personas. Quién quita que cualquiera que esté urdiendo esto lo que hace es obedecer órdenes de las alturas celestiales.

—No creás que no lo he pensado. Derribarme y patearme en el suelo. Servicio completo.

—Si lo mandaron a encerrar en esta bodega, qué más se puede esperar.

—Encerrado tampoco es que estoy. Hoy anduve volando verga toda la mañana, limpiando la carretera de barricadas, enseñando la cara, y en eso nadie se fija.

—Ya se fijarán después.

—Pues que se fijen ahora mismo. Más de alguno me habrá grabado en un video y lo habrá puesto a circular. ¿De eso no tenés noticia, Pedrito? ¿Alguna denuncia contra mí por andar haciendo lo que ando haciendo?

—De eso no creo que haya nada. La Chaparra lleva control de las redes, y ya me lo hubiera dicho. De todos modos, tenga en cuenta que usted mismo se ha precavido de que su cara no sea conocida.

—Y pensar que todavía falta. Van conmigo uña por uña.

—De verdad, es como si quisieran despellejarlo vivo. También en esos tuits echan para adelante la lista de los negocios de doña Fabiola, y ponen que ella va mitad y mitad con usted.

—¿Ya ves? Y ni cómo defenderme en medio de este apuro del operativo.

—Apuro, que se diga apuro, no veo mucho por aquí, comisionado —se ríe Pedrón.

Tongolele lo mira desconcertado, antes de poner cara de enojo.

—¿Y qué creés vos que es un puesto de mando? ¿Tengo que andar corriendo de un lado al otro todo el tiempo para dirigir una estrategia?

—No se ponga tan melindre, comisionado, antes nos aguantábamos bromas.

—No he terminado de rodar, Pedrito, y te puedo pasar llevando de arrastrada. Por tu conveniencia, teneme siempre miedo.

—Usted me elevó, usted me sostiene, suya es la potestad de botarme al suelo. Nunca he dejado de estar en sus manos.

—Por lo menos con vos puedo ofuscarme a mi gusto —Tongolele, le clava, en broma, un puñetazo en el estómago.

—¿Qué le digo entonces a doña Fabiola?

—Que se venga para la bodega, aquí hablamos; y a mi mamá, que me espere.

No hay dónde sentarse en la bodega que apesta a diésel quemado, y donde el sol se cuela en gotas de lava temblorosas a través de los huecos del techo, igual que durante los aguaceros se colaba en ráfagas el agua, porque en el piso de cemento brillan charcos aceitosos en reflejos tornasolados. En uno de esos charcos yace moribundo un güis extraviado, que tras revolotear a ciegas ha terminado dándose contra una de las paredes.

Entra la Fabiola bajo el aleteo furioso de las láminas de zinc sacudidas por las bocanadas de viento caliente, y aquel andar garboso suyo sobre las plataformas de corcho a él le parece ahora inseguro, aun triste. Los juanetes realzan como muñones en los empeines, las raíces del pelo lacio teñido de rubio se adivinan de lejos, la cartera Ferragamo es más falsa que nunca, y el piercing colgado del ombligo desnudo luce ridículo.

—Sólo tengo cinco minutos —Tongolele golpea con el dedo la carátula del reloj.

Ella baja la cabeza, mira sus propios pies desnudos sobre las plataformas, y los restriega en las perneras de los jeans, como si sintiera asco de la suciedad del suelo que pisa. Y cuando alza a mirarlo se muerde los labios para contener el llanto.

—¿Qué más falta, corazón? —le pregunta, con furia y desesperanza en la voz.

Qué más falta después de que habían montado un operativo salvaje a las tres de la madrugada en el barrio La Primavera para capturar a los Pitufos, Josiel, Gamaliel y Joel, los sacaron amarrados y en calzoncillos, colocaron en la acera esos tacos amarillos numerados para señalar un alijo de droga que la misma policía de narcóticos había sembrado sin recato dentro de la vivienda, y los pobrecitos arrodillados en el suelo entre agentes encapuchados que los sujetaban mientras eran filmados por un camarógrafo de uniforme, y sin saber que con esos clamores se estaban hundiendo más, reclamaban que me llamaran a mí, que te avisaran a vos, todo esto me lo viene a contar llena de angustia a mi casa la tía que les dio refugio porque vos me dijiste que mejor se vinieran a Managua para enfriarse, y si supieron dónde estaban escondidos es porque los denunció alguien que está en tu mismita cercanía, amorcito, vamos a buscarles un abogado, le dije a la tía para confortarla, pero qué triste consuelo, vos mejor que nadie sabés bien que abogados no valen cuando el palo que te dan viene de mano tan poderosa, presos y humillados los Pitufos por el delito de hacer un favor oficial, porque no andaban en ese mandado por su cuenta y ganas. Pero ojalá y eso fuera suficiente.

Porque ahora resulta que ese mismo Mascarita publica que vos mandaste a desbarrancar a tu cuñado en el cráter de la laguna de Asososca por disputas de negocios, y por eso es que se vino tu mamá conmigo, y también para contarte que la sacaron de su casa sin segundo vestido que ponerse, pero eso se te ve en la cara que ya lo sabés bien, aunque no creás que ya terminé, papito, estirá tus cinco minutos que ahora salgo a bailar yo, metan a la Fabiola al ruedo debió ser la orden, porque allí está ya el tuit con la lista de todo lo que con tanto sudor he amasado, las distribuidoras en el territorio, una por una, las redes de linieros, con nombres y teléfonos celulares, qué primor y detalle para enlistar cada casa comercial, la que importa mochilas escolares, la que distribuye al por mayor la ropa de paca, la de los videos y videojuegos, las bodegas de donde fuimos a sacar tus camisetas para tu equipo deportivo.

Y, ahora, ¿qué más? Ya no hay más, dirás, pero qué equivocado se me figura el señor, pues con esa lista en manos los fiscales de la Dirección General de Ingresos andan interviniendo mis empresas, se llevan los libros de contabilidad, me ponen al personal a la calle y pegan sellos fiscales en las puertas, no puedo tocar un real de las cuentas en los bancos. ¿Abogados, otra vez abogados? Dicha fuera si pagando abogados me aliviara de esta calamidad, pero así como los abogados no librarán a los Pitufos de ir a parar a la cárcel Modelo, condenados a treinta años por tráfico de drogas, no me libro yo del despojo, en pelotas en la calle igual que a tu madre por el simple delito de haberme juntado con vos, porque parece que tuvieras lepra y me la pasaste, no sé cuánta gente habrás de matar el día de hoy para que baje el perdón de las alturas y volvás a ser el mismo de antes, pero si eso no llega a suceder y quedás todo magullado y revolcado en el plan del abismo, ni modo, no es que ahora vaya a decir yo, la Fabiola se aleja de este apestado para que le saquen las tripas los zopilotes, no, amorcito, tu suerte será mi suerte aunque me dejen desnuda, pues si desnuda salí del vientre de mi madre, desnuda me habrá de cubrir la tierra, además yo bien puedo empezar otra vez desde abajo, pateando los caminos con mi costal de mercancías al hombro como cuando era tan cipota que todavía no me bajaba la regla.

Se traga las astillas de la voz que ha terminado por quebrársele, y se mira de nuevo los pies, agotada como tras una larga carrera, el sudor bajándole en hilos hasta la boca del cuello de la blusa de batista, brillándole en los brazos y en la cintura desnuda, y Tongolele impávido frente a ella, no va a ponerse sentimental a estas alturas, esta mujer qué está haciendo aquí, debe volverse para su casa, al menos de su casa no la han sacado. Por el momento. ¿Cuántos tiros es necesario volar ese día, de verdad, para comprar la libertad de los Pitufos? ¿Para que los inspectores fiscales dejen en paz a la Fabiola? ¿Para que a su madre le regresen su casa regalada? Que vuelva a ser otra vez la consejera oficial iluminada e infalible es tal vez mucho pedir, y demasiado que el edecán de guantes blancos y polainas blancas se cuadre delante de él portando la caja china. Primero que nada, que callen de una vez por todas a Mascarita.

Un taladro en la cabeza, la fina broca penetrándole en medio de los dos ojos, si los cierra ve el chisporroteo en media oscuridad, si da un paso adelante lo dominará el vahído que ya lo ronda.

—Hay que esperar —Tongolele abre los brazos como si quisiera aletear para alzar el vuelo.

—¿Hay que esperar qué, amorcito?

—Esperar a que se resuelva este problema del golpe de Estado.

—¿Quién lo va a resolver? ¿Vos?

—Entre todos. Los compañeros voluntarios, los combatientes históricos, la policía.

—¿Ah, sí? Entonces, una vez que limpien las calles, santas paces. Vos volvés a tu puesto, a mí me regresan todas mis pertenencias, y felices pascuas y próspero año nuevo.

—No podemos adivinar cuál es el siguiente paso si primero no damos éste.

—Y ese paso siguiente, ¿será para adelante, o será para atrás?

—Con ese espíritu negativo no vamos a ninguna parte —Tongolele abate los brazos, como si se hubiera convencido de que no puede alzar ningún vuelo.

—Ah, bueno, muy bien, debería estar pegando gritos de alegría, qué suertera la Fabiola, vean cómo la han premiado.

—No estamos en esto por premios.

—Se sacó el premio gordo la Fabiola por meter en la lista de subversivos a un campesino de Yolaina, sólo porque un combatiente histórico, de esos tuyos, quería agarrarle su tierrita para hacer más grande su finca.

—No alcés la voz. Con exaltaciones no arreglamos nada.

—O aquel otro desgraciado, porque a un tagarote del partido en Palacagüina le gustaba su finquita, por la que pasaba el río y el zacate estaba siempre tierno.

—Nunca hiciste nada obligada, fue un pacto entre vos y yo.

—Aquí muere entonces la flor, y muere su aroma. Que vea cómo hace para comer la Fabiola mientras vos esperás en esta bodega el amanecer de un nuevo día.

—Estás nerviosa, necesitás descansar, así que mejor volvete para tu casa.

—Si es que cuando regrese me dejan entrar.

—Has venido en mal momento, yo estoy apurado, y vos tenés que serenarte, así que más tarde hablamos.

—Le estoy pidiendo al palo de mango que me dé aguacates, así que ya no te molesto más. A tu mamá no sé qué cuento vas a contarle, y no creo que vayas a hacerla venir hasta la bodega. Arrimate al carro, por favor.

—Hablar con ella será empeorar las cosas.

La Fabiola lo mira de arriba abajo, midiéndolo con asombro.

—¿Te vas a negar a hablar con tu propia madre?

—Nada ganamos, no me va a creer cuando le diga la verdad sobre mi cuñado.

—¿Y cuál verdad es ésa?

—Que yo nada tuve que ver con su muerte, que fue un accidente. Venía muy bebido.

—¿Bebido? ¿A las siete de la mañana?

—Era bebedor perdido, no tenía remedio.

—Cuánta razón tenés al pensar que tu mamá no iba a creerte una palabra.

—Me está matando el dolor de cabeza —Tongolele se aprieta con los dedos el entrecejo—. Te llamo más tarde.

—Una Mejoral para niños, con eso te componés —y la Fabiola da la vuelta.

La ve alejarse hacia el carro donde espera Pedrón al lado de la puerta del volante, y donde espera dentro la profesora Zoraida vestida de luto. A medio camino la ve detenerse, como en un intento de regresar sobre sus pasos, pero desiste. Ve que los sollozos sacuden sus espaldas y sacuden su mata de pelo teñida de rubio, y la ve por fin seguir adelante, tropezando, encorvada.

De lejos la ve hablar brevemente con Pedrón, y suben los dos al Passat que se va, martajando las piedras, dejando atrás una nube de polvo que queda suspendida en el aire hasta que un golpe de viento la deshace y trae hasta la puerta de la bodega tierra y basura, horquillas de ramitas, espigas, mozotes, hojas secas corrugadas.

Antes de que la ventolera se disipe, entra a gran velocidad una Hilux que hace un giro para venir a estacionarse frente a él. El poeta Lira, con los anteojos empañados de vapor, le sonríe desde la ventanilla de la cabina, y se baja.

Se quita los anteojos, y los frota con toda calma en la manga de la camisa gris perla.

—Vine a hacer una consulta —dice.

—Para eso están los walkie-talkies. Nadie te ha autorizado a abandonar la tropa.

—No me confío de esos chunches porque cualquiera nos oye —el poeta Lira se acaricia la barbita de chivo—. Además, dejé en mi lugar a un buen ayudante de campo.

—Tan disciplinado como Cara de Culo.

—De eso se trata la consulta. Apareció de nuevo Cara de Culo con los demás fugados.

—Qué jefe de tropa tan bueno, que se va con sus soldados a dar un paseo, y vuelve como si nada.

—Tenga en cuenta que estamos hablando de un compañero en estado salvaje, cargador del Mercado Oriental, comisionado.

—Me imagino que en lugar de cargadores hubieras preferido un parnaso completo de poetas como vos.

—El caso es que estoy en mi puesto de mando de la escuela Nicolás Maduro, a la vuelta de la rotonda de la Virgen, que la directora ha puesto amablemente a nuestra disposición, cuando entra en eso Cara de Culo con sus hombres, y me doy cuenta de que traen una muchacha estudiante que han levantado en el portón de la UNAN.

—Entregásela a la policía. Nada se ha perdido. Y mandá a esos díscolos a volar verga a la calle.

—Es que no sólo la capturaron; uno de la tropa de Cara de Culo me llamó aparte y me confesó que la violaron.

—¿La violaron? ¿Entre todos?

—Cara de Culo hizo que la llevaran en un montarascal debajo de un puente, allá por el camino de San Isidro de Bolas, la violó él de primero, y después se la dejó a los demás, según Rambo, el denunciante.

—Esperate un momento —dice Tongolele—. ¿Rambo?

—Rambo y Cara de Culo son de las fuerzas de choque del Mercado Oriental.

—Entonces es él, ya decía que esa cara la conocía. Lo mandé desterrado a Honduras, y se vino clandestino.

—¿Desterrado por enemigo político?

—No propiamente. Pero hay un renco peligroso, su compañero de aventuras, que lo puede haber mandado a infiltrarse.

—Un hablantín de marca mayor es lo que es; infiltrado, no le veo seso para eso.

—Él quizás no tenga seso, pero el renco sí: apenas volvás al puesto de mando, lo desarmás, y me lo remitís.

—Lo dejé custodiando a la estudiante en una de las aulas de la escuela.

—El gato cuidando la leche.

—Fue el único que no quiso caerle encima, como los demás.

—Más razón para desconfiar de él. Quiero hablar con él.

—Ahora dígame qué hago con Cara de Culo, y qué hago con la violada. A él lo tengo restricto.

—A tu Cara de Culo soltalo y devolvele el mando. No te sobran los combatientes para estarlos desperdiciando, uno preso, otro de centinela. Y esa muchacha, deshacete de ella.

—Dejarla libre es clavo, comisionado. Va a salir a proclamar con un pito y un tambor que la abusaron.

—¿Quién ha dicho libre? Nadie se va a fijar en un muerto más, entre tantos que va a haber hoy.

—Si ésas son sus órdenes, serán cumplidas —suspira el poeta Lira.

—No me gustan esos suspiros tan delicados. Y si querés consuelo escribile un réquiem, una elegía, ¿cómo es que llaman ustedes a esos versos de duelo?

—Odas, comisionado. Se llaman odas pindáricas.

Sus voces se perdieron porque en el descampado entró una furgoneta repartidora de El Pollo Ciudadano armada de parlantes en el techo, en los que sonaba estridente la cumbia *El Komandante Zekeda,* que desde esa madrugada estaban poniendo en las radios oficiales, interpretada por el mariachi Azucena:

227

Aunque te duela, aunque te duela,
El comandante aquí se queda...

Por la puerta trasera se bajaron dos repartidores disfrazados de amarillo, con colas, patas, pico y cresta de pollo, que empezaron a sacar las cajitas del almuerzo y las latas de cerveza mientras bailaban moviendo las colas, y en medio de una algarada de gritos y disparos al aire, los paramilitares recibían sus raciones y se sumaban al baile.

13. Rambo se confiesa largo y tendido

Doña Sofía ya no pudo asistir ese miércoles a la Madre de todas las Marchas, a pesar de que tenía lista su bandera de Nicaragua comprada en un tramo callejero donde también vendían gorras y cintillos de cabeza con los colores azul y blanco. En el canal Cien por Ciento Noticias alcanzaron a pasar vistas, tomadas por un dron, de la columna que ya a las dos de la tarde se extendía a lo largo de cuatro kilómetros, desde la rotonda Jean Paul Genie hasta los predios de la catedral metropolitana. Pero todo terminó en la madre de todas las masacres.

Se perdió de marchar, doña Sofía, dijo el padre Pancho, pero a lo mejor salvó su vida, puesto que conociéndola como la estoy conociendo, usted debe ser de las que les gusta ir siempre en las filas de adelante, y fue en la cabecera de la manifestación donde más muertos hubo, la cuenta ya va por veinte, muchachos y adolescentes en su gran mayoría: los francotiradores los cazaban desde las alturas del techo del estadio nacional, y qué vergüenza más grande, convertir una instalación deportiva tan moderna, que todavía huele a pintura fresca, en guarida de paramilitares, menos mal que el propio Dennis Martínez ha repudiado los hechos desde Miami, y no quiere que ese estadio lleve más su nombre.

Todavía, a esas horas en que estaban sentados en la sala de la casa cural al caer la noche, con las persianas bajas y aún sin encender las luces, se oía lejos la sirena de alguna ambulancia, el eco remoto de alguna explosión que se deshacía en ecos aún más remotos, tantas historias en tan pocas horas que no me lo creo, madre mía, el padre Pancho se cubría la cara con las grandes manos velludas: tiros de Dragunov directos a la cabeza, masa encefálica de chavales regada en el pavimento, otros atravesados en la garganta y en el pecho, usted sabe cuál es el impacto bestial de un fusil de ésos, inspector. Pero el inspector Morales tenía cara de aburrido, estas noticias de muertes y de muertos lo dejaban en el limbo como si los ruidos del mundo desaparecieran a su alrededor y el vacío de su cabeza reinara también afuera, así la pasaba en las trincheras del frente sur cuando los cuatro bocas, los órganos de Stalin fabricados por el ejército argentino y enviados de regalo a Somoza por Videla para que se defendiera del comunismo, disparaban la andanada de cohetes y la humareda que salía de los cráteres tras los impactos olía a pedos chinos.

El padre Pancho continuó su cuenta de los acontecimientos de esa tarde como si los otros estuvieran recién aterrizando del extranjero sin noticias de nada: criaturas imberbes con los pulmones en colapso rechazados en las salas de emergencia de los hospitales públicos, y los médicos y enfermeras que quisieron acogerlos despedidos de sus puestos, la policía en las calles revuelta con los paramilitares en la represión, han lanzado bombas lacrimógenas dentro de los centros comerciales, dentro de la propia catedral persiguieron mujeres y allí las golpearon, las manosearon, ocuparon con tropas los estudios de Cien por Ciento Noticias, secuestraron las cámaras, las consolas, los drones, y se llevaron presos al director y a todos los periodistas, presos hasta los vendedores de gorras y banderas, la bandera de Nicaragua ha quedado prohibida, lo cual es un dislate mayúsculo, y aquí, al lado mismo de mi iglesia, siguen asediando a los estudiantes que se han tomado la universidad, les han cortado la luz y el agua, no les dejan pasar alimentos ni sacar sus heridos, y uno, coño, encerrado como un prisionero, sin poder hacer, lo que se dice, nada de nada.

El padre Pancho buscaba sosegarse, bajó la cabeza y la mantuvo abatida mientras se sostenía las rodillas, apenas visible la tonsura en el pelo entrecano abundante: gracias a que el padre Pupiro, que permanecía en el hospital Metropolitano, pendiente de monseñor Ortez, consiguió a una ginecóloga, que se las vio negras para llegar hasta aquí, ya tenemos un dictamen médico sobre la muchacha, no hay daño físico de cuidado a pesar del maltrato salvaje que esas bestias la hicieron sufrir en su anatomía, eso es lo que son, una horda de bestias fugadas del infierno que hoy quedó vacío, y la rotura del cuero cabelludo no necesita puntadas, el mal causado es más bien psicológico, un trauma, ya se verá después el remedio, por el momento la doctora le mandó una dosis fuerte de clonazepam para que duerma, por dichas en el dispensario de la iglesia había un frasquito, y la tía está a su lado en mi cuarto, cuidándola, ella misma necesitaría una dosis similar pero se niega rotundamente a tragar nada, doña Sofía, asómese por favor a ver si se ha serenado la muchacha. Y doña Sofía se ató los cordones de los zapatos deportivos como para emprender una carrera, y fue de puntillas hasta la puerta entreabierta: por fin se ha dormido, reportó.

—A ver si nos ordenamos —pidió el inspector Morales—. Usted, doña Sofía, empiece despacio y con tiento desde el principio.

—Yo mejor me callo con mis lamentos —el padre Pancho hizo una señal sobre los labios como si cerrara un zíper.

—Por qué va a callarse, padre —suspiró doña Sofía—. A mí, que parí un mártir, con tanto muchacho muerto se me ha vuelto a abrir la herida.

—Los muertos no los vamos a revivir hablando —dijo el inspector Morales—. Centrémonos en hallarle la punta al hilo para llegar hasta Mascarita, que es lo único que está en nuestras manos.

—Conste que es la tercera vez que cuento el cuento.

—Culpa suya si tiene que estar repitiendo, porque mucho se dispersa.

—Cómo no va una a distraerse del hilo de lo que quiere informar, con tantas calamidades que están ocurriendo, compañero Artemio. Y eso que nada les he dicho de las angustias que tuve que pasar para llegar hasta aquí, atravesando los retenes de policías y paramilitares.

—Haga caso y céntrese, doña Sofía —dijo Lord Dixon—. Usted sabe bien por su sabiduría bíblica que quien no recoge desparrama.

Doña Sofía fue a colocarse al centro de la sala, de espaldas a la puerta, y el planchador de la señora Magdalena quedó ubicado en el comedor.

—Entonces, cuando me doy vuelta, veo a esa mujer, algo requeneta, vestida con guayabera de hombre, y una mochila a la espalda —dijo, mientras giraba lentamente—. Y la oigo decir, con toda tranquilidad, que viene a traer el mantel porque hay un casamiento en la iglesia de Lourdes, y el padre lo necesita para vestir el altar.

—Joder, qué imaginación portentosa, casamiento a la una de la tarde —el padre Pancho acercó el encendedor al Ducados que tenía en los labios—. Primera mentira, certificada en mi conversación telefónica de hace un rato con el padre Casimiro, párroco de la iglesia.

—Pero yo estoy atenta a Bob Esponja, y me doy cuenta, por su mirada, que todo aquello es teatro; y me doy cuenta también que la señora Magdalena pone cara maliciosa mientras termina de doblar el mantel.

—Bien pudo esa mujer haberle entregado directamente el nuevo mensaje que llevaba en la mochila, doña Sofía, y así se ahorra usted tanto engaño y tanto trámite —bromeó el padre Pancho.

—Está en lo cierto, reverendo, en esa mochila había otro sobre con una nueva revelación —intervino el inspector Morales—. Pero ese encuentro inesperado acabó con los mensajes de Mascarita.

—Todo iba estupendo mientras fuera tirar la piedra y esconder la mano —asintió el padre Pancho—. Pero una vez la mano al descubierto, se acabó el juego.

—Ahora cuénteles, doña Sofía, cómo empezó a identificar a la interfecta —dijo Lord Dixon.

—La señora Magdalena puso el mantel en una bolsa plástica, la mujer lo metió en su mochila, y todavía preguntó al irse que cuándo estarían listas las vestiduras del sacerdote, que seguro había visto colgadas en el alambre.

—El padre Casimiro me ha confirmado que la señora Magdalena entregó el mantel en la iglesia esta misma tarde; lo que significa que la mujer de la mochila se lo devolvió en algún momento.

—Este padre Brown es un lince, inspector, no se le queda atrás a doña Sofía —dijo Lord Dixon.

—Entonces, yo le anuncio a la señora Magdalena que me voy también, y le pido a Bob Esponja que por favor me encamine porque me puedo perder de vuelta —y doña Sofía hizo como que iba hacia la puerta.

—Pero lo que quiere doña Sofía es poner en confesión al muchacho, porque ya malicia que no le ha dicho toda la verdad —el padre Pancho se llevó de nuevo a los labios el Ducados.

—Bob Esponja viene al lado mío, en silencio, con su bicicleta al costado, y le digo: de aquí en adelante ya no me pierdo, pero vos quedás en deuda conmigo porque me engañaste. «Sí, es cierto que la engañé, la Magdalena no es que esté enferma de calentura, sino que mucho bebe», me contesta.

—Desgracia que doña Sofía no puede remediar —se lamentó el padre Pancho—; y por eso, el único consejo que le da es que no se le ocurriera nunca imitar a su madre, y que, en lugar de andar en esa bicicleta de arriba para abajo, tentando al vicio, buscara la escuela.

—Vea lo bien se entienden entre ellos, camarada, son como un dueto musical —dijo Lord Dixon.

—«Pero no es ése el engaño que te reclamo —le digo—; sino que me hayas ocultado quién es esa mujer de la mochila».

—¡Eso mismo, no andarse por las ramas, doña Sofía! —exclamó el padre Pancho.

—Y Bob Esponja me responde: «trabaja en una oficina en Las Colinas donde espían a la gente».

—¡Hombre, por Dios, nada menos que eso! —se puso de pie de un salto el padre Pancho, y la ceniza del cigarrillo se le regó sobre el pantalón—. ¡Sacó el hocico la madre del cordero!

—Y me suelta entonces que la señora Magdalena no sólo estuvo de china en la casa de esa mujer, sino que, también, por su recomendación, trabajó de afanadora en esas oficinas secretas.

—¡Donde reina Tongolele! —el padre Pancho contempló la colilla que terminaba de consumirse entre sus dedos.

—Que me cuenta todo eso porque se siente agradecido por el almuerzo, pues esas comidas retratadas en colores en el menú sólo las había visto de lejos, y de pasada.

—Y ahora viene lo más importante, ya vamos llegando al nombre —el padre Pancho apenas alcanza a depositar la colilla en el cenicero.

—Entonces yo me pongo muy cariñosa, le abotono el botón de arriba de la camisa, y le pregunto que cómo se llama la mujer. Creí que iba a ser la parte más difícil.

—Pero, todo lo contrario, pues le contesta sin vacilación: «Yasica se llama».

—Shakira y Juanes, el dueto armónico de moda —dijo Lord Dixon.

—Aun así, no dejaba yo de preguntarme, en el camino de vuelta, si todo aquello no serían invenciones de ese chavalo andariego para dejarme contenta.

—Pero aquí es donde entra el amigo don Serafín para ponerle la tapa al pomo, inspector.

—Mala tecla tocó otra vez el padre en el piano —dijo Lord Dixon.

—A mí de Serafín no me hablen. Si me hubiera hecho esta letra cuando estábamos en la guerrilla, lo fusilo.

—Ya serían dos los que lo quieren matar —doña Sofía lo miró severa—. Porque Tongolele también lo debe andar buscando para darle tortol por alta traición.

—Yo insisto, inspector, en que hace mal en no leer la confesión de su amigo, como lo hemos hecho todos.

—Déjeme a mí, reverendo, decidir lo que está bien y lo que está mal en lo que a Serafín respecta.

—Serafín liberó del secuestro a la muchacha, se jugó la vida y la trajo para acá, compañero Artemio. Y yo le creo que no participó en el ultraje, tal como lo puso por escrito en esa confesión.

—Y por mi parte, inspector, yo no puedo estar usando la sacristía como cárcel.

—Él decidió meterse allí, nadie lo tiene preso, que se salga cuando le dé la gana, y se vuelva con los paramilitares.

—En eso tiene razón el inspector —dijo Lord Dixon—. ¿Dónde se ha visto que alguien se declare prisionero por su propia voluntad?

—Dice que no saldrá mientras usted no hable con él —le rogó el padre Pancho—. Y que después desaparece y ya nunca más lo vuelve a molestar.

—La palabra de Serafín vale para mí menos que la saliva que gasto en mentarlo.

—¿Por lo menos me deja contarle la conversación que tuvimos cuando fui a visitarlo a su celda? Tiene que ver con lo que debemos decidir.

—Cuál celda, doña Sofía, todo es puro teatro, Serafín es muy mañoso. Pero cuente, no vaya a decirse que yo atraso.

—¿Es teatro que Tongolele lo puso preso en El Chipote y lo mandó a torturar, cuando el caso del millonario Soto? —preguntó doña Sofía.

—Eso es verdad —respondió el inspector Morales—. ¿Pero qué tiene que ver?

—Pues, allí en la sacristía, a mí se me ocurrió preguntarle, si esa vez, cuando aquellos malvados Tuco y Tico lo refundían en la pila, había sólo hombres entre quienes entraban y salían del antro de tortura.

—Eso es lo que se llama intuición femenina, joder.

—Cuánta sabiduría respecto a la intuición femenina se gana en el confesionario —dijo Lord Dixon.

—Y Serafín me respondió que todos eran hombres, menos una mujer que se vestía como hombre, y que entraba como si estuviera en su casa para llevarle papeles de oficina a Tongolele.

—La vio de cerca cuando lo arrastraban por el corredor, de vuelta a su celda, los pulmones congestionados por el agua —agregó el padre Pancho.

—Lo llevan de arrastrada, desnudo y ensangrentado, la cara toda magullada, lo han escapado de ahogar, y encima se fija bien en que la mujer se vestía como hombre: Serafín en campo raso.

—Yo le doy todo el crédito, inspector. También recordó que los subordinados se le cuadraban, llamándola teniente. Espérese y verá.

—Por lo que dice el padre, pude atar dos cabos: Bob Esponja asegura que el nombre de la mujer es Yasica, y Serafín asegura que es teniente. Entonces me metí a consultar con el oráculo.

—¡Qué nombre más cabal, doña Sofía, mujer! El oráculo de Delfos es hoy día la internet.

—Y el oráculo, después de vueltas y vueltas por muchos atajos y escondrijos, me llevó hasta un pie de foto de *El 19 Digital,* donde aparece la teniente Yasica Benavides siendo condecorada en la Casa de los Pueblos hace tres años. Y aquí tengo la foto por si el compañero Artemio se digna verla.

El inspector Morales examinó la foto con reticencia.

—Qué fea esta mujer.

—No estamos juzgando candidatas en un concurso de belleza —lo reprendió el padre Pancho—. Esa foto es una evidencia, nada más.

—Si todo lo que está contando viene a ser cierto, doña Sofía, más le conviene no regresar donde la Fanny, porque está usted en gran peligro de que la secuestren.

—Hace rato estoy en peligro, desde que ando con usted, compañero Artemio. Y estoy dispuesta a seguir corriendo los riesgos que sea necesario.

—No me eche a mí discursos, que es desperdicio. Me refiero a que esa teniente de la seguridad, si aceptamos que lo es, no va a quedarse conforme con que la hayan visto, porque sabe que usted es capaz de seguirle la pista hasta el final.

—En eso hay razón —asintió el padre Pancho—. Nunca estuvo en los cálculos de Mascarita que llegáramos a descubrirlo.

—Todavía no lo descubrimos —les recordó doña Sofía—. El hilo no se acaba con esa mujer.

—En todo caso, volvemos a que el juego de Mascarita se acabó. Ya no habrá más mensajes.

—Si ya no hay más mensajes, los podemos inventar, padre. La atención con los tuits de Mascarita sigue caliente, son miles los seguidores. ¿Por qué la vamos a desperdiciar?

—Usted sí que es mujer osada, doña Sofía, cojones.

—O se tira al ruedo ahora, o se queda en las graderías viendo los toros de largo, inspector —dijo Lord Dixon.

—¿Cómo sería ese plan suyo, doña Sofía? —preguntó el inspector Morales.

—Los paramilitares andan cometiendo atrocidades, y Serafín es una fuente de primera mano que estamos desperdiciando. Convirtamos en tuits de Mascarita todo lo que él pone en su confesión por escrito.

—Piénselo bien antes de oponerse, inspector. Arregle cuentas con su amigo cuando salga de mi sacristía, pero ahora aprovechemos su testimonio.

—Serafín sabe cuánta gente hay, cuántas son las fuerzas de tarea desplegadas, quiénes son los jefes, la clase de armamento, compañero Artemio.

—¿Todo eso está detallado en su confesión?

—Primero lea lo que él escribió, y entonces vemos lo que falta para que usted mismo se lo pregunte.

—Voy a hacerme un café, y mientras hierve el agua, leo esos papeles en la cocina. Démelos, doña Sofía.

—Tome, aquí están, y quédese tranquilo leyéndolos ahí donde está sentado, que yo voy y le preparo su café.

—De paso me hace uno a mí, si no es molestia —pidió el padre Pancho.

Doña Sofía volvió la cabeza ya en la puerta de la cocina.

—Y tenga en cuenta que Serafín usa palabras fuertes en su confesión, como al padre le consta. No vaya a asustarse.

—Usted ya está como mi abuela Catalina. Por decir palabras fuertes, como ella llamaba a las vulgaridades, me amenazaba de quemarme la boca con un tizón.

El padre Pancho había provisto a Rambo de un mazo de papeletas sobrantes con el programa de festividades del día consagrado al padre Pío de Pietrelcina, para que usara el revés, y le había prestado su pluma Esterbrook, la misma desde los tiempos del seminario.

En la superficie del papel, las líneas de la escritura perdían el equilibrio y se despeñaban hacia la derecha:

Muy señor mío dos puntos

Usted no conoce a Cara de Culo pero sí conoce a su mujer la Milonga que es aquella envuelta en la colcha de tigre que encontramos al paso en un callejón del Mercado Oriental la noche que íbamos buscando al Rey de los Zopilotes. Pues ese Cara de Culo que su nombre verdadero es Marcial Duarte, nunca ha sido de confiar siendo persona violenta y matrera que como le iba diciendo es el querido de la Milonga y siendo que ella tiene comidería en el mercado al lado del galerón de las carnes él come allí gratis lo que quiera comer que para eso le da contento en el catre y ese hombre sí que se harta de verdad porque siendo fiero como cargador de bultos necesita alimento lo mismo que para darle satisfacción a la Milonga que es hambrienta de su cosa. Dos quintales de maíz los lleva en el lomo y va silbando y si es cuestión de pleito en una cantina agarra a un hombre al revoleo y lo estampilla contra la pared quebrantándole los huesitos como si fueran los de una tierna paloma siendo por eso que le advierto nunca le ponga usted la mano encima a Cara de Culo que ni quiera Dios y lo deja palmolive.

Y se acuerda que a la medianoche que me fui de aquí le puse en el papel que le escribí que yo no aguantaba encierro porque lo mío era el aire libre de la calle y vaya la tuerce y desgracia que cuando entro al mercado a quién cree que me encuentro si no es a Cara de Culo en persona y qué iba a buscar yo al mercado me preguntará usted y yo sinceramente respondo que no sé porque es verdad que allí no tengo a nadie pero de todos modos uno es como es y gran abrazo con Cara de Culo que me dice hermano mío cuánto tiempo qué cara tan perdida.

Usted se estará preguntado también por qué le dicen así de mal apodo y se lo paso a informar dos puntos es porque siempre tiene la jáquima empurrada como que estuviera haciendo la fuerza de dar del cuerpo o sea cagando y aunque ande contento no importa pues en cualquier lugar y ocasión su jacha retorcida de angustia es la misma y entonces me dice que me convida a que nos tomemos un sopón de res con punche donde la Milonga y yo le digo son las dos de la madrugada no habrá fuego prendido y él me dice para qué mando yo allí donde la Milonga si no es para que me enciendan el fuego a la hora que a mí me ronque y ésa fue mi gran perdición tomarme esa sopa acompañada de una media de ron Plata que después se duplicó y le confieso jefe que es por andar de angurriento que me pasó todo lo que me pasó.

Y que cómo conocí yo a Cara de Culo pues verá que fue en las fuerzas operativas de choque del Rey de los Zopilotes donde Cara de Culo era jefe mío de escuadra. Y cuando estamos ya instalados tomando el sopón y la Milonga sirviéndole a él como si fuera el príncipe de Golconda de Rubén Darío y a mí como un mendigo que ya la hubiera usted visto así emperrada y de muy mal modo pues nunca ella me ha querido y no sé qué tirria vieja me tiene entonces viene Cara de Culo y me dice arrimando la cabeza pues mirá, Serafín se está preparando la runga para caerle mañana a los revoltosos de la derecha que buscan dar un golpe de Estado y siendo que por obra y gracia del divino niño te he encontrado quiero manifestarte que te andaba de todas maneras buscando porque el partido confía en vos y contamos de fijo con tu apoyo y presencia en el operativo.

Entonces yo procuro hacerme el pendejo y le digo que ya todo eso de las célebres fuerzas de choque acabó porque el Rey de los Zopilotes pasó a la historia y que si no sabe acaso que lo destronaron y que le sacaron la mierda y después fueron a botarlo a Honduras. Y él se ríe de mí con su cara de desgracia como si estuviera sentado en el excusado en medio trance y es cuando me acuerdo que algunos por mostrar burla le dicen de manera elegante no Cara de Culo sino Rostro de Ano por lo que ante ese recuerdo quiero también reírme pero sé bien que no es el momento de guasas y me dice ideay maje vos estás creyendo que con ese Hermógenes se termina el mundo pues nel pastel porque ahora cambiaron las estructuras y hay alguien superior que nos coordina a todos y ése es nada menos que Leónidas que es muy alta verga y pues si Hermógenes reinaba en el Mercado Oriental ahora Leónidas tiene mando supremo mucho más allá.

Y vengo y le contesto yo que ese Leónidas no es ningún alta verga sino un traidor y ya lo sabíamos desde el tiempo de la guerra contra Somoza que iba a traicionar y después ya vimos cómo se volvió jefe de la contra cuando fue pagado con reales de la CIA y él viene y me dice no hermano mío ya se ve que andás muy equivocado pues acaso no sabés que fue una estrategia mandarlo infiltrado y así conocerle todos sus planes al imperialismo. Pura película me estás contando vengo y le digo yo. Y aunque sea lo que sea a mí no me interesa porque yo sí creo que es un traidor y jamás voy a subordinarme a un traidor y Cara de Culo entonces se encachimba y muy endemoniado me dice que te vaya bien hermano pero sabelo que el que pierde sos vos porque van a dar cincuenta lapas verdes diarias y hacete el cálculo y decime si alguien que anda enseñando los dedos gordos por las roturas de los zapatos como te veo que andás vos va a ser tan insensato y tan bruto de despreciar semejante regalía.

Y entonces yo me quedo callado en meditación mientras me voy tomando la sopa y voy buscándole el viaje al carapacho de un punche y voy mordiendo la gordura de un pedazo de pecho y voy chupándole el tuétano a un hueso chombón y voy metiéndole el diente a un pedazo de elote y mastico y trago y hablo para mis adentros conmigo mismo diciéndome aquí tenés Serafín la oportunidad de meterte en las tripas de este plan macabro y saber desde dentro cómo es que va a ser esa gran represión que están urdiendo para poderle informar al jefe y es de acuerdo a ese pensamiento que le digo a Cara de Culo que está bien que vamos de viaje y él se pone gozoso y me responde que entonces nos tomemos la otra media de roncito mientras dan las cuatro que es la hora en que hay que hacerse presentes en la gasolinera Uno del Gancho de Camino porque allí nos va a levantar el transporte y con gran imperio le ordena a la Milonga que nos sirva el ron pleito y ella que se está llevando los platos de la mesa se nota como que ya le perdió la paciencia y los vuelve a dejar caer con ademán tan violento que por nada los quiebra pero aunque furiosa obedeció y él como si nada notara de aquella violencia le dijo que le alistara otra media para no pasar sed en el camino en lo que también ella obedeció mascando el freno de arrecha pero al fin y al cabo sumisa.

Todavía oscuro llegamos al estadio nacional y allí está Leónidas muy fachento con camisa de beisbolero y pantalón de camuflaje luciéndose encantado de la vida porque le han dado gran mando y desde el montículo del pitcher le lanza un discurso a toda la tropa que para ir empezando mi informe le digo que somos más de mil los que andamos en el operativo que se llama Abate que así le puso Leónidas pues dijo que hagamos de cuenta que vamos a exterminar sabandijas y no con insecticidas sino con plomo y entonces nos dividen en fuerzas de tarea que van a operar cada una en una zona y enseguida viene la repartición de armas y allí han puesto en el terreno de juego todos los fierros que usted pueda imaginarse diciéndonos Leónidas que agarremos el fusil que nos guste y hay bendición de tiros y ya antes nos han dado una tapadera para la cara y una camiseta que a mí me toca amarilla pues mi zona va bajo ese color y es la zona que cubre los barrios orientales y para que vea que valió la pena haberme infiltrado a quién cree usted que me ponen como superior si no es a Tongolele y aunque se asombre sepa que no le estoy mintiendo pues era Tongolele en vivo y a todo color.

Nos montan en unos buses en dirección al Mercado de Mayoreo donde es el cuartel de nosotros y a mí me asignan en la columna de un poeta Lira esmirriado y flacuchento con barbita de enfermo que para cuestiones militares no tiene presencia corporal y nos explica ese poeta que las órdenes que tenemos son operar en la pista Larreynaga para desalojar las barricadas y cuando ya estamos formados frente a la bodega donde tenían guardadas las camionetas Hilux en que vamos a montarnos y yo ya tengo mi Aka en mano es que me echa pupila Tongolele y se viene directo donde mí con gesto de dónde he visto yo esa cara por lo cual yo me zurreo porque si me reconoce ya mejor digo mi requiescatinpace amén y me examina despacio y me pregunta que si por casualidad nos conocemos de antes pero yo me hago el pendejo y como anda urgido no pasa a más la cosa siendo en esta parte donde deseo dejarle jefe una inquietud y es que cómo se explica usted que ande Tongolele subordinado a Leónidas siendo tanto su mando y orgullo pero usted sabrá mejor.

Entonces nos dicen que antes de empezar el operativo vamos a hacer un desfile triunfal para enseñar los fierros y así el enemigo sepa que no es jugando por lo que nos subimos a la camioneta y va Cara de Culo adelante en la cabina como jefe que es del contingente de nosotros pero allá por la Lotería Nacional nos salimos de la fila del desfile y agarramos viaje para otro lado y yo pensando iceay será que Cara de Culo dio la orden equivocada o se enredó porque anda bolo habiendo tal vez empezado a tomar desde temprano siendo como es tan suya la afición al guaro y es en ese momento de mis cavilaciones que lo oigo que ordena al chofer que se detenga allí por el edificio de Invercasa y se baja y nos dice que antes de incorporarnos al combate vamos a hacer chanchadales por cuenta de nosotros donde podamos y que si agarramos burguesitos subversivos les vamos a enseñar que la revolución no es juguete de nadie y con esas instrucciones nos vamos entonces buscando el rumbo de la rotonda universitaria ya en plan picapleito con el dedo en el gatillo y en eso vemos que están en la rotonda unos muchachos estudiantes con unas banderas de Nicaragua por lo que brequea la camioneta y nos bajamos disparando ante lo que todos se corren buscando meterse en los terrenos de la UNAN pero quedan varios heridos de ellos desperdigados y dos estudiantas que andan de gabacha se corren pero a una de ellas se le zafa el zapato en la carrera por lo que se tropieza y se cae y es cuando se le van encima los otros y le rajan la cabeza de un culatazo y así ensangrentada como queda Cara de Culo ordena que la suban a la tina y allí jefe es cierto que me quedé callado sin buscar defender a la víctima pero no era cuestión de entrar en desobediencia frente a un hombre mal bozaleado que cuando anda hasta el requesón perdido de licor es capaz de desconocer a su propia madre y ya no digamos a un amigo.

Coge entonces la camioneta para el lado de la pista suburbana entrando al rato por el camino de San Isidro de Bolas y allí en la soledad del monte la bajan y la meten debajo de un puentecito para hacerse de ella a la fuerza siendo Cara de Culo el primero que la agarró con hambre salvaje para gozarla mientras dos la retenían y qué les iba a importar que estuviera bañada en sangre debido a la herida en la cabeza para hacer su gusto y fiesta con ella y así siguieron después los demás que hacían fila con las portañuelas abiertas esperando y ya bien templados su oportunidad diciéndome a mí Cara de Culo ahora es tu turno hermano vení metésela vos también. Pero yo me aparto aunque me insiste y entonces le doy por pretexto que ando con una gonorrea de garabatillo que me pegaron en Danlí en un putal y él riéndose me dice que si acaso era mi novia o era mi esposa y que no sucedía todos los días que me iba a coger un cuerito recién estrenado y es aquí jefe donde tiene que creerme aunque ya sé que debe usted estar echando fuego contra mí pero yo le acepto todo

244

lo que quiera menos que yo haya agarrado mi parte en esa orfandad y si no me quisiera creer a mí interrogue a la estudianta y pregúntele si yo la toqué.

Y bueno pues todavía le digo a Cara de Culo que ya era suficiente y que mejor la dejáramos volada en el monte y ya nos fuéramos porque no nos habíamos reportado y estarían notando la falta del contingente y de la camioneta y todo esto lo urdía yo para que no la siguieran perjudicando pues algunos querían segunda ronda pero él me responde con porte altanero que de ninguna manera la dejábamos porque a lo mejor el resto de la fuerza de tarea quería refocilarse con ella y fue por esa razón que la llevamos capturada al cuartel que está allá por la rotonda de la Virgen en la escuela Nicolás Maduro. Y llegados allí me acerco con todo disimulo al poeta Lira y le cuento el suceso tal como se lo cuento a usted y él se encachimba contra Cara de Culo y dice que eso no se puede tolerar porque tenemos una misión que la revolución nos ha confiado y cómo es que vamos a andar con estas indisciplinas y manda a quitarle el arma y a meterlo preso dentro de un aula frente a la arrechura de los demás de la camioneta que se ponen soliviantados unos y ariscos otros pero mientras tanto yo pajito pues no fueran a maliciar que era yo el que había aventado el soplido.

Y el poeta Lira le notifica a la tropa que va a ir donde su superior que es Tongolele para que le dé instrucciones sobre el caso y me nombra a mí centinela del aula donde pone encerrada a la estudianta que ni caminar puede de tan derrengada que la dejaron quedando ella en una y Cara de Culo restricto en la otra dándome instrucciones que no permita a nadie acercarse a la puerta y es cuando ya se ha ido que yo entro donde ella y le digo que se aliste porque nos vamos y el plan es que finja que me pide permiso para ir a orinar al baño que está al fondo del corredor pero ella me dice señor no puedo me socavaron toda y yo le digo sólo vas a fingir porque el plan es salirnos de aquí por lo que te metés al baño y aprovechás para lavarte la cara y quitarte la gabacha llena de sangre y cuando salgás te espero en la puerta y bajamos las graditas que van a dar al patio y vos caminás adelante hasta llegar a los rinranes pegados a la malla ciclón que en ese tramo está rota yo ya lo estudié y es cosa sólo de levantarla y ya estamos en la calle.

No me dijo ni que sí ni que no la chavita ya que su mente había quedado como atolondrada por lo que de una vez la levanté del pupitre donde estaba sentada y la llevé al baño y me obedeció en dejar volada allí la gabacha y lavarse la cara cumpliéndose después todo según yo lo tenía visto o sea que atravesamos el patio y nos acercamos a la malla mientras yo lograba el chance de botar mi equipo militar entre unas matas y boté también la camiseta amarilla que llevaba encima de mi camisa y lo mismo dejé tirada la pañoleta saliéndonos por la rotura de la malla y ya viéndonos en la calle caminamos sin novedad pues cualquier diría que era ella mi hija y yo su papá y llegando cerca de la rotonda de la Virgen voy yo de preguntarle adónde quiere que la lleve y ella muda hasta que empieza a repetir como disco rayado mi tía mi tía y yo preguntándole dónde estaba su tía y ella empieza a repetir la iglesia la iglesia y yo qué iglesia y ella mienta entonces al padre Pancho y el que se queda mudo y atolondrado soy yo acatando que si se trata del padre Pancho es la iglesia de la Divina Misericordia y la tía es la señora grandota aquella que anda con pasos que no se sienten y yo sin embargo con miedo de venirme para acá con ella pues nada bueno me esperaba cuando usted se diera cuenta de que me había ido a meter con los paramilitares para andar matando gente y ya oía sus lamentos clamando contra mí y diciendo esta escoria de Serafín este bagazo que no merece un escobazo lo cual es cierto y me

246

merezco pero por ese miedo mío de comparecer en su presencia no iba yo a abandonar a la estudianta en plena calle expuesta a que volvieran a agarrarla y fue así que paré un taxi sin medio centavo en la bolsa calculando que la tía o el padre Pancho mismo le pagarían al chofer el viaje de cualquier manera.

Ahora Tongolele me andará buscando por la triple razón de haberme metido clandestino a Nicaragua sin su permiso así como por haberme desertado y así por haberle quitado a su tropa el tierno bocado de esta estudianta y como no quiero sumarle a usted más peligros de los que ya tiene encima ni quiero tampoco ser causante de más estorbos ni torpezas ni desgracias mi resolución es hacerme humo apenas usted lea esta confesión y apenas tenga a bien cruzar conmigo unas palabras pues sólo habiendo botado semejante peso de encima me puedo ir a la perra calle a ver cuál es mi suerte escondiéndome de Cara de Culo que no creo lo dejen preso y más bien van a devolverle su rifle y su mando y escondiéndome de Tongolele pero eso será siempre que usted me diga ve hombre jodido Serafín hago constar que te perdono pues hiciste bien en no violentar a esa muchacha y también hiciste bien en devolvérsela a su tía y no hay traído pendiente entre nosotros con lo cual
se despide atentamente su seguro servidor

—Todo esto que escribió Serafín no es más que palabrería —dijo el inspector Morales al terminar de leer.

—¿Llama usted palabrería al haberse negado a abusar de esa criatura, y sacarla de ese infierno a riesgo de su vida, compañero Artemio?

—Retiro lo dicho si con eso se sosiega, doña Sofía. Centrémonos en Tongolele.

—Llama la atención que ese hombre, hasta ayer nomás con poder de vida o muerte, ande ahora sometido al mando de otro —comentó el padre Pancho.

—Eso quiere decir que está castigado por algo que no sabemos, reverendo.

—¿No será por causa de las denuncias de los tuits de Mascarita?

—¿Castigarlo por matar, engañar y robar? Ya me hizo reír, reverendo.

—Salvo que en las fechorías referentes a sus negocios se le haya ido la mano —intervino doña Sofía—. Que los hubiera estado manejando de manera oculta, sin pagar tributo por sus ganancias.

—Los diezmos y primicias —asintió el padre Pancho.

—Aquí lo que hay es una lucha de poder —afirmó el inspector Morales—. Detrás de esa teniente que está pasando la información, se esconde el lagarto que quiere hartarse a Tongolele para que lo pongan en su lugar. Quién será, está por verse.

—Sea lo que sea, hay que echarle más leña al fuego, mientras seguimos averiguando, compañero Artemio.

—Adelante entonces con sus tuits, doña Sofía. Usted siempre gana.

—¿Y qué pasa con don Serafín, inspector? Yo lo necesito, las plantas se me están secando porque nadie las riega.

—Si usted tiene la voluntad de asilarlo, no soy tan desalmado como para devolverlo a la calle. No ha llegado a la esquina cuando le han pegado un tiro.

—Me conmueve la gente sentimental —dijo Lord Dixon.

14. El procedimiento indagatorio del gordito feliz y contento

La bocanada de aire frío llega cada vez de manera inesperada por la rejilla del ducto en el techo, encima de sus cabezas. Se desvanece, y parecería que ya nunca más va a volver a soplar, hasta que otra vez toma impulso y se le oye venir otra vez de lejos, como si surgiera de la oscuridad misma de la noche.

Ni hablan ni se miran, sentados los dos, desde hace más de una hora, codo con codo, en el estrecho sofá forrado de vinilo de la antesala de paredes pintadas de verde tierno brillante, igual que en un hospital, cabizbajos y callados, tal si esperaran noticias de un enfermo grave. Frente a ellos una mesita con viejos números de la revista oficial del ejército *Patria y Libertad,* fotos y más fotos en papel satinado: exitoso simulacro de rescate en alta mar SIEMPRE LISTOS. Misión de acción cívica CAMPESINO DAME TU MANO. Operación antidrogas PUÑO DE HIERRO. Nueva promoción de cadetes jura lealtad al mando supremo SAVIA NUEVA. Mientras, en el televisor, sintonizado en el Canal 4, ponen las imágenes mudas y temblorosas de un antiguo documental de los guerrilleros entrando a la plaza el día del triunfo de la revolución, los fusiles en alto, subidos en el lomo de las tanquetas capturadas a la Guardia Nacional que se abren paso lentamente entre la multitud.

Hasta que el gordito feliz y contento asoma la cabeza por la puerta del despacho y les hace una seña cómplice de que pueden pasar.

Tras la visita a Tongolele en el Mercado de Mayoreo ese miércoles al mediodía, Pedrón se ha quedado conversando con doña Fabiola en su casa de Bello Horizonte, para consolarla, y le ha aceptado una cerveza, dos cervezas, mientras la ayudaba también a consolar a la profesora Zoraida, que, clavada en una mecedora, no contesta palabra ni se anima a nada, más que a empujarse con los pies en un vaivén sin fin: que su mismo hijo rehusara hablar con ella después de todo lo sufrido, la pérdida de su condición de consejera, la expulsión de su casa; y que se negara a darle una explicación sobre la muerte de su yerno es algo muy heavy, en eso está de acuerdo con doña Fabiola, no cualquier corazón es capaz de soportar semejante peso de calamidades.

Y cuando regresa a la agencia aduanera, el mayor se puso a ladrarle emputado, dónde andaba y qué andaba haciendo, injusto reclamo porque él mismo le había dado permiso de ausentarse. Tiene rato de estarlo esperando un jeep UAZ de la jefatura de inteligencia militar, vuelve a ladrarle, y, en efecto, allí está el jeep, un soldado al volante, y al lado otro soldado, en el asiento trasero ya tienen subida a la Chaparra, y le pregunta Pedrón de lejos con una seña de la cabeza qué pasa, y ella junta las muñecas y se las enseña, como si le hubieran puesto unas esposas.

La oficina donde los esperaba el gordito feliz y contento, y a la que ahora entran, mansos y siempre callados, también está pintada de verde tierno brillante, pero parece más bien un aula de clase porque hay una pizarra acrílica en una de las paredes, y alrededor de las otras, pupitres de tableros plegables; al frente, un escritorio metálico; otro más pequeño al lado con una laptop y una impresora; delante del escritorio, dos de los mismos pupitres, y una cámara de video atornillada en un trípode.

El gordito feliz y contento les pide que se sienten en los pupitres, con un salto corto y gracioso se encarama en el escritorio, y ahora balancea juguetonamente sus mocasines negros, tan bien lustrados que Pedrón cree poderse ver en ellos.

Parece recién salido de la barbería, frescos los cachetes y la papada; comienza a perder el pelo por el centro de la cabeza, y, según se nota, hace poco ejercicio porque la comba de la barriguita le sobresale apretada bajo la tela verdosa de la camisa del uniforme de diario. Nada que ver con la vieja guardia, la raza de combatientes históricos destinada a la extinción, tan flacos y desgreñados en aquellos días del triunfo, en los puros huesos por faltos de comida, hediondos por faltos de baño, de esos mismos que lo habían encañonado a él en su refugio de la bodega de abastos en la cocina del Campo de Marte. El gordito feliz y contento pertenece a la nueva camada de oficiales del ejército, egresados de la academia militar José Dolores Estrada, becados para llevar cursos de Estado Mayor ya no en la Escuela Superior Militar en La Habana sino en Saint Cyr, en Francia, o en la Escuela Superior de Guerra de México; y además del grado de coronel, obtenido sin dilaciones, el gordito contento es abogado con maestría en investigaciones forenses obtenida en la Universidad Federal de Santa Catarina, en Brasil.

Del escritorio toma un expediente y del expediente saca una hoja que repasa mientras hace correcciones con un bolígrafo: nada más unas preguntas, eso es todo, las ha impreso para que no se le olviden, con tanta cosa pendiente la cabeza divaga; pero si se le llegan a ocurrir otras, también se las hará en su momento. ¿No les importa si los filman?

Habrá una secretaria de actuaciones, la capitán Tapia, que transcribirá la conversación, no la llamemos interrogatorio. Y entra, mientras tanto, la capitán Tapia, de uniforme y gorra militar, lentes sin aro, casi invisibles, labios rosa pastel, quien va a sentarse frente a la pantalla de la computadora, y detrás de ella entran el camarógrafo y el sonidista, también de uniforme y gorra militar; uno va a ponerse detrás de la cámara, el otro trae un estuche con micrófonos de solapa, y se acerca para colocárselos a ellos dos: a Pedrón se lo prende en la boca de la camiseta de Bob Marley, a la Chaparra en el cuello de la guayabera. Al gordito feliz y contento le entrega uno de mano, con protector de espuma de polietileno.

—Listos —dice empuñando el micrófono—. Quiero que se explayen, por favor, no ahorren palabras, las preguntas puede contestarlas cualquiera de los dos, y siéntanse libres de completar la respuesta del otro cuando crean que es insuficiente, la capitán Tapia tiene experiencia y hará una transcripción fiel. Como les aclaré, se trata de una conversación, no de un interrogatorio, y no están aquí en calidad de acusados, así que cuento con la cooperación franca y sincera de ambos.

Mientras tanto a Pedrón el sudor le baja por la colita y se le empoza entre las nalgas, quiere restregarse porque le pica, pero el respaldo del pupitre es demasiado alto. Testigos llevados a declarar a la fuerza viene siendo lo mismo que acusados. ¿El ejército es ahora el que juzga? Y el gordito feliz y contento, ¿es juez, o es fiscal? Pero está allí para contestar, no para hacer preguntas.

—Cada uno se identifica, por favor, expresando su nombre, apellidos, edad, estado civil, rango en el escalafón, y posición actual —los conmina el gordito feliz y contento:

Pedro Claver Salvatierra Moreno, sesenta y tres años, soltero, capitán de la Policía Nacional, asignado a la Dirección General de la Seguridad del Estado. Una voz que es casi un susurro, como de pito de barro roto, que apenas se escapa de su garganta reseca porque le falta saliva. El gordito feliz y contento hace entonces una señal, y traen botellines de agua, uno para cada uno de los presentes.

En cambio, la voz de la Chaparra sale pareja, bien entonada, casi cantarina: Yasica del Socorro Benavides Mairena, treinta y ocho años, soltera, teniente primera de la Policía Nacional, asistente personal del comisionado Anastasio Prado en la Dirección General de la Seguridad del Estado.

—¡Muy bien! —exclama el gordito feliz y contento, como si se tratara de un ensayo de teatro infantil—. Sólo

252

que al comisionado Prado vamos a llamarlo en adelante excomisionado, y así será consignado cada vez en el acta.

Los declarantes expresan su conformidad ante la observación que les ha sido formulada.

—Y ahora, aquí entre nosotros, y ya que estamos en confianza —sigue el gordito feliz y contento—, ¿cuál es la relación entre usted y el capitán Salvatierra, teniente Benavides? Puede guardar silencio si así lo prefiere.

La teniente Benavides expresa que no tiene ningún inconveniente en responder la pregunta que se le formula, y sigue diciendo que entre el capitán Salvatierra y ella se ha mantenido a lo largo de los años una relación de hecho, producto de la cual existe un hijo varón de nombre Daniel del Rosario, pero que no cohabitan bajo el mismo techo por mutua conveniencia, lo cual es ratificado por el capitán Salvatierra.

—Ahora respóndame, teniente: ¿Bajo orden o inspiración de quién llevaron ustedes adelante su plan de divulgar información de la dependencia a la que sirven, clasificada como secreta?

La teniente Benavides contesta que se trató de un plan concebido y ejecutado por ellos dos, sin intervención de nadie más, y cuya puesta en marcha se vio facilitada por la accesibilidad a los archivos de la dependencia, y a todo el flujo de información que necesariamente pasa por las manos de ambos.

CORONEL PASTRANA: Sírvase cada uno describir las motivaciones que tuvieron para fraguar entre ambos el plan que es objeto de esta indagación.

TENIENTE BENAVIDES: Expresa la compareciente que, a pesar de tantos años de trabajar al lado del excomisionado Prado, y habiendo dado lo mejor de sí, sin fijarse nunca en horarios y poniendo su deber por encima de sus obligaciones familiares atingentes al cuido de su propio hijo, no encontró en su superior solidaridad ni apoyo para el desarrollo de su carrera, tanto es así que nunca resultó promovida del grado de teniente primera que le fue concedido al ingresar al servicio; y la medalla a la fidelidad le fue otorgada por la presidencia a pesar de que él nunca contestó la requisitoria oficial de calificación de méritos.

Capitán Salvatierra: Expresa el compareciente que por su parte siempre se sintió herido en lo más hondo por el trato grosero que le dispensaba el excomisionado Prado, sometiéndolo como lo sometía a una constante humillación, pues a guisa de bromas lo hacía objeto de las más degradantes burlas; y que también era motivo de irritación y disgusto para el declarante el hecho de que utilizara sus servicios en asuntos personales y de negocios privados, habiendo llegado a convertirlo en un verdadero criado suyo, obligado a atender demandas y caprichos tanto de su amante de nombre Fabiola Miranda, como de su madre, la llamada profesora Zoraida.

Coronel Pastrana: Expliquen por qué fue elegido el dibujo de la máscara del personaje Venganza, para disfrazar, de la manera EN que lo hicieron, la filtración de documentos secretos.

Teniente Benavides: Expresa la compareciente haber sido ella la autora de la iniciativa, pues dada la familiaridad adquirida en su trabajo respecto a la información digital, ha seguido con mucha atención el caso de la red de hackers que desde hace varios años realiza ciberataques masivos en distintas partes del mundo, red que se ampara bajo el nombre y la efigie del personaje a que el coronel Pastrana hace alusión.

Coronel Pastrana: Revisando las filtraciones que según confesión fueron hechas por ustedes mismos, encuentro que son de naturaleza muy variada. Voy a referirme a ellas una por una.

Ustedes atribuyen al excomisionado Prado la responsabilidad del hecho en que resultó golpeado en la cabeza el cura párroco de Ocotal, monseñor Bienvenido Ortez, a sabiendas de que la orden no salió del órgano entonces a su cargo, sino de otras estructuras que atienden asuntos de seguridad. Y al revelar información sobre la identidad y domicilio del agente ejecutor de la acción, lo estaban poniendo en riesgo, lo mismo que a dos oficiales de alta en la Policía Nacional, que figuran públicamente como empleadores del mencionado agente.

TENIENTE BENAVIDES: Responde la compareciente que si bien es cierto que la acción fue ajena al excomisionado Prado, el interés y determinación era involucrarlo como responsable, dadas las mismas razones ya expresadas con anterioridad, tanto por ella como por el capitán Salvatierra. En cuanto al ejecutor, afirma que ambos tenían la seguridad de que sus empleadores tomarían de inmediato las medidas del caso para alejarlo de manera permanente del domicilio revelado.

CORONEL PASTRANA: El siguiente hecho, que cronológicamente es anterior, tiene que ver con una operación profiláctica ejecutada por la dependencia a cargo del excomisionado Prado, destinada a influenciar la voluntad hostil de monseñor Ortez, por medio de una afectación dirigida contra un familiar muy cercano suyo. En este caso, ustedes comprometieron a la dependencia misma.

TENIENTE BENAVIDES: Responde la compareciente que el objetivo perseguido era el de hacer ver la falta de control ejercida por el excomisionado Prado sobre la información concerniente a las operaciones de la oficina a su cargo, y, por tanto, lo poco confiable que resulta una persona que no puede evitar el derrame de esa misma información hacia el público. En cuanto al riesgo a que sometieron a la propia entidad, se halla consciente de ello, pero al librarla de una jefatura obsoleta y corrupta, a la larga le estaban haciendo un bien de carácter estratégico.

CORONEL PASTRANA: Luego tenemos la revelación del traslado de monseñor Ortez a Roma, por iniciativa del Estado Vaticano. Es un caso especialmente delicado, porque involucra decisiones de alta política del gobierno, que con este proceder pudieron haber sido modificadas o anuladas por las autoridades papales, en detrimento de los intereses del estado revolucionario.

Teniente Benavides: Expresa la compareciente que esa filtración se decidió de manera casual, debido a que el contenido de la misma llegó a su conocimiento por canales personales, y, en consecuencia, no se recurrió a documentos clasificados; y que si un propósito tuvo, fue el de despistar a los intermediarios que filtraban hacia el público los mensajes, haciéndoles creer que el remitente representaba una amplia gama de fuentes, no conectadas necesariamente a la inteligencia estatal, en tanto podían gozar de acceso a los ambientes y medios diplomáticos; y esa información, de todas maneras, iba a ser del dominio público en muy poco tiempo.

Coronel Pastrana: Pasamos al cuarto de los mensajes. Los motivos detrás de esta filtración están más claros para mí, ya que el objetivo perseguido por ustedes era, en última instancia, conseguir la destitución del excomisionado Prado. Acusarlo de homicidio por razones personales y exponer el rango de sus negocios privados cabe dentro de esos objetivos; pero usted mismo, capitán Salvatierra, fue el ejecutor material de la neutralización del occiso Lázaro Chicas, y no puede eludir su responsabilidad en el hecho.

Capitán Salvatierra: Expresa el compareciente que, tal como lo ha dicho antes, y lo repite ahora, se veía obligado a ejecutar las órdenes del excomisionado Prado fueran éstas de rango oficial, o fueran de rango privado; y que debe tenerse en cuenta su condición de subordinado, impedido de deliberar sobre las órdenes recibidas de parte de un superior, de cualquier naturaleza que estas órdenes fueran.

Coronel Pastrana: Las fotografías y documentos escaneados que acompañaban los envíos de las piezas escritas, y reproducidos en la cuenta de Twitter denominada Mascarita, fueron sustraídos de los archivos del órgano de inteligencia al que pertenecen, pero no así la fotografía que corresponde al cadáver del occiso Lázaro Chicas, tomada en el depósito de la morgue del Instituto de Medicina Legal. Sírvanse explicarme su procedencia.

CAPITÁN SALVATIERRA: Responde el compareciente que la fotografía en cuestión la tomó él mismo con su teléfono celular, habiendo entregado al morguero de turno la cantidad de mil córdobas a fin de que abriera la gaveta correspondiente del depósito de cadáveres, advirtiéndole al mismo tiempo que no registrara en el libro respectivo su visita.

CORONEL PASTRANA: La parte que más cuesta entender de la trama bajo indagación de esta autoridad es la que se refiere a la elección de los intermediarios destinados a divulgar la información, que por sí misma parece extraña, para no decir estrafalaria; pero el hecho de que ellos actuaran conforme los deseos de ustedes, creando una cuenta de Twitter para ese fin, me hace suponer que se hallaban en previa comunicación y acuerdo con ellos.

TENIENTE BENAVIDES: Expresa la compareciente que los tales intermediarios fueron elegidos conforme las razones que el capitán Salvatierra ofrecerá por su cuenta; y que por su parte se adelanta a consignar que nunca hubo comunicación previa con ellos, y por tanto no pudo haber certeza de que procederían a divulgar las piezas de información.

En consecuencia, si los intermediarios escogidos hacían caso omiso del primero de los mensajes, no se procedería a hacerles llegar los restantes; y, al darse tal situación, el plan alternativo consistía en que la declarante abriría en las redes, de todas maneras, un sitio disfrazado para la difusión de los referidos mensajes, estando consciente, sin embargo, de que hacerlo de esta manera representaba un grado de involucramiento de mayor riesgo.

La autoridad indagatoria concede en este punto la palabra al capitán Salvatierra.

Capitán Salvatierra: El compareciente interviene para referir que, por órdenes del excomisionado Prado, el inspector Dolores Morales, dado de baja en la Policía Nacional tiempo atrás, había sido extrañado del territorio nacional hacia la vecina república de Honduras, junto con el individuo Serafín Manzanares, alias Rambo, siendo ambos transportados por vía terrestre hasta el puesto fronterizo de Las Manos, en el mismo vehículo en que también era conducido el individuo Hermógenes Galeano, alias el Rey de los Zopilotes, este último penalizado por un caso de naturaleza diferente.

Que por rutina operativa se dio seguimiento a las personas expulsadas, y así fue posible determinar que, mientras Galeano se dirigió hacia Tegucigalpa, los otros dos ya dichos se procuraron en el puesto fronterizo los servicios del individuo Genaro Ortez, a quien contrataron en calidad de baqueano para que los introdujera de manera clandestina de regreso a Nicaragua; dándose la coincidencia de que alrededor de ese individuo se había montado vigilancia especial a fin de determinar la hora y oportunidad en que volvería a su domicilio en Dipilto Viejo, para lo cual acostumbraba seguir el camino que lleva al asentamiento de San Roque, donde se ejecutaría el operativo de neutralización de que ya se ha hecho referencia.

Que, una vez efectuado el operativo, se dejó a los otros dos que se hallaban bajo seguimiento continuar su viaje, habiendo estado el órgano permanentemente al tanto de su paradero: mientras visitaron en Dipilto Viejo a la hermana del neutralizado, Edelmira Ortez, para solicitar transporte a Ocotal; y mientras estuvieron ocultos en la casa cural de la parroquia de esa ciudad, bajo la protección del cura Bienvenido Ortez, contándose en este último caso con la información suministrada por el agente que desde tiempo atrás el órgano tenía infiltrado en el entorno inmediato del referido cura Ortez.

Sigue expresando que fue gracias a esa misma fuente que pudieron determinar la fecha y el momento preciso de la partida de regreso a Managua de los ya citados, así como su destino final, que era la casa cural de la iglesia de la Divina Misericordia, dato este último esencial para el desarrollo del plan, pues cuando el exinspector Morales llegó a su destino ya lo estaba esperando el primero de los mensajes, que no tardó en hacer del conocimiento de su colaboradora de muchos años, la señora Sofía Smith.

Así mismo manifiesta que este seguimiento se continuó a lo largo de la ruta hasta Managua, adonde los dos sujetos viajaron acompañados del cura Octavio Pupiro, siendo que se entretuvieron en Sébaco, debido a la asonada provocada por los vándalos golpistas que protestaban por la siembra de los árboles de la vida, habiéndose refugiado los tres en casa de la señora Jaqueline Arauz, dueña del negocio de ropa femenina Modas Jaqueline, cuando la policía hizo uso de los gases lacrimógenos para neutralizar los desórdenes.

En este punto el declarante considera esencial que se sepa que el excomisionado Prado se había desatendido de la suerte y destino de los expulsados, y no volvió a prestarles atención sino de manera tardía y circunstancial.

CORONEL PASTRANA: Explique entonces cuáles fueron las razones de elegir como intermediarios al exinspector Dolores Morales y su asistenta, la señora Sofía Smith.

CAPITÁN SALVATIERRA: Responde el compareciente que esa escogencia fue fruto de un detenido análisis, a través del cual se vio que la primera de las personas mencionadas, el exinspector Morales, tenía motivos suficientes para prestarse a ser parte de una acción que causara perjuicio al excomisionado Prado, ya que éste había forzado su salida del país por cuenta del empresario patriótico Miguel Soto, a raíz de un caso que el deponente estima que es del conocimiento de esta autoridad indagatoria; y en lo que se refiere a la señora Sofía Smith, mano derecha del exinspector Morales, porque es mujer de inteligencia despierta, y curiosa en todo lo concerniente a la operación de las redes sociales, siendo de prever que sería a ella a quien el supradicho recurriría para la divulgación del material; y para incitarla a este proceder, el segundo mensaje de ese mismo día se le envió directamente a ella.

Coronel Pastrana: Pese a que ambos deponentes son profesionales en la rama de inteligencia, tampoco deja de parecer extraña, para no decir en este caso artesanal, la escogencia que hicieron de la persona utilizada como correo para llevar los mensajes a manos de los intermediarios.

Teniente Benavides: Responde la deponente que se trataba de un plan que era forzoso ejecutar sobre la marcha, con un grado necesario de improvisación, pero sin que esta circunstancia hiciera disminuir los márgenes de seguridad buscados, ni el grado de confianza requerido de parte de la persona seleccionada; y es por eso que se escogió a la compañera Magdalena Castilla, de cuya fidelidad y reserva la deponente puede dar fe.

Coronel Pastrana: La persona aludida fue trabajadora doméstica suya, y según encuentro en los registros de personal y cuadros del órgano, fue empleada como afanadora en la oficina central, por recomendación de usted misma, con el rango de cabo, y tras un tiempo despedida, dada su afición a las bebidas alcohólicas. Y esta persona, para colmo, delegó el encargo de entregar algunos de los mensajes que nos ocupan en un hijo suyo, menor de edad, que no asiste a ningún centro escolar, y ha sido detenido por delitos menores, según los récords policiales. Pero pasemos a otro asunto.

La filtración en las redes de información clasificada durante los últimos días llamó la atención del órgano de inteligencia militar, por lo que iniciamos la investigación respectiva, que nos ha llevado a ustedes; pero no fue ése el motivo de que yo recibiera órdenes de hacerme presente en las oficinas a cargo del excomisionado Prado, sino el proceso de relevo de que ha sido objeto, por causas que no son de la atingencia de esta indagación.

Sírvanse entonces responder: ¿por qué no se detuvieron en su cometido cuando advirtieron que el excomisionado Prado había sido separado de su cargo? ¿No quedaban satisfechos así los deseos de ambos, volviéndose innecesario que siguieran adelante con sus filtraciones, en riesgo de la seguridad del Estado?

TENIENTE BENAVIDES: Responde la declarante que el mensaje aludido, despachado después del relevo del excomisionado Prado, denunciaba el uso de medios y logística operativa por parte de éste para consumar una liquidación de cuentas de carácter personal, por un lado; y por el otro, denunciaba negocios personales del supradicho, montados en base a procedimientos corruptos que son contrarios al credo de la revolución

Por tanto, concluye que fue en base a estas apreciaciones que se consideró necesario sacar a la luz la mencionada información, pues, aunque el excomisionado Prado hubiera sido apartado de su cargo, no sabían si lo sería en forma provisional o definitiva, tal como ella y el capitán Salvatierra se proponían que lo fuera.

CORONEL PASTRANA: No me refiero al caso de ese cuarto mensaje, que también reviste gravedad. Aquí en el expediente tengo este otro, que fue divulgado a partir de las siete pasado el meridiano del presente día, inserto en un tuit, bajo el número 5 en este expediente, y que procedo a presentarles para su lectura:

> Ya sabe la ciudadanía, porque lo ha sufrido en carne propia, que andan sueltas por las calles matando inocentes unas hordas de paramilitares en una operación que tiene el nombre en clave de Abate, y que han puesto bajo el mando de un personaje al que sacaron del ostracismo, y éste es el tristemente célebre comandante Leónidas, al que antes llamaron traidor y ahora utilizan para el crimen, pues sólo el día de hoy sus huestes de sicarios han asesinado por lo menos a veinte

muchachos, según listas con nombre y apellido de las comisiones de derechos humanos, bastantes de ellos víctimas de francotiradores como los que dispararon esta tarde desde arriba del estadio nacional Dennis Martínez. Esas huestes se hallan dividas en seis bandas llamadas «fuerzas de tarea», las cuales se reconcentraron en ese mismo estadio muy de madrugada y andan los paramilitares enmascarados y vestidos con camisetas de distintos colores, según cada zona de operación.

Y bajo las órdenes de Leónidas han colocado a Tongolele; cosa extraña, pero así es, que antes fuera Tongolele gran mandamás de esbirros y ahora quede en segundón, pero es algo que no lo tiene de ninguna manera conforme y considera más bien que lo han demeritado sometiéndolo a un traidor. Lo han encargado de una de las «fuerzas de tarea», y sus secuaces andan identificados con camisetas amarillas. Al tal Tongolele le han dado ciento veinte hombres, reclutados entre fanáticos y sicarios de la más baja estofa, y ha dividido su gloriosa «fuerza de tarea» en cuatro columnas a fin de operar a sangre y fuego en el sector oriental de Managua, teniendo como cuartel una bodega de abastos desocupada, que se ubica en la parte trasera del Mercado de Mayoreo. Le han dado camionetas nuevecitas Hilux, le han dado fusiles automáticos AK, y a sus francotiradores les han dado rifles Dragunov.

Pero no es sólo que andan asesinando, no. También secuestran y violan mujeres, como pasó el día de hoy, siendo alrededor de las nueve de la mañana, cuando los amarillos secuestraron en la rotonda universitaria a una joven estudiante de la carrera de Medicina cuyo caso estamos pasando a las comisiones de derechos humanos. La banda de criminales responsable de ese hecho está bajo el mando directo de un sujeto despreciable llamado Marcial Duarte y conocido con el horrible apodo de C... de C... Y no sólo la secuestraron, no. También la violaron entre todos esos salvajes, llevándola a un lugar solitario en el camino a la comarca San Isidro de Bolas, exactamente a 2.5 kilómetros de la pista interurbana.

Más en próximas entregas.

☺

TENIENTE BENAVIDES: Una vez concluida la lectura del referido mensaje, la declarante manifiesta su sorpresa ante el texto del mismo, ya que, en primer lugar, ignora los hechos que allí se relatan, pues no sabe nada del paradero del excomisionado Prado desde que fue relevado del servicio; ni tampoco sabe nada acerca de la naturaleza y logística de las operaciones destinadas a restablecer el orden público, que allí mismo se describen.

CORONEL PASTRANA: Tengo entendido, capitán Salvatierra, que este mediodía, según la información que obra en mi poder, usted visitó en su puesto de mando del Mercado de Mayoreo al excomisionado Prado, en compañía de la madre de éste, la sujeto Josefa viuda de Prado, y de la sujeto Fabiola Miranda, amante y socia del mismo.

CAPITÁN SALVATIERRA: Manifiesta el declarante, quien también ha procedido a dar lectura al ya dicho mensaje, ser verdad que hizo esa visita una vez que solicitó, ante quien correspondía, permiso verbal para ausentarse de las oficinas del órgano, el cual le fue concedido.

CORONEL PASTRANA: Por tanto, usted pudo apreciar la disposición de fuerzas bajo el mando del excomisionado Prado, así como el armamento, medios de locomoción, vestimenta y distintivos de esas fuerzas, según se relata en el texto divulgado por las redes.

CAPITÁN SALVATIERRA: Expresa el declarante que, si bien es cierto que estuvo presente en el referido lugar, lo que pudo apreciar fue unas dos docenas de combatientes en tiempo de descanso, es verdad que armados con fusiles automáticos, y es verdad que vistiendo camisetas amarillas; pero no pudo de ninguna manera haber extraído, a partir de allí, un cálculo del total de hombres al mando del excomisionado Prado, encontrándose a esa hora ausentes del puesto de mando los restantes; y menos que pudiera saber cuál era la totalidad de las fuerzas desplegadas en la ciudad, ni que éstas se hallan dirigidas por el comandante Leónidas; ni tampoco tenía medio de enterarse de asuntos puntuales, como el referido a la estudiante universitaria que allí se menciona.

Coronel Pastrana: Es de mi conocimiento que usted ha llegado a tener un trato personal, íntimo y permanente, con el excomisionado Prado. Por lo tanto, diga si es cierto que en el curso de la conversación de este mediodía, en el lugar referido, él mismo lo enteró del número y composición de las fuerzas bajo su responsabilidad; de la reconcentración previa en las instalaciones del estadio nacional; de la manera en que está organizado el mando superior de la operación conocida bajo el código Abate; de la repartición de la tropa en seis fuerzas de tarea, asignadas según las regiones de Managua; y del armamento, medios, distintivos, logística y recursos de combate.

Capitán Salvatierra: Expresa el declarante que en ningún momento el excomisionado Prado le enteró de nada que tuviera que ver con planes militares y su ejecución, y que en todo caso se trató de una conversación de carácter muy breve, ya que era la señora Fabiola Miranda quien tenía verdadero y urgente interés de hablar con su socio y amante, y lo mismo puede decirse de su madre, a la que, de paso sea dicho, el excomisionado se negó a recibir.

Coronel Pastrana: Diga si es cierto que también, en el curso de esa misma conversación, el excomisionado Prado le confió detalles del caso de indisciplina de miembros de un destacamento de la fuerza de tarea confiada a su mando, quienes decidieron operar por su cuenta, deteniendo a una estudiante de Medicina, y, alegadamente, sometiéndola a abusos carnales.

CAPITÁN SALVATIERRA: Expresa el declarante no ser cierto lo referido, y que está dispuesto a un careo con el excomisionado Prado a fin de que se corrobore a plenitud la verdad de la negativa que hace tanto de esta imputación como de la anterior.

CORONEL PASTRANA: Diga ser cierto, como en verdad lo es, que el excomisionado Prado se quejó delante de usted, en el curso de la ya mencionada conversación, de su inconformidad ante el hecho de haber sido puesto bajo el mando del comandante Silverio Pérez, conocido por su seudónimo de guerra Leónidas, porque se sentía rebajado y humillado, tal como se revela, de manera maliciosa, en el documento que le he dado a leer, y que esta autoridad indagatoria atribuye a la autoría de ustedes dos, mientras no exista prueba en contrario.

CAPITÁN SALVATIERRA: El declarante responde que, si bien reconoce que el excomisionado Prado le refirió esas quejas, fue en ocasión anterior, para ser exacto la noche de ayer martes, cuando la autoridad que lo interroga, actuando como interventor de la Dirección General de la Seguridad del Estado, lo comisionó para llevar al supradicho a su lugar de destino, que era la finca La Quinceañera, en la comarca de Chiquilistagua, donde, precisamente, lo esperaba el comandante Leónidas.

CORONEL PASTRANA: El declarante reconoce, por lo tanto, y así se hace constar, que estaba enterado de esa inconformidad, de la misma manera que aparece expresada en el ya referido mensaje hecho público a través de las redes sociales.

CAPITÁN SALVATIERRA: El declarante expresa que así lo reconoce, pero expresa también que nunca ha revelado a nadie el contenido de esa conversación, y reitera que es por completo ajeno a los términos del mensaje de tuit a que se hace referencia.

Coronel Pastrana: Diga la teniente Benavides ser cierto, como en verdad lo es, que fue ella quien hizo llegar a los intermediarios la información aquí referida, quienes procedieron a divulgarla a través de las redes sociales, siguiendo el patrón de las ocasiones anteriores.

Teniente Benavides: La declarante expresa que nunca transmitió a nadie una información semejante. Y expresa también que el último de los mensajes de su autoría, que ya no logró entregar a la persona que actuaba como correo, lo porta consigo en una memoria USB, donde se encuentran grabados también los anteriores, y que en prueba de buena fe procede a la entrega del dispositivo, en el cual, como podrá comprobarse, no existe registrado el texto que la autoridad indagatoria ha presentado.

Y en prueba de la misma buena fe, se adelanta a explicar que ese último mensaje suyo a que hace referencia pretendía revelar que la madre del comisionado Prado, quien se hace llamar profesora Zoraida, no es más que una farsante, sin preparación ninguna en la rama de las ciencias espiritualistas y esotéricas, como ella presume, y que no ha sido nunca discípula de Sai Baba, con el cual finge maliciosamente comunicarse a través de encuentros en los planos astrales; siendo falso también que los árboles de la vida tengan poderes magnéticos protectores, como lo demuestran los intentos golpistas en las calles, por lo que no sería extraño que se trate de una agente infiltrada por el enemigo con el ánimo de causar daño y desprestigio a la revolución.

Coronel Pastrana: Se hace constar que se agrega al expediente el dispositivo suministrado por la declarante, y en este punto debe ella misma explicar cuáles fueron las circunstancias que impidieron la entrega del referido mensaje a la persona que actuaba como correo.

Teniente Benavides: La declarante explica, en consecuencia, que cuando se presentó al domicilio de la compañera Castilla en el barrio La Fuente de esta ciudad, se encontró sorpresivamente con la intermediaria, la señora

Sofía Smith, quien, según información recabada después, había llegado hasta allí conducida por el hijo menor de edad de la ya dicha compañera.

Coronel Pastrana: Debo entender de sus palabras que la señora Sofía Smith se había puesto sobre la pista de los mensajes, había identificado a los correos, y al encontrarla a usted en el plan de hacer una nueva entrega, estuvo en posibilidad de reconocerla.

Teniente Benavides: La declarante expresa que nunca ha tenido relación personal con la señora Sofía Smith, y por tanto no considera que sea capaz de reconocerla.

Coronel Pastrana: Obvia usted el hecho de que se enfrenta a una persona de probada sagacidad, «mujer de inteligencia despierta», tal como la ha llamado el capitán Salvatierra, cómplice suyo en esta trama; y tenga por seguro, en consecuencia, que a esta hora la ha identificado plenamente, y ha identificado por tanto el órgano para el cual tanto usted como su compañero de vida han trabajado hasta ahora, comprometiendo una vez más la seguridad del Estado.

En este punto la autoridad indagatoria da por agotadas las preguntas concernientes al presente caso, y procede a consignar sus conclusiones preliminares, sin perjuicio de otras que se agregarán después, una vez estudiado con más profundidad el expediente:

Primero: se declara a ambos testigos como indiciados bajo el cargo de filtrar información clasificada que se hallaban obligados a resguardar, lo cual los hace coautores de una conspiración que ha puesto en riesgo la integridad del órgano confiado provisionalmente a mi cargo.

Segundo: la Dirección General de la Seguridad del Estado prescinde de los servicios de ambos por falta de idoneidad y confianza para seguir desempeñando los puestos que hasta ahora han ocupado.

Tercero: se procederá de manera expedita a recomendar a la superioridad que los dos indiciados sean dados de baja y pasados a retiro forzoso.

Cuarto: quedan ambos indiciados a disposición de esta autoridad indagatoria, debiendo presentarse a requerimiento de la misma para ulteriores investigaciones, por lo que están impedidos de cambiar de domicilio y de abandonar los límites de la ciudad.

El gordito feliz y contento manda a parar la filmación. Se retira en silencio el camarógrafo. Les quitan los micrófonos de solapa, y se retira también el sonidista con su estuche. La capitán Tapia, quien sigue sin despojarse de la gorra, vigila el trabajo de la impresora de donde van saliendo las hojas del acta.

Cuando el acta está lista, el gordito feliz y contento pone el legajo delante de la Chaparra, sobre el tablero del pupitre.

—Sólo una firmita aquí, en la última página, y ya terminamos —dice—. La capitán Tapia es una artista para las actas, ni siquiera las leo porque ya sé desde antes que todo lo que escribe es exacto.

La Chaparra firma, firma luego Pedrón, el lapicero minúsculo en su mano pesada, como la de un boxeador en retiro, y por último firma el gordito feliz y contento, inclinado de pie sobre su escritorio.

—¿Nos pueden mandar a dejar? —pregunta Pedrón—. Es muy noche, y a como están las calles...

El gordito feliz y contento alza la cabeza, entretenido como está en rubricar cada una de las páginas, y lo mira muy serio, pero la risa parece a punto de estallar en su cara.

—En la esquina paran un taxi —dice, y sigue rubricando—. No hay por qué temer. El orden en las calles está plenamente restablecido.

15. La Divina Misericordia bajo fuego

Era la medianoche del sábado, al tercer día de los acontecimientos vividos en la iglesia de Jesús de la Divina Misericordia, y el padre Pancho, tras regresar de la cocina trayendo una nueva taza de café, volvió a sentarse frente al monitor de tubos catódicos de la vieja computadora que tardaba un mundo en encender. Sus dedos, demasiado cabezones, equivocaban las letras al caer sobre las teclas, algunas de las cuales, para mayor calamidad, se quedaban trabadas tras cada golpe, y como además escribía muy rápido y sólo sabía usar los dos dedos índices, se enardecía contra él mismo por la cantidad de errores que iba dejando en la plana.

Trabajaba en el borrador del informe que en nombre del arzobispo le había requerido el vicario general del Consejo Presbiteral de la Diócesis de Managua, y le costaba separar los hechos que debía incluir en el relato oficial de aquellas reflexiones que dejaría para su dominio privado, y que por el momento iba poniendo entre paréntesis:

Su eminencia reverendísima:

En mi condición de cura párroco titular de la iglesia de Jesús de la Divina Misericordia, que lo soy según encomienda recibida de la arquidiócesis bajo autoridad de su eminencia, mediante acuerdo pactado con el superior provincial de la Compañía de Jesús, cumplo el mandamiento de rendir informe de los sucesos ocurridos en esta mi parroquia, desde que se iniciaron los mismos hasta su desenlace al amanecer del día jueves de esta semana:

Cerca de las once de la noche del día miércoles empezó el asalto armado de las fuerzas paramilitares a los predios de la Universidad Nacional, situados a tiro de piedra de mi iglesia, cuyo propósito era desalojar a sangre y fuego a los estudiantes que, a manera de protesta, habían tomado las instalaciones.

Pendiente de la intensa balacera, yo velaba en la sala de la casa cural en compañía del jardinero, en adelante llamado don Artemio, y su ayudante, en adelante llamado don Serafín, siendo también de esta partida una visitante, la señora Sofía Smith, imposibilitada de volver a su domicilio dadas las circunstancias imperantes; igualmente eran huéspedes forzados míos la señorita Lastenia Robleto, cófrade mayor al servicio del altar y culto del padre Pío de Pietrelcina, y su sobrina la estudiante Eneida Robleto, alumna de último año de la carrera de Medicina, muchacha esforzada y ejemplar a quien he guardado cariño y apoyado en sus estudios, secuestrada y horriblemente violada temprano de ese mismo día por una caterva de paramilitares, y a la que había cedido mi dormitorio para su reposo, sometida como estaba, por prescripción médica, a una fuerte dosis de tranquilizantes.

Quienes nos encontrábamos así juntos, tendidos en el piso y precavidos de mantenernos en la oscuridad, escuchábamos muy llenos de congoja cómo arreciaban los disparos, sin poder hacer más, mientras don Artemio, que ha tenido que ver con armas en su pasado, y perdió una pierna en un combate, se empeñaba en explicarme lo que llamaba potencia y cadencia de fuego, materia de la que muy poco entiendo; y en aquel momento, si algo lograba percibir, es que se trataba de un fuego casi sin respuesta, salvo por el sonido esporádico de algún rifle de cacería de bajo calibre, o algún revólver, según don Artemio podía identificarlos.

Las detonaciones estallaban tan vecinas a nosotros, que sus ecos sacudían los vidrios de las ventanas, y se hacía evidente que el asalto buscaba progresar a través de los distintos portones de acceso al campus universitario, frente a los cuales los estudiantes habían levantado barricadas con los adoquines del pavimento, lo mismo que en las calles adyacentes; y mucho me temía que los atacantes hubiesen superado ya esas barricadas, rompiendo la resistencia que no podía ser muy recia ni eficaz, ante la superioridad y número de las armas de guerra comprometidas en la ofensiva, según el experimentado criterio de don Artemio.

Debido al ruido y confusión de los estampidos, que se prolongaban ya por un buen tiempo, tardamos en apercibirnos de que tocaban a la puerta con golpes apresurados e insistentes; fue a preguntar doña Sofía quién era, y cuando respondieron que un estudiante, abrió ella y en el umbral apareció un muchacho al que sólo identificaré como Tigrillo, por razón de salvaguardar su vida, quien pedía hablar conmigo. Me incorporé, para ir a recibirlo y me encontré con un muchacho muy flaco de carnes y de ropas derrotadas, quien me informó de que en el extremo occidental del patio de la iglesia, colindante con los terrenos de la universidad, se hallaba postrado un compañero suyo, alcanzado en la cabeza por el disparo de un francotirador, y a quien, entre varios, habían traído cargado en una puerta desencajada de un servicio higiénico, a falta de camilla.

Apremié al estudiante para que entraran al herido, fui a prender las luces y busqué el botiquín, mientras doña Sofía ponía a hervir agua en la cocina, y entre todos despejamos los muebles a fin de dejar campo libre para que acomodaran en el piso la puerta donde yacía un chaval de no llegar a los veinte años, desnudo el torso y por almohada su camisa, tinta en la sangre oscura que también empapaba su cabello. Una de las compañeras que venían en el cortejo era estudiante de Enfermería y cargaba en alto una bolsa de suero conectada al brazo del herido, pues se habían agenciado de algunos materiales médicos para dotar un puesto de socorro; siendo entonces que por indicaciones mías fue don Serafín a buscar a mi cuarto una vieja capotera, de uno de cuyos ganchos fue colgada la bolsa.

Pero sea porque Eneida, la estudiante violada, se recordó de su sueño al requerir don Serafín la capotera, enterándose así de lo que pasaba; sea porque, despierta con la balacera, había escuchado ya la bolina de voces dentro de la casa, el caso es que al corto rato apareció despejada de sueño en la sala y fue directa a examinar al herido, tras de lo cual me llamó aparte para avisarme de que su condición era desesperada, pues la bala le había roto el cráneo, exponiendo la masa cerebral, y lo único que podía hacerse era agregar tramadol al suero, medicamento del cual la estudiante de Enfermería estaba provista, para que su muerte fuera algo menos dolorosa; de modo que busqué mi estola y me arrodillé al lado del moribundo para darle la extremaunción.

(Se llamaba Allan, oigo que me está diciendo Tigrillo cuando terminado el rito beso la estola, y siento como si su voz, y las demás voces me llegaran desde una lejanía que no conozco, o es que no soy el que escucha el golpeteo de las ráfagas sordas que han empezado otra vez en sucesión, hambrientas unas de otras como si se mordieran entre ellas con sus ladridos, sino alguien muy ajeno y distante a mí, y quién es el que oye, es otro, o soy, cuando la estudiante de Enfermería, que sigue velando a Allan, de rodillas a su lado, pregunta que si aún sería posible operarlo, el pulso se le siente bien, su respiración es tranquila. Pero Eneida mueve sutilmente la cabeza, como si temiera que el agonizante fuera a advertir su gesto de desesperanza.

Media hora estuvo tendido en una acera después que lo sacaron herido de la barricada, esperando una ambulancia que nunca llegó porque nunca la dejaron pasar, por mucho que el chofer hacía sonar la sirena, dice Tigrillo, cuyos ojos chispeaban de enojo. Y parece que recriminara a Allan cuando relata que a pesar de las advertencias que le hacían insistía en sacar la cabeza fuera del parapeto, deseoso de adivinar si los paramilitares ya se habían tomado la barricada vecina, y cuenta también que Allan estudiaba la carrera de Técnicas de la Construcción, que se ayudaba vendiendo batidos en un puesto debajo del puente peatonal del recinto, vasos plásticos, una licuadora, una marqueta de hielo, un punzón para picar el hielo y la provisión de frutas frescas, mangos, guanábanas, bananos, papayas; que era bailarín empedernido de danzas folclóricas, nadie como él para bailar *La danza negra* tocada con marimba; y al tomar conciencia de que está hablando de Allan en pasado se seca las lágrimas que él mismo no había percibido, y vuelve a poner su cara fiera de antes, y es cuando percibo que lleva una pistola al cinto bajo el faldón de la camisa, porque hace un gesto para acomodar el arma, que tiende a deslizarse cintura abajo dado lo magro de sus carnes.

Este Tigrillo —que se suelta en un torrente de palabras, improperios desabridos y denuestos llenos de invención sin desperdicio, en contra de los que llama los tutankamones de la revolución, momias y momios a quienes hay que devolver por vía exprés a sus sarcófagos, special delivery, dice— es de carácter nervioso y fuma constantemente, no en balde no tardó nada en sus manos el paquete de Ducados que puse a su disposición. Y en una de tantas, como intentándolo primero, y resolviéndose después, me pregunta si es que yo tengo miedo a la muerte; y cuando le respondo —de manera que confieso petulante— que iba a satisfacer su pregunta citando al profano de mala fama que era Quevedo y no a un padre de la Iglesia: «mejor séquito tiene el morir que el nacer; a la vida sigue la muerte, a la muerte la resurrección», poco caso me hace, y me enseña más bien la sutura en el cráneo, una bala de francotirador le había rozado el cuero cabelludo, y me dice que su miedo no es a la muerte, sino a no poder hacer en vida lo suficiente para acabar con los tutanka-mones.)

Me extrañó escuchar que en medio de la noche un francotirador pudiera alcanzar con tanta precisión la cabeza de una persona, como había ocurrido con Allan, pero don Artemio me explicó que los fusiles Dragunov, o el Catatumbo, que se fabrica en Venezue-la, su gemelo, son armas de alta precisión, equipadas con un visor nocturno que permite acertar en la oscu-ridad desde grandes distancias; y esto apunto como relevante entre las cosas que traslado a su eminencia para que sean denunciadas ante la faz de las naciones como contrarias a toda humanidad.

En semejante situación apurada nos hallábamos, ya el estrecho espacio de la sala traficado de muchas personas y sometido al desorden, cuando don Serafín solicitó mi presencia afuera para enseñarme que el pa-tio iba llenándose de un gentío que surgía desde dis-tintas partes entre las sombras, superando el cercado y burlando los portones. Estudiantes, en primer lugar, algunos de ellos heridos de bala, que se acercaban ca-minando con auxilio y apoyo de sus compañeros, y los había que tosían y vomitaban, afectados por las grana-das de gases, o quienes llegaban entre llantos, abraza-dos unos a otros, presa de crisis nerviosas; y es que, quebrada toda resistencia, se replegaban huyendo de la cacería que ya estaba declarada dentro del recinto donde los paramilitares pegaban fuego a los edificios para ahuyentar de sus escondites a los que aún quedaran dentro, pues encima de los árboles se veía alumbrar las llamas.

Pero, también, revueltas con ellos, acudían personas que desde hacía horas habían quedado atrapadas bajo el fuego en las calles lindantes, tanto peatones como vendedores callejeros, tanto conductores como pasajeros de vehículos, junto con periodistas que cubrían los acontecimientos, y hasta vecinos, feligreses míos, que alegaban sentirse más seguros en la iglesia que en sus casas, en varias de las cuales se habían instalado francotiradores en los techos; y así mismo paramédicos, que habían concurrido a los llamados de auxilio lanzados por los estudiantes a través de las redes sociales, quitados ahora de los improvisados puestos de socorro.

Tomé entonces la urgente providencia de mandar abrir las puertas de la iglesia, a lo que fue la niña Lastenia, la cófrade mayor, contando con el auxilio de doña Sofía, y adentro pusimos los heridos, y luego dimos paso a los refugiados aunque muchos quedaron acampando en los patios.

Los heridos fueron colocados sobre las bancas, sobre las gradas del presbiterio y en el piso desnudo, y los de más cuidado metidos en la sacristía. Desde el principio el problema fue la falta de medicinas y materiales de curación, pues las provisiones de los paramédicos eran escasas, aun si se suma lo muy poco que teníamos en el botiquín de la iglesia, lo que volvía precaria la labor de suturar y aplicar vendajes; aunque, recurriendo al ingenio, se usó para ello hilo común de coser y tiras arrancadas de sábanas, así como tablillas del revestimiento de los altares y cartones de embalaje para las férulas.

Irrumpió de repente una motocicleta que había burlado la vigilancia tomando alguna vereda medianera con el linde de la universidad, y venían a bordo tres ocupantes, el de en medio un herido, sostenido entre los cuerpos de los otros dos, un chaval que, a la postre, resultó llamarse Francisco, como yo. Al nomás detenerse, me advirtió el conductor que la situación de su compañero era grave, porque había recibido también, como en el caso de Allan, un balazo en la cabeza, mientras abandonaba a la carrera la barricada que defendía, y que era ya la última en resistir.

Indiqué que lo llevaran a la casa cural, donde doña Sofía despejó rápidamente la mesa del comedor para acostarlo encima, aunque no fue ésta suficiente porque el chaval era de alta estatura y le sobresalían las piernas; acudió Eneida, y tras hacerle el reconocimiento, lo dio también por desahuciado, pues la circulación de la sangre en sus venas no tenía ya retorno, según su dictamen; y sucedió que este muchacho se nos murió casi al momento, por lo que no tuve tiempo ya de santoliarlo, mientras Allan resistió poco tiempo más.

Caminaba yo de vuelta hacia la iglesia tras este sucedido, cuando, de pronto, se fue la corriente eléctrica y quedamos en la oscurana; y sirvió el apagón como una señal de ataque, pues se desató sobre nosotros la balacera, y los que se habían quedado en los patios corrieron a buscar abrigo bajo la nave, flaco refugio aquel porque con la lluvia de proyectiles los vitrales estallaban en pedazos, y las ráfagas alcanzaron la imagen de Jesús de la Divina Misericordia en el altar mayor, la cual quedó vuelta un pascón, como habrá visto su eminencia en las fotografías y videos que se han hecho públicos, igual que agujereadas quedaron las paredes exteriores.

Tiraban desde las calles aledañas, y blanco de los ataques era también la casa cural, como me lo llegó a anunciar a la iglesia doña Sofía, quien dando pruebas de su arrojo iba entrambos lugares en medio de la oscuridad haciendo de correo; habiéndome dado aviso ella misma de que Allan, quien había sido retirado poco antes hacia mi dormitorio, porque de las persianas de vidrio de las ventanas de la sala no quedaba ninguna, y todo el interior era visible para los francotiradores, acababa de morir.

Fue entonces cuando decidí llamar a su eminencia en demanda de ayuda, porque la única manera de conseguir que no hubiera más muertos ni heridos era cesando aquel ataque. Si los paramilitares ya habían conseguido su objetivo de desalojar de la universidad a los estudiantes por medio de una acción infame, asaltar la iglesia era aún más infame, y un despropósito sacrílego.

(Marco el número privado del cardenal desde el suelo, escondido a un costado del altar mayor, doña Sofía protegida junto a mí, mientras veo arder las chispas de los disparos que cascan la losa del altar y rebotan en los ladrillos del piso; pero no hay respuesta, el contestador me manda al buzón, y el buzón se declara lleno, me mantengo insistiendo a intervalos que se vuelven eternos, será que dejó en silencio el celular, será que está durmiendo, cómo coños puede estar durmiendo.

La balacera entra entonces en una de sus treguas, no puedo ver en la oscuridad sino las pantallas iluminadas de los celulares como luciérnagas en un bosque sombrío, y perdóneme, su eminencia, mis escarceos de poeta, siendo ésta una tierra donde se vive expuesto por fatalidad a semejante contagio, le diría al cardenal si me contestara ahora mismo el teléfono, y no se duerma usted en medio de estas circunstancias, no tiene usted derecho a dormirse.

A mi lado hay una muchacha estudiante de Derecho, andará en los dieciocho años, la cara iluminada a medias por el resplandor de su celular, que no tiene en la oreja, sino frente a los ojos mientras habla. Con mucha energía le está diciendo a alguien, no sé si su madre, o su novio, que ella no se deja agarrar viva cuando los paramilitares entren en la iglesia; y cuando termina, sin haberme excusado de la infidelidad de escuchar su conversación, le digo que, por favor, tenga fe, que todos saldremos con bien porque el Señor no va a abandonarnos, y le pido que oremos juntos.

Que dónde estaba el Señor cuando los paramilitares la secuestraron el día anterior, me responde, cuando en el cuarto de torturas le arrancaron las uñas de los pies con un alicate. Dónde estaba, cuando le metieron una lámpara de taco en la vagina y después en el ano, necios los torturadores de que les respondiera quién financiaba el golpe. Dónde estaba el Señor cuando la fueron a botar desnuda en un basural de la costa del lago, por el lado de Acahualinca. Allí la habían recogido un carretonero y su hijo, que escogían cosas que creían de valor en las montañas de desperdicios, rasgando las bolsas negras de plástico, removiendo la pudrición sobrevolada por los zopilotes; el hijo le dio su camisa para que se cubriera, la montaron entre los dos en el carretón para sacarla a donde pudiera agarrar un taxi, y sólo fue a su casa a bañarse para lavarse la sangre de las desgarraduras, la vagina en carne viva, el ano sollamado, para quitarse el tufo a animal muerto que se le había pegado en el botadero, y regresó a la universidad a juntarse con los compañeros aunque aún le costaba un mundo caminar, cada paso como si una navaja y otra se le clavaran entre las piernas y el dolor agudo bajándole hasta los talones. Y para que eso no vuelva a pasar, que la torturen de nuevo, es que no se va a dejar agarrar viva; y usando el teléfono como lámpara me enseña un afilado trozo de vidrio que tiene en la otra mano, dispuesta a cortarse los pulsos.

No me atrevo a replicarle nada porque me entra la cobardía, no me atrevo a decirle que aquel carretonero que rebuscaba en el basurero era el Señor, y que su hijo, el que le dio su camisa derrotada para que se cubriera, era también el Señor. Pero doña Sofía, que es mujer de fe evangélica, de una de tantas iglesias protestantes de cuyo nombre no me acuerdo, la reprende con sabiduría que ya hubiera yo querido para predicar a mis feligreses, poniéndose ella misma de ejemplo como madre de un combatiente de la guerra revolucionaria al que secuestraron y luego asesinaron antes de abandonar su cuerpo en la cuesta del Plomo. Y le dice que en aquel entonces, lacerada en sus más íntimas fibras, hubiera querido morir, pero apartó de ella semejantes ideas y entendió que la vida perdida de su hijo era ganancia para la vida de los demás, porque el cristianismo es vida. La muchacha, terca en su desesperanza, le responde que admira el sacrificio de su hijo, pero de qué había servido su muerte y tantas otras muertes si no era para encumbrar a unos asesinos que mataban igual que aquellos a quienes habían combatido; y doña Sofía, sin perder minuto, le responde que había servido para que aquella madre huérfana de su hijo asesinado se encontrara allí al lado de todos ellos, a los que veía como a sus propios hijos. Y la muchacha dice entonces que ella no iba a ser obstáculo, y si yo quería rezar con ella, que rezáramos, recemos juntos, padre.)

Terminado un rezo que hicimos en un descanso de los disparos —lo empecé yo en voz alta y se sumaron las voces de todos en la oscuridad—, al fin pude comunicarme con su eminencia, tras tantos intentos fallidos, y lo primero que hubiera querido decirle es que allí, sentada a mi lado en el piso del presbiterio, tenía a una muchacha que había perdido las esperanzas en la salvación por medio de la sangre redentora de Nuestro Señor, y en cambio estaba decidida a derramar la propia, lo que me hacía sentir impotente en mi ministerio. Pero no había tiempo de entretenerme, y le informé, en cambio, como recordará, de los dos muchachos muertos, de las decenas de heridos y del ataque despiadado a que estábamos sometidos, y le dije que no sabía si saldríamos con vida de aquel trance.

Perdóneme, su eminencia, haberle dicho en aquel momento que no le suplicaba, sino que le demandaba su intercesión delante de quienes tenían potestad sobre las bestias empeñadas en asesinarnos a balazos, para que les mandaran a parar la mano; y perdóneme también el tono airado porque a veces soy rudo, quizás debido a que vengo de una familia campesina de la tierra alavesa pobre, y mi abuelo que me crio no tenía maneras, como tampoco tenía siquiera un animal de tiro para las faenas del campo, un viejo hecho de tristezas y rigores que tenía por única alegría una escudilla de patatas con chorizo los domingos.

Su eminencia me dio a saber entonces que estaba al tanto de la crisis, y que todo se hallaba en manos del señor nuncio apostólico, monseñor Gaetano Ambrosio, quien lo tenía difícil porque la respuesta persistente de las autoridades supremas era que las fuerzas atacantes eran ajenas al mando policial, y por tanto no podían ordenarles un cese al fuego; noticia, que, perdóneme de nuevo, recibí con poca mansedumbre, pues aquella respuesta de quienes ejercen el poder sin dejar resquicio libre destilaba vileza y destilaba cinismo, y demandé, impropio de mi parte, que el señor nuncio pusiera igual energía en su reclamo que la que usaba para atracarse en los banquetes palaciegos.

Hizo caso omiso su eminencia de mi desafuero, y me preguntó entonces, pero tampoco lo recibí a bien, si los estudiantes que había acogido en mi iglesia se hallaban en posesión de armas de fuego que disparaban desde dentro, como alegaba la policía, y a eso se debía que los de afuera, sintiéndose agredidos, se defendieran con las suyas; respondí con otro malhadado desafuero.

Ahora, dueño ya de la calma y la prudencia que siempre debo conservar, le reitero que, fuera de la pistola en manos del estudiante llamado Tigrillo, de la que no le quedaba ni una ronda completa de municiones, vi algunas otras, entre ellas un par de rifles de montería, y no está en mi poder saber si fueron usadas o no esas armas que, según el criterio de don Artemio, eran igualmente inútiles disparando o en silencio, por su poco calibre y alcance; y las demás, si es que así puede llamárselas, fuera de botellas de Coca-Cola convertidas en cocteles molotov, eran tubos de mortero de los que sirven para disparar cargas al aire en las festividades religiosas; picos de albañilería, barras de excavar y hondas de lanzar guijarros, de las que usan los niños en sus cacerías; más piedras de algún grosor y palos.

Señalo esta pobreza de armas no sólo para desmentir los asertos de la policía, sino también en razón de que las autoridades de la Universidad Nacional, cuya ciega filiación a los dictados del régimen es de sobra conocida, han declarado que encontraron en las aulas arsenales copiosos, acusando a sus propios estudiantes de terroristas; que, si tal fuera cierto, esos armamentos, en lugar de dejarlos atrás, los hubieran traído consigo. Y los culpan, además, con la misma injusticia, de los incendios en que se quemaron algunas oficinas y laboratorios, pero no tengo dudas, como lo he expresado antes, que fueron provocados por quienes los perseguían.

Y si es que parezco parcial en estos juicios, confieso sin recato que lo soy, pues mi ministerio me obliga a la parcialidad con el oprimido que gime bajo la férula del Faraón opresor que aprieta en su pescuezo el garrote buscando descoyuntarle la cerviz, parcial como soy también a las Escrituras, que en eso son a su vez parciales y me mandan ceñirme los lomos para que el necesitado de justicia se apoye en mí y se levante conmigo.

(La balacera ha escampado de nuevo cuando se acerca a mí, andando a cuatro pies, doña Sofía, para decirme que en la casa cural hay una triste novedad, y es que don Serafín, el ayudante del jardinero, en provecho de un remanso anterior de los tiros, había salido a orinar al patio trasero al estar ocupados los servicios, y un balazo solitario lo había alcanzado en el cuello.

La tregua me da tiempo para atravesar el patio y acudir al lado de don Serafín, y lo encuentro tendido sobre una colchoneta en el piso del porche, hasta donde lo han llevado en volandas. Eneida, de rodillas, busca contener con una toalla la sangre de la herida a la luz de un foco de mano que empuña el inspector Morales, sentado en el escaño donde suelen esperar los solicitantes que concurren a mi oficina, el cuerpo echado hacia delante. El halo del foco dirigido al piso, que sólo alcanza a alumbrar la parte baja de su cara, me permite descubrir el temblor de su quijada, mientras se esfuerza por mantener firme el puño que sostiene la lámpara.)

Me atreví a llamar otra vez a su eminencia porque teníamos un nuevo herido grave, el ayudante del jardinero, don Serafín, alcanzado en el cuello por el disparo de un francotirador, y la joven estudiante de Medicina me advirtió de la necesidad de trasladarlo de urgencia a un hospital, pues a riesgo de su vida necesitaba de una cirugía, y no había otra manera de evitar que se siguiera desangrando, por lo cual se precisaba que los sitiadores dejaran pasar una ambulancia. Y me respondió usted que era cosa de poco tiempo para que entrara la Cruz Roja a recoger a todos los heridos y evacuar a los muertos, pues esa parte de la negociación ya había sido cerrada por el señor nuncio con el gobierno, según él acababa de informarle.

(Afuera se oyen órdenes transmitidas por los megáfonos para que levanten las barreras de la policía y permitan pasar a las ambulancias, y luego se oyen las sirenas, y entra la caravana por el portón oriental, mientras la policía se queda en la calle. No hay paramilitares a la vista, los han replegado. Los destellos rojos de las luces giratorias de las ambulancias dejan ver la ruina en que han quedado los vitrales, y los centenares de agujeros en las paredes de la iglesia. Es Tigrillo el que está al mando de la evacuación de los heridos. Me acerco a él y le pido que den preferencia a don Serafín, al que acompaño hasta la puerta de la ambulancia con el inspector Morales, quien se mantiene junto a la camilla y sostiene el foco de mano para alumbrar al herido. Don Serafín me sonríe, a pesar de la gravedad de la herida que hace difícil su respiración, y a pesar de la pérdida de sangre. El supervisor de la Cruz Roja se niega vehementemente a que el inspector Morales suba a la ambulancia, pero intervengo yo para explicarle que ambos son amigos inseparables, y que en el caso del acompañante se trata de un lisiado, merecedor, además, de consideración debido a su edad. Por toda respuesta el supervisor se aleja a ocuparse de otra cosa. Entonces el inspector Morales, ayudado por uno de los camilleros, logra treparse, después que han acomodado adentro la camilla.)

Fue hasta que ya clareaba que la policía permitió la evacuación, y fue cuando se admitió que pudieran salir hacia la morgue los cadáveres de los dos muchachos, de conformidad con el segundo acuerdo conseguido entre el señor nuncio y el gobierno, según su eminencia me comunicó, siendo parte de ese acuerdo que todos los refugiados serían trasladados a la santa iglesia catedral, donde su eminencia los recibiría, en compañía del señor nuncio, para que todos pudieran regresar luego a sus casas, con garantías de su integridad física y de sus vidas, algo que espero en Dios se cumpla en contra de mis temores, que son muchos, y con los que no quiero agobiarlo más.

Si su eminencia requiere mayor información de mi parte, aguardo su mandado, y mientras tanto suplico su bendición paternal.

P. Francisco Xabier Aramburu S. J.
Cura párroco de la iglesia de Jesús de la Divina Misericordia
Arquidiócesis de Managua

(Un destacamento de la policía, al mando de un comisionado, entra a los predios de la iglesia para dirigir la evacuación. Los paramilitares se han esfumado. Los francotiradores han desaparecido de los techos. Le pregunto al comisionado si no habrá ninguna inspección de la iglesia para comprobar los daños sufridos con el ataque, y me mira como si no supiera de qué ataque le hablo.

Doña Sofía decide que se irá a la catedral en uno de los autobuses, y me acerco a despedirla. A ese mismo autobús sube la muchacha estudiante de Derecho, y entonces aprovecha doña Sofía para decirle que debía devolverme algo mío que se llevaba; y entendiéndolo a cabalidad, ella me extiende el pedazo de vidrio afilado que conserva en la mano.)

16. Una corona de fuego

Les han llevado la cena temprano, otra vez las mismas cajitas, sólo que ahora sin cumbia ni pollos bailarines, pero dentro de cada cajita va una sorpresa, una pareja de chimbombas, un silbato de plástico, calcomanías de los Power Rangers. Y ahora que se acercan las cuatro de la madrugada, ya para amanecer jueves, la cabeza recostada sobre su mochila, Tongolele siente en las tripas un reclamo feroz, extrañado de que, en esas circunstancias, acosado por el desvelo, porque tantos pensamientos cruzados no lo dejan dormir y cada vez que se hunde en el sueño se despierta con un sobresalto, sea capaz de sentir tanta hambre y pene hasta por un mango celeque.

A esas horas ha llegado Leónidas a buscarlo, rodeado de una nutrida escolta como un emperador romano. El deslumbre de los focos de los jeeps Wrangler cargados de guardaespaldas, toda una distinción porque de ésos sólo se usan en el cortejo presidencial, lo obliga a cubrirse los ojos con el brazo, la caravana entera dentro de la bodega, el cortejo armado rodeándolo en su rincón como una jauría; y él se levanta, cegato, y cegato camina hacia el Porsche donde Leónidas lo espera al volante, sin haber apagado el motor, ninguno de los vehículos de la escolta ha apagado los motores, y tendrá que poner muy bien el oído para entender lo que viene a decirle Leónidas con tanta premura y con tanto aparato.

—Que la estaba cagando, me dijo —le dice al poeta Lira, quien se halla muy bien instalado en la oficina de la directora de la escuela Nicolás Maduro, donde dispone de una percoladora de café, y le ha servido a él una taza de plástico llena hasta el borde, que se derrama cuando intenta, muy cortés anfitrión, revolver la cucharada de azúcar que él mismo también le ha puesto.

La estás cagando, hermano, le ha dicho Leónidas mirando hacia el techo de la bodega como si hubiera allí, en la oscuridad donde el viento arremete y los focos de los vehículos no alcanzan a alumbrar, algún misterio denso que necesite de toda su concentración para ser resuelto: figúrate que llaman a Leónidas para reclamarle que un gran trecho de la pista al Mercado de Mayoreo sigue bajo el control de los golpistas, y por qué razón Leónidas no hace nada por sacarlos de allí.

Pero Leónidas tiene sus orejas frías, promete averiguar de inmediato, y no sólo averiguar, solucionarlo de inmediato, porque esta anomalía nos está desluciendo el triunfo, toda Managua bajo control, las otras ciudades del país bajo control, el problema pendiente de la universidad lo estamos resolviendo a fondo: ya huyeron los terroristas en estampida abandonando detrás de ellos el reguero de armas, y han corrido a refugiarse, como buenos llorones que son, hijos de mamita, debajo de las enaguas de los curas de la iglesia de la Divina Misericordia, y de esa madriguera también vamos a sacarlos a verga limpia.

¿Y qué es lo que averigua Leónidas cuando pide datos sobre esa pista de mierda que no se ha podido recuperar? Que es tu jurisdicción, hermanito, y no tienen por qué pagar justos por pecadores. No va Leónidas a dejar que este muerto se lo echen encima, y por eso se vino a hablar personalmente con vos, ni mierda de estar perdiendo tiempo en cambio y fuera con los walkie-talkies, aquí está Leónidas en persona para que le digás qué es lo que está pasando, podés o no podés.

—Lo que está pasando es que la cosa se nos ha puesto más dura de lo pensado —se justifica el poeta Lira bajando la cabeza hacia la taza, sin moverla de la escudilla, soplando el café antes de probarlo.

—No podemos estar hablando a estas alturas de situaciones duras, ésas son excusas —lo amonesta Tongolele—. Las cosas se solucionan, o se solucionan.

El poeta Lira da un sorbo cuidadoso, y se lame los bigotes.

—No es fácil estar lidiando con esta gente que me han dado. Ya ve, el Rambo ese, en lo que yo me fui a hablar con usted, se fugó con la prisionera.

—Ya me lo informaste, y ésa es una falta grave tuya. Te advertí que ese hombre podía ser un infiltrado, y ahora sólo falta que la estudiante aparezca denunciando a los hombres de tu tropa en las redes por moclines.

—Eso de Rambo yo lo arreglo. Ya le dije a Cara de Culo que me lo busque y me lo traiga, él conoce sus metederos.

—Ya olvidate de Rambo. Te puse al mando de la columna porque alegaste experiencia de guerra, te di hombres suficientes, armas ya no se diga. Y no me estás entregando buenas cuentas.

—Las cuentas van muy bien. Tenemos bajo control el barrio Carlos Marx, el barrio Larreynaga, la villa Rubén Darío, la villa Rafaela Herrera. A los estudiantes de la Universidad Politécnica ya los pusimos en fuga desordenada.

—Lo que quiero es esa pista libre, sin más dilaciones ni pendejeras.

—Bájeme el tono, que a usted lo regañan arriba, y viene a desquitarse conmigo, comisionado, no me parece justo —el poeta Lira lo mira de arriba abajo, muy sonriente.

—Ésta es una organización militar, no estamos en unos juegos florales de poesía. Y al que no obedezca, hay que arrendarlo.

—No es lo mismo bajar instrucciones desde el estadio, metido en una oficina con aire acondicionado, como Leónidas, comisionado. Aquí estamos todos mordiendo el leño.

—Vos nada tenés que ver con Leónidas, tu superior soy yo, y lejos estoy de mantenerme en aire acondicionado. Ya te quisiera ver sudando sofocado en esa bodega.

Las cagadas tuyas son tuyas, y yo no me hago cargo ni del tufo, le ha dicho Leónidas sin quitar la vista de la oscuridad del techo de la bodega, acariciándose la barba frondosa con el mismo gesto que se veía hacerlo a Fidel Castro en las tribunas, lenta y reflexivamente: de manera que antes de que haya calentado la mañana vas personalmente a ponerte a la cabeza de esa operación porque nada se resuelve a larga distancia, y si me decís que tenés alguna imposibilidad de acción o de voluntad, o se te subieron los huevos al galillo y te quedaron colgando de corbata, que eso pasa con el miedo, creeme que Leónidas lo entiende, pero aquí mismo me entregás el mando, y ya lo que venga después es cosa de tu suerte, porque yo voy a tener que reportarte, y a vos te consta lo poco que agradás en estos últimos tiempos.

—No se deje apantallar por Leónidas, perdone que insista, comisionado. Ya sabe lo farandulero que es. Sólo busca robar pantalla a costillas suyas.

—Yo estoy fuera de la pantalla. Se acabó la película. Y era la última tanda.

—Eso es lo que él quiere, pero usted no tire la toalla. Sólo es un consejo de amigo.

—¿Amigo? Nunca le he hallado la gracia a esa palabra.

—Yo mi amistad se la ofrezco de forma sincera —y el poeta Lira le alarga con toda solemnidad la mano.

Tongolele, sorprendido con el gesto, no tiene más que extenderle la suya. La del otro es una mano fría y sudorosa.

—Y ahora vamos a lo que venimos. ¿Cuál es la situación operativa verdadera?

—Es un pedacito de pista lo que nos falta, de la esquina del bar Luz y Sombra, hasta la comidería Las Primas.

—¿Un pedacito como de cuánto?

—Siete cuadras, más o menos. Unas cuatro barricadas.

—¿Y qué pasa con ese tramo? ¿Por qué se te ha hecho tan duro? ¿Necesitás refuerzos?

—Las barricadas están muy bien construidas, y hasta han excavado zanjas en el pavimento. Y tienen armas. Puede que sean combatientes veteranos que se pasaron del otro lado.

—Mal les va a ir, porque para los traidores no hay perdón. ¿Qué clase de armas?

—Se oyen estampidas de fusiles automáticos, quizás Akas 47 —dice el poeta Lira—. Pero, por lo común, armas cortas.

—¿Y por unas cuantas pistolitas te detenés? Me estás poniendo muchos pretextos. Vamos a meter más tropa.

—No es cuestión de más tropa. Lo que necesito son francotiradores para volar cabezas desde arriba.

—Tenés los francotiradores, te asigné dos.

—El problema viene a ser otro. La única altura disponible es la azotea de una casa de tres pisos donde hay una fábrica de colchones en la primera planta.

—¿Y qué pasa con esa azotea? Hay que tomársela. ¿Por qué no la han ocupado?

—Don Abraham, el dueño, está encerrado adentro con su familia, y dio órdenes de no abrir.

—No me salgás con esas niñadas. Hay que botar las puertas entonces, y entrar a verga. ¿Por qué tanto esperar?

—Es que don Abraham es el pastor de la iglesia Aposento Alto, que está afiliada a otra más grande, el Ministerio Apostolar de la Palabra. Nos vamos a echar encima a todos los barrios orientales si entramos a la fuerza. Son miles de feligreses.

—¿Cuánta gente creés que nos hemos echado encima desde que empezamos este operativo? Las contemplaciones se vuelven estorbos.

—Además, es una familia muy grande: hijos, sobrinos, todos trabajan en la fábrica que está abajo. Viven juntos en el segundo piso, y el tercero lo usa don Abraham para celebrar los cultos.

—Sean muchos o sean pocos, eso no cambia nada lo que tenemos que hacer. No quiere abrir su puerta, pues lo siento mucho, reverendo, pero nosotros necesitamos su azotea.

—Si se resiste, y tenemos que disparar, puede haber perjudicados. También hay niños tiernos allí, nietos de don Abraham.

—Y ese pastor que tanto te preocupa, ¿cuál es su pensamiento? ¿Es afecto o desafecto?

—Extraño que usted me pida esa información a mí, comisionado. Usted, que sabe lo que la gente come con sólo mirar lo que caga.

—Gracias, nunca me habían lisonjeado de esa manera. Los pastores evangélicos, por lo general, son llevaderos, a diferencia de los curas. Sería raro que éste fuera contrario al partido.

—Hasta donde he averiguado, a don Abraham no se le conocen malquerencias con la revolución.

—Entonces, ¿qué mierda le pasa que no nos abre la puerta?

—En las familias hay de todo —el poeta Lira le alcanza su celular—. Vea este video que colgó en Facebook uno de sus hijos, el mayor, uno que está casado. Lo tomó hoy temprano, desde la azotea.

La pista se ve acercarse a gran velocidad una patrulla policial, con la sirena encendida, abriendo vía a dos camionetas Hilux cargadas de hombres armados que disparan al aire, mientras la gente, amedrentada, corre a refugiarse en las casas. Entonces, el que filma, empieza a narrar lo que está viendo:

«... los hombres enmascarados se bajan de las camionetas, véanlos allí, de camisetas amarillas, ahora rodean el salón de belleza, golpean la puerta con las culatas, no les abren, están apuntando con un rifle a la cerradura, oigan el disparo, han abierto la puerta usando la violencia, entran en tumulto, oigan adentro los gritos, oigan las amenazas, oigan la quebrazón de espejos, todo lo están desbaratando en el salón de belleza, y ahora ya los están sacando, ya vienen para afuera, esa que traen allí, agarrada del pelo, empujándola, la de jeans rosados, la que se le zafan las sandalias, ésa es Lady Di, la dueña del salón, y al que arrastran atrás, de camisa de cuadritos, es su marido que se llama Frank, él es taxista.

»Ahora vean a ese policía que sale de la radiopatrulla y trae en la mano dos pares de esposas, estamos viendo cómo entrega las esposas a los paramilitares, ya los enchacharon, ahora les ponen unas capuchas, ya los están subiendo encapuchados a la tina de la segunda camioneta, ya se los llevan prisioneros con rumbo desconocido, ¡alerta, Derechos Humanos!, que no digan después que la policía no es cómplice, ¡vivos se los llevaron, vivos los queremos! ¡Sólo Dios quita y pone reyes! ¡Señor Jehová, confunde a los enemigos de tu pueblo! ¡Mi refugio eres Tú en el día malo! ¡Trae sobre ellos calamidades, y quebrántalos con doble quebrantamiento!»

—Esos que hacen la captura son gente de nosotros —dice Tongolele.

—Y el que dirige el operativo es Cara de Culo —asiente el poeta Lira—. Muy disciplinado se ha portado desde que lo perdoné, según el consejo que usted me dio.

—¿Por qué levantó Cara de Culo a esa pareja?

—Ese huevón, al que le dicen Lady Di, es un travesti que se cree la princesa de Gales. Y Frank, el taxista, otro degenerado, hace el papel de marido.

—Pero no los mandaste a agarrar por cochones.

—No andamos tan desocupados. Lady Di encabezaba la red para abastecer de comida a los subversivos de las barricadas; con el apoyo del pendejo del querido.

—Y ese hijo del pastor no se conforma con filmar, hasta hace de locutor, el muy cabrón.

—Ya ve por qué no nos quieren abrir la puerta.

—Sea lo que sea, las barricadas no pueden seguir donde están.

—¿Y de qué manera vamos a quitarlas, comisionado? —el poeta Lira acerca de nuevo la boca a la taza de café, estirando los labios—. Ya le dije que sin los francotiradores se va a armar un combate, y eso puede dar la falsa idea de que no controlamos la rebelión.

—Voy a hablar personalmente con el pastor —responde Tongolele.

—Es buena idea —se ríe el poeta Lira—. Con sólo que lo vea en persona frente a su puerta, don Abraham se caga del susto.

—Y si no me oye, porque piensa como el hijo, pues igual. Los francotiradores los subimos a esa azotea de cualquier modo, y nosotros avanzamos para barrer las barricadas.

—¿Usted toma el mando, comisionado?

—Me fallaste, no me queda otro remedio —antes de ponerse de pie, Tongolele aleja la taza que no ha probado y que, rebosante de café, vuelve a derramarse.

—Yo encantado de ser su ayudante de campo.

Tongolele manda a concentrar todas las fuerzas disponibles en la rotonda de la Virgen, y un cuarto antes de las cinco de la mañana da orden de iniciar el avance por la pista en dirección al este, dos columnas de enmascarados que marchan en fila india junto a las aceras, cautelosos al asomarse a las esquinas, y emprendiendo la carrera, agachados, para cruzar las bocacalles, mientras las Hilux, cargadas de más enmascarados, ruedan lentamente por el centro, con los focos delanteros encendidos.

El bar Luz y Sombra, donde está situada la primera de las barricadas aún no despejadas, se halla a siete cuadras al oriente de la rotonda, y la fábrica de colchones a medio camino, según le reporta el poeta Lira, apretujado a su lado en la cabina de la camioneta puntera. Cara de Culo va de pie en la tina, flanqueado por los dos francotiradores, vestidos de negro y tapados con pasamontañas, los fusiles Dragunov en bandolera, y las cananas de tiros cruzadas en el pecho.

Una cuadra antes de llegar a la fábrica de colchones, el poeta Lira dice que es prudente detener en ese punto la caravana para que Tongolele se adelante a buscar cómo hablar con el pastor, no vayan a ponerse ariscos los de adentro cuando vean el tumulto de armas y otra vez se nieguen a abrir. El poeta Lira, Cara de Culo y los francotiradores se quedan atrás, mientras Tongolele avanza sobre la acera de la banda derecha hasta situarse frente al portón metálico que da acceso a la fábrica de colchones, y la única entrada posible a toda la casa.

El pastor la ha levantado sin más guía que la de su propio gusto, agregándole ornamentos y detalles en la medida en que el dinero que gana fabricando colchones se lo va permitiendo. Los pisos de arriba tienen una balaustrada de pilastras pintadas de verde, y al extremo derecho del tercero una escalera de caracol lleva hacia la azotea, recorrida por otra balaustrada. Los ventanales de cada piso se cierran en arco, y en el segundo hay al centro de la fachada una puerta de doble batiente, también rematada en arco; y frente a la puerta, de por medio un estrecho corredor, un balcón panzudo sobresale hacia la calle.

Todo el primer piso está ocupado por la fábrica, según ve a través del enrejado de los ventanales las máquinas de coser, las mesas de fajina, los rollos de telas rayadas y estampadas para los forros, los rimeros de láminas de hule espuma, los líos de estopa de algodón, y las estibas de productos terminados.

Después contempla la calle desierta. Reconoce el salón de belleza del video, que se llama igual que su dueño el travesti, según los restos del rótulo en la vidriera reventada, LADY DI HAIR CUTS. Aún puede distinguirse la efigie de la princesa de Gales, la diadema de diamantes en la cabeza, luciendo su emblemático corte dixie a navaja. Y en la acera, entre el amasijo de vidrios, el casco quebrado de una secadora de pelo, mandiles de nylon a medio quemar, botellas de champú derramadas, revistas de belleza que deshoja el viento.

Los focos en los porches y en los aleros de las casas se hallan aún encendidos en la madrugada, y el silencio de las puertas cerradas sólo es roto un instante por el llanto de un niño, prontamente sofocado. Un zanate clarinero que recoge desperdicios con el pico en el pavimento lo mira de pronto con su ojo fijo y redondo, desconfiado, y emprende el vuelo hasta posarse en un alero. Tongolele tiene la certeza de que tras las persianas y las cortinas de las ventanas se mueven sombras que lo espían. A lo mejor alguien lo está filmando cuando lleva el dedo hacia el timbre que resuena en toda la cuadra con los arpegios de un xilófono.

Desde el segundo piso le llegan ruidos sofocados, voces que se hablan en sordina, pasos en premura, pero nadie baja a abrir. Trae su discurso ensayado y las frases que dirá al pastor vuelven a su cabeza como en una conversación de radio a través del walkie-talkie: mil perdones por tener que molestarlo, reverendo, cambio, solicitamos de usted una pequeña colaboración, cambio, los terroristas, usted sabe, cambio, una amenaza para el buen cristiano, nosotros tenemos que cumplir nuestro deber, cambio, garantizar libre movilidad de los ciudadanos, cambio, la tranquilidad de sus propios feligreses, cambio, la paz y el orden público, cambio, nuestro cometido urgente es despejar la calle y restablecer la normalidad, cambio, muy agradecido por su comprensión y apoyo. Cambio y fuera.

Los murmullos, las voces en sordina, se callan arriba. El zanate clarinero pasa volando rasante, el brillo fugaz de su plumaje negro azulado recogiendo los primeros destellos del sol, y sólo queda el rastro burlón de su chillido áspero.

Llama por segunda vez, y ahora deja el dedo pegado al botón del timbre. El xilófono vuelve a sonar, ahora insistente, y puede distinguir que se trata de los acordes de La cucaracha:

la cucaracha, la cucaracha
ya no puede caminar

la musiquita pegajosa que solía bailar su padre, ya pasado de tragos, en sus fiestas de cumpleaños en León, entre amigos parranderos, zapateando con las manos cogidas a la espalda, o alzándolas frente a sus ojos como si quisiera examinarlas por el dorso mientras avanzaba y retrocedía, pesado, sin gracia...

> *porque le faltan porque le faltan*
> *cuatro patas para andar.*

Voltea la cabeza un momento. Detrás de él, el poeta Lira, que se ha acercado, el fusil bala en boca, lo mira divertido de su impotencia frente al portón cerrado. Cara de Culo, agazapado atrás, tiene en la mano una botella de gasolina, listo a prender la mecha de trapo con un encendedor. Él no ha dado esa orden. ¿De dónde sale ese coctel molotov? El poeta Lira le hurta la vista cuando le busca la cara. Los artefactos de fabricación casera no están comprendidos dentro del equipamiento de las fuerzas de tarea, si para eso disponen de un armamento óptimo, moderno y eficaz.

Los ojos de los francotiradores están fijos en él, mirándolo a través de los huecos redondos de los pasamontañas, de la misma manera que lo ha mirado el zanate clarinero. Quita el dedo del timbre. Los últimos arpegios del xilófono tocando la cucaracha siguen resonando por su cuenta hasta que se desvanecen. Y él, como en obediencia a una voz que no se oye, pero parece hablarle desde dentro de la caja china, da un paso hacia un lado para que el poeta Lira se adelante y dispare una ráfaga corta contra el vidrio de una de las ventanas que estalla en una lluvia de añicos, mientras Cara de Culo enciende la mecha y lanza la botella a través del hueco.

La ve explotar encima de los líos de estopa, y lo envuelve el tufo a gasolina quemada mientras se alza una perezosa llamarada azul que no tarda en despeinarse con violencia para ascender ávida por la pared, y ahora el poeta Lira dispara otra ráfaga y Cara de Culo avienta otra botella encendida, y cuando siente el ardor del fogazo en la cara retrocede hasta el centro de la calle, la humareda espesa y negra oscureciendo las máquinas, las mesas, las arpillas de colchones, las volutas de humo aventando por los ventanales rotos, las llamas desatadas subiendo por la escalera que lleva al segundo piso donde se oyen gritos y toses de asfixia que llegan desde los aposentos, el chillido desgarrado de un niño, las ventanas en lo alto iluminándose con el fulgor violento del incendio y luego llueven pavesas sobre el pavimento, y entonces el poeta Lira lo agarra por la manga de la camisa, lo jala, vámonos, comisionado, no hay nada más que hacer aquí, y sus pies pesados y sin gracia se mueven lerdos sobre la asperidad del pavimento, sube a la camioneta y la camioneta se pone en marcha.

Estas cosas pasan porque suceden, comisionado, cómo podía evitarse este infortunio si no estaba en manos de nosotros, le va diciendo el poeta Lira, yo le había advertido que el pastor era testarudo, ahora ni siquiera se dignó contestar, ya no digamos abrir la puerta y el clavo es que habrá muchos perjudicados dentro de esa casa con el incendio porque las llamas insolentes no van a dejar tiempo siquiera de que arrimen los bomberos con tanto material inflamable, que de paso es toda una imprudencia haberlo almacenado allí, pero nosotros, la verdad sea dicha, nunca estuvimos en ese sitio y de eso voy a dejar constancia bien clara en mi reporte, ya se sabe de sobra que esta zona hierve de terroristas que serán los que carguen con la culpa y éste será uno más de sus desmanes, qué buena manera de que queden en evidencia los golpistas como lo que son, incendiarios, asesinos, y de esos dos, padre e hijo, ya no podrá saber quién de los dos fue al final de cuentas el más obstinado, un testarudo iluso el hijo, se le metió entre ceja y ceja que Jehová militaba de su lado como se ve en el video, lo que se llama en la teoría científica fanatismo religioso primario, pues entonces, el que por su gusto muere que lo entierren parado. Y ahora que sea lo que salga con el operativo, nos vamos sin el apoyo de los Dragunov pero esas barricadas las desalojamos de cualquier modo, ¿no es así, comisionado? Aquí estamos llegando ya, usted que va al mando camine adelante que yo lo sigo.

La fachada del bar Luz y Sombra está forrada con cañas de bambú barnizadas, y la acera ha sido cerrada con un corral, también de cañas de bambú, las mesas y sillas de plástico al aire libre encadenadas unas con otras para evitar que se las roben.

La barricada, levantada con latas viejas de zinc y ramas que empiezan a marchitarse, va desde el corral de la acera hasta el otro lado de la calle, donde la vitrina de una tiendita de artículos religiosos enseña, tras una reja, la imagen de un Corazón de Jesús de yeso recién retocada, el corazón cercado de espinas al realce en rojo vivo sobre los pliegues de la túnica celeste.

Las puertas de esa cuadra también están todas cerradas. Frente a la barricada, casi apagándose, arden tres llantas, una más entera, y las otras dos consumidas hasta enseñar el esqueleto de alambres.

—En la barricada no hay nadie —dice Tongolele, tras liberar el seguro del fusil.

—Deben haberse corrido al vernos venir —dice el poeta Lira a sus espaldas.

—Y esas llantas son viejas de estar allí —Tongolele da un paso al frente.

Un zanate clarinero se desprende volando del alero del bar Luz y Sombra y aterriza a sus pies, confianzudo. Picotea con movimientos nerviosos en el pavimento, y luego lo mira de perfil, con su ojo fijo. Debe de ser el mismo de antes.

Siente que una respiración gruesa sopla en su nuca, y cuando quiere voltearse Cara de Culo lo agarra por el cuello y lo doblega hasta ponerlo de rodillas. Luego lo empuja por la espalda con la bota, y cuando lo tiene en el suelo recibe la pistola Jericó que le alcanza el poeta Lira, y le dispara tres balazos en la cabeza.

Va dejando un lamparón de sangre en el asfalto cuando entre los dos lo arrastran de los pies hasta la barricada. Y mientras el poeta Lira lo sostiene en posición de sentado, Cara de Culo le cuelga en el pescuezo una de las llantas a punto de apagarse, la que está más entera, y vuelve a atizarla con un chupón de gasolina encendido. Y lo abandonan contra una de las láminas de zinc herrumbradas, la llanta ardiendo en su cuello como una corona de fuego.

17. Un burro uncido a una piedra de molino

El inspector Morales, sentado en el taburete del tocador del dormitorio de la Fanny, estaba ya vestido para la ceremonia. Aunque llevaba los mismos jeans desteñidos, que le quedaban flojos de las nalgas, y unas sandalias de cuero trenzado de andar por la casa, estrenaba una camisa blanca de manga larga, de cuello duro, que doña Sofía había ido a comprarle a la carrera al almacén Mil Colores del centro comercial Managua, de modo que eran obvias las marcas de las dobleces en la tela. Se la había puesto frente al espejo ovalado del chifonier, nervioso como cualquier novio, equivocando los ojales al abotonarla, y el último de los botones, el de la barriga, sólo había cerrado con gran dificultad.

La Fanny reposaba en la cama mientras llegaba la hora. Ya debidamente maquillada, se había puesto la túnica caribeña verde esmeralda que luciría junto con el turbante en juego, muy apropiado para ocultar la calvicie. El inspector Morales podía verla reflejada en el espejo del chifonier, en primer plano las suelas de las zapatillas de abalorios, que, junto con la túnica y el turbante, doña Sofía se había encargado también de comprar en una boutique vecina a La Tortuga Murruca.

El padre Pancho pasaría a su regreso del aeropuerto para casarlos, tras despedir a monseñor Ortez. Todavía convaleciente partía ese día para Roma, obedeciendo el mandato de presentarse ante la Congregación para las Causas de los Santos.

Ya el altar estaba preparado en la sala desde muy temprano, siempre por mano de doña Sofía, de acuerdo a las instrucciones que la Fanny le había ido dando desde la cama: un mantel con una guarda de violetas bordadas en cruceta, que pertenecía al ajuar de su primer matrimonio, para cubrir la mesa; la litografía de santa Lucía de Siracusa sobre el mantel; y al lado un florero con jalacates cortados en el patio trasero.

Y, dispuestos frente al altar, todos los asientos que se pudo encontrar en la casa, porque estaban invitados una hermana de la Fanny, que llegaría con su marido desde Ciudad Sandino, y algunos de los vecinos del callejón de La Carlanca.

Pero que el inspector Morales consintiera en casarse no había sido tan sencillo para doña Sofía. Basta con citar el diálogo sostenido dos días antes en el garaje donde ella posaba en casa de la Fanny; y aunque se discutieron allí diversos temas, el de la boda no dejó de ser central:

—Si en mí estuviera, compañero Artemio, el reverendo Wallace, pastor de mi iglesia, debería ser quien celebre el matrimonio —doña Sofía se mantenía de pie, calculando que así estaría en mejor posición para librar la batalla que se avecinaba.

El inspector Morales ocupaba la mecedora, el cuerpo adelantado y la mejilla descansando sobre las manos que sostenían el pomo del bastón.

—No sé a qué matrimonio se refiere. Doña Sofía.

—Fanny está de acuerdo, sólo usted atrasa.

—¿No es ese pastor Wallace el que se jugó en el casino Pharaohs el templo evangélico del barrio El Edén, y lo perdió en una noche en la mesa de black jack?

—El pastor Wallace fue sustituido por la congregación a raíz de ese hecho. Y yo lo defendí, porque si apostaba era en beneficio de la iglesia para multiplicar los fondos, pero no lo acompañó esa vez la suerte.

—Y el nuevo pastor, ¿no juega la limosna? —ahora el inspector Morales dejaba reposar la barbilla sobre las manos, el bastón siempre de sostén.

—No se siga saliendo por la tangente. Sepa que no tengo ningún inconveniente en que sea el padre Pancho quien lo case.

—No he tomado ninguna decisión de casarme, y le ruego que no se meta a decidir por mí. Además, el divorcio civil no vale para la Iglesia católica.

—Ella nunca se casó por la Iglesia romana, ya fui yo a sacar la certificación de su soltería en la curia episcopal. Así que está tan libre como los pájaros que buscan hacer nido.

—Eso de los pájaros que buscan nido parece ser de las lecturas selectas del silabario Catón, doña Sofía.

—Y tome en cuenta, además, su precaria situación de salud.

—Pero si está mejor —el inspector Morales se sintó, de pronto acobardado—. El doctor Cajina dice que la metástasis de los huesos se detuvo. Que la radiación, junto con la quimio, está surtiendo efecto.

—¿Debo entender entonces que usted sólo se casaría con ella si estuviera moribunda? ¿No le interesa llegar a la vejez al lado de una mujer que lo quiere y respeta?

—A la vejez el camarada ya llegó qué años —dijo Lord Dixon—. Pero no quiere entender que un viejo solo es como papalote sin cola.

—Usted todo lo enreda y malinterpreta, doña Sofía —el inspector Morales blandió el bastón como si se batiera en defensa propia—. Si me regresé de Honduras corriendo tantos peligros, usted bien sabe que fue para estar al lado de ella.

—Está cayendo en su propio lazo, inspector —dijo Lord Dixon—. Si no mide sus palabras, lo espera el cepo. Mejor busque cómo desviar esta conversación.

—Entonces, ¿cuál es el miedo de pararse frente al altar, compañero Artemio?

—No es miedo, es respeto. No hace ni una semana que enterramos a Serafín, y ya voy a andar yo en fiestas.

—Escoja pretextos mejores, inspector —dijo Lord Dixon—. ¿Cuántos días de luto me guardó a mí, antes de entregarse a sus habituales francachelas?

Todavía en la ambulancia, camino del hospital Monte España, el que estaba más cerca de la Divina Misericordia, Serafín había alzado la cabeza de la camilla, y le pidió que se acercara, como si fuera a confiarle un secreto, el apósito que el enfermero le había fijado con esparadrapos al cuello se iba tiñendo rápidamente de un rojo escarlata que al inspector Morales le pareció desconocido, como si en su vida hubiera visto el color de la sangre. Y la voz, que se rompía en un silbido ronco, también desconocida: cómo iba a imaginarme, jefe, que me iban a agarrar desprevenido, con la mazacuata en la mano, el francotirador debe haberse reído cuando vio por la mira la cara de pendejo que uno pone cuando está meando. Había intentado seguir, pero lo ahogaba la tos, y ahora eran sus labios los que se mojaban con la sangre que brotaba en burbujas.

¿O nunca había hablado Serafín, y era cosa de su imaginación? No pudo haber pronunciado palabra en esas condiciones, con la laringe rota, inspector, le había dicho después el padre Pancho: pero si usted lo oyó burlarse de su propia agonía, era de todos modos muy suyo eso, y quede así sin que usted deba corregir su propia memoria.

El cirujano se había asomado a la salita de espera, le había hecho señas disimuladas de que lo siguiera, y tras recorrer un pasillo mal alumbrado por candelas fluorescentes que zumbaban como moscardones, entraron en un cuartito donde amontonaban las sábanas y las batas sucias: abundan aquí los espías, le dijo el doctor, al que le bailaban en la cara los anteojos que acomodaba cada tanto llevándose el dedo al puente, por eso va a ser ésta la única vez que hablemos, y lo que voy a decirle no va a figurar en el reporte médico porque tenemos prohibido mencionar heridas de armas de guerra, ya lograr que el paciente ingresara a emergencias fue un éxito, y que entre a cirugía, otro éxito más grande. ¿Estamos?

Él había asentido. Este paciente, Serafín Manzanares, ¿su hermano? Correcto, su hermano, este paciente fue alcanzado en el cuello por un proyectil de alto calibre, como él hemos tenido otros ingresados, heridas en cabeza, cuello, tórax, pero él es el primero de la tercera edad que recibimos, los demás son todos muchachos que bien pueden ser nietos de él, o nietos de usted. El disparo produjo lesión en la laringe y en la tráquea a nivel del cuarto anillo, se le puso cánula de traqueostomía, y se va a proceder a cirugía para coser un parche muscular vasculado que tenemos que tomar del mismo cuello para reparar las lesiones. Me está hablando en arameo, doctor, había protestado él con una sonrisa triste.

Y el doctor, ajustándose una vez más los anteojos, lo había mirado con piedad distraída, la piedad de alguien que está apurado y no puede entretenerse en tristezas irremediables: y si salimos bien de esa parte, vamos a meterle en el estómago un tubo por la pared abdominal para alimentarlo y medicarlo, ésa es otra cirugía, en ambos casos los riesgos son altos por su edad, no nos vaya a fallar su corazón, y todo esto mejor se lo dejo advertido porque, si yo fuera usted, no me haría tantas esperanzas.

—Nadie está hablando de fiesta, será una ceremonia más o menos íntima —volvió a la carga doña Sofía—. Y usted por Serafín ya hizo bastante. ¿No pasó metido en el hospital a la cabecera de su cama, arriesgándose a que lo descubrieran y llegaran a capturarlo?

—No hay nada de qué ufanarse en eso. Sólo fueron dos días, porque sucedió lo que el doctor temía: que al pobre Serafín le dio un infarto. Además, muerto Tongolele ya no había peligro de que yo me estuviera allí.

—Eso nunca se sabe. La jauría sólo cambia de cabeza. A alguien más fiero deben haber puesto en su lugar.

—Ya ve que hasta ahora no han venido a buscarme. Aunque, claro, eso no quiere decir que no esté en su lista.

—Lo que soy yo, desde que salimos de la catedral la madrugada que nos llevaron hasta allá en los buses, he estado temiendo el momento en que se pare en la puerta una de esas camionetas sin placa.

—Un viaje y dos mandados. Qué agradable sorpresa para ellos cuando nos encuentren juntos, y así se evitan andar en la rebusca.

—Y apuesto que será la teniente Yasica la que vendrá a la cabeza, porque ella sabe bien dónde hallarnos.

—En eso tiene razón. Así como apareció en la puerta de la señora Magdalena, fingiendo que llegaba por los trapos del cura, así puede presentarse, de pronto, en la puerta de esta casa.

—No se tenían noticias de ella hasta que apareció el aviso que le conté, en el periódico que circula en el Mercado Oriental. Aquí se lo tengo, como le prometí.

Fue hasta una repisa al lado de la cama, y buscó el ejemplar de *El Marchante,* el tabloide donde aparecían mujeres que enseñaban las tetas o las nalgas desnudas a la cámara, y fotos de los cumpleaños de los dueños de los tramos y caramancheles, bautizos y primeras comuniones de sus hijos y nietos, junto a noticias de apuñalamientos, trifulcas, robos, incendios y demás sucesos que se daban dentro del perímetro del mercado, y novedades sobre la farándula internacional y la realeza europea.

Debajo de una nota con titulares en rojo que decía LINDSAY LOHAN SE ACOSTÓ CON 150 HOMBRES, estaba el aviso, enmarcado en una gruesa orla:

Se notifica a la clientela, suplidores, deudores y acreedores de la distribuidora a domicilio Abonos Suaves, y de los almacenes Paca Paca, El Trapo Contento, Todo para Todos, y El Videíto Feliz, que los asuntos comerciales y financieros concernientes a las mencionadas empresas deberán ser tratados, sin excepción, con la nueva propietaria y gerente general, señora Yasica Benavides, la cual atenderá en las oficinas centrales situadas en la avenida principal de Ciudad Jardín.

—Esos eran los negocios de la amante de Tongolele, que cayó en desgracia junto con él —el inspector Morales dobló el periódico—. Alguien se las dio en premio a la afortunada Yasica.

—Lo cual significa que esa mujer está ahora más encumbrada que nunca. Más miedo hay que tenerle.

—¿No le parece más bien que, al premiarla, la apartan de su antiguo trabajo? Son muchas esas empresas, no puede andar en dos cosas a la vez.

—Ojalá sea cierto, y eso la quite de estarse acordando de nosotros, no sea que un día alce el teléfono y le diga al sustituto de Tongolele: «¿qué pasó con esa vieja que no mandan a agarrarla?».

—Ella fue parte de la trama contra Tongolele. Y cumplido el encargo: adiós, amorcito, andá, dedicate a tus negocios, disfrutá el regalito.

—En eso tiene razón, compañero Artemio. Queda claro que los mensajes que nos enviaban eran para quitarle el piso a Tongolele, antes de pasar a liquidarlo físicamente.

—Y nosotros en ese ardid prestamos nuestra pendeja colaboración.

—Si es cierto que nos usaron, también nos pusieron en la mano un arma de alto calibre. Y buen partido le sacamos a las denuncias.

—Sería necio no reconocer el papel preponderante de doña Sofía, cualquiera que haya sido el origen o la motivación de las informaciones que llegaron a sus manos —dijo Lord Dixon—. Unos mensajes muy escuetos los transformó en verdaderas piezas periodísticas.

—No me haga caso. La verdad es que, aunque ellos hubieran querido usarnos como instrumento, usted los contrarrestó con esas denuncias, doña Sofía.

—Muy correcto que diga «ellos» —doña Sofía no cabía en sí, inflada de vanidad—. Porque detrás de esa teniente Yasica había una macolla que se eleva hasta lo más alto de las techumbres del poder.

—Los tuits de Mascarita fueron citados en el informe de la misión que mandó el Parlamento Europeo —dijo Lord Dixon—. Y por la Comisión de Derechos Humanos de la OEA.

—Ahora hay que decidir lo que va a pasar con ese Mascarita que usted inventó.

—Mascarita debe continuar dando guerra, compañero Artemio. Municiones no habrán de faltarle.

—Si Mascarita sigue adelante con los tuits, no nos van a quitar el ojo de.

—¿Qué propone? ¿Que los suspendamos? La que soy yo, no voy a callarme de mi propia voluntad.

—Nadie está diciendo que nos callemos, doña Sofía. Pero debemos estar conscientes de que cada vez nos movemos en un círculo más estrecho. Ni dónde escondernos tenemos.

—Menos mal que doña Fanny tiene sus ahorritos, y le pagan su pensión de retiro —dijo Lord Dixon—. De eso pueden vivir los tres bajo este techo, siempre que no se los lleven presos.

—Mientras me sigan pasando la bola por el centro del home plate, como dicen en el beisbol, yo encantada. Como el comunicado de la policía, donde pusieron que la fábrica de colchones fue incendiada por los terroristas golpistas. Cuando hay un video que prueba lo contrario.

—Seis muertos en ese incendio. El pastor y su esposa, el hijo mayor y la nuera, y sus dos criaturitas, una de año y medio, la otra de cinco meses.

—Me valí de que un vecino filmó a los paramilitares cuando tiraban los cocteles molotov dentro de la fábrica. Y en el video se ve a Tongolele.

—Asesinado poco después por ellos mismos frente a una barricada. Y los muy salvajes le pusieron una llanta ardiendo en el pescuezo.

—Es lo que se mira en el segundo video, tomado por otro vecino. Los dos los subí en la cuenta de Mascarita.

—De qué manera acabaron con Tongolele. Si eso es entre ellos, figúrese lo que les espera a los contrarios.

—La felicito, doña Sofía —dijo Lord Dixon—. Las dos escenas, una tras otra, encadenadas como la secuencia de una película. Excelente trabajo de edición hizo con esos videos.

—Mentira tras mentira, desenmascaradas —doña Sofía se restregó las manos con entusiasmo—. La secuencia lleva ya más de cincuenta mil likes, y diez mil reproducciones.

—Que Tongolele pasaba casualmente por allí, sostiene el comunicado de la policía —se rio el inspector Morales—. Un oficial retirado cualquiera, que andaba paseando, o haciendo algún mandado, y los terroristas de la barricada lo agarraron y lo mataron.

—Gente que vio los videos identificó de inmediato a los dos paramilitares. Un poeta Lira, periodista de radio Compañera, y el otro, que apodan con ese mal nombre horrible, que es de las fuerzas de choque del Mercado Oriental.

—Apodo que hace usted muy bien en no pronunciar, doña Sofía —dijo Lord Dixon—. Ni siquiera en su variante de Rostro de Ano o de Faz de Esfínter.

—Serafín señala en su informe a ese del mal nombre horrible como caporal de la violación de la estudiante, sobrina de su amiga la Sacristana.

—La confesión que usted se emperraba en no leer, compañero Artemio. Y todo lo de la violación también lo ha echado para adelante mi Mascarita, ahora que la muchacha pudo huir a Costa Rica.

—Algo muy grueso debe haber hecho Tongolele. Lo destituyen, le dan de baja, lo mandan a limpiar las barricadas y aprovechan la tremolina para darle tortol.

—Y no para allí el desquite: la amante, reina del Oriental, confiscada; y la mamá, la gran sajurina oficial, expulsada de la casa que le habían regalado. Todo eso lo ha divulgado Mascarita.

—Tenía demasiado poder en su mano, y eso terminó siendo su desgracia.

—El que hace sombra pierde el cuerpo y pierde la sombra —dijo Lord Dixon—. Apunte esa frase, camarada, que es de mi propia cosecha.

—A nosotros no nos queda sino seguir denunciando —suspiró doña Sofía—. Porque toda esta rebelión, por el momento, parece que fue en vano. Mataron muchachos a diestra y siniestra, y allí siguen en el poder, bien atornillados.

—Mi abuela Catalina tenía un burro que pasó toda su vida dando vueltas, enyugado a una muela de piedra que molía coyol de palma para sacar aceite. ¿Será, doña Sofía, que este país es como aquel burro, que sólo puede dar vueltas y vueltas, uncido a una piedra?

—Tengo la sospecha de que a esa abuela Catalina suya usted la usa a su mejor conveniencia, inspector —dijo Lord Dixon.

—Lo más triste del caso es que el burro de tiempo en tiempo se rebela, revienta el mecate y cree que es libre —volvió a suspirar doña Sofía—; mas no sabe que lo volverán a pegar a la piedra de molino los mismos que lo ayudaron a zafarse.

—Si van a seguir hablando de congojas y quebrantos, mejor me vuelvo al lugar adonde estoy, que allá me regalan mejor los oídos —dijo Lord Dixon.

—Vamos a caer en la depresión, doña Sofía, y no nos conviene afligirnos.

—Eso le pasa por capear el tema del matrimonio. De su rebeldía en casarse es que estábamos hablando, y usted me desvió del camino.

—La verdad es que no sé. Nunca he estado casado y ya me acostumbré a la soledad.

—No mienta, que la mentira no le cuadra. Usted mismo me ha contado que el padre Gaspar lo casó en la guerra con una panameña que se llamaba Eterna Viciosa.

—Ese matrimonio fue muy desgraciado, ni me lo miente. Además, sin valor alguno. Nos casamos por las armas, en el campamento guerrillero, y no hubo acta ni nada.

—Para alguien que en lugar de Dolores Morales debería llamarse Placeres Físicos, una Eterna Viciosa es la esposa perfecta —dijo Lord Dixon.

—También en el otro mundo la gente envejece —el inspector Morales habló entre dientes—. Eso de repetir las mismas pendejadas ce hace tiempo significa que estás senil de la cabeza.

—Entonces, si el matrimonio anterior no es válido, no tiene impedimento alguno para casarse, así como tampoco ella lo tiene. Y ya no le siga dando vueltas al asunto.

—Yo aquí estoy oyéndolo todo hace rato detrás de la puerta —la Fanny entró de pronto en el garaje, apoyada en su andarivel—. Y no hay de qué preocuparse. Amarrado no voy a llevar a nadie al altar.

—Qué bueno, Fanny, que se sume a esta conversación —doña Sofía la miró sin inmutarse—. Así lo aclaramos todo a la mejor conveniencia de las dos partes.

—Tengo la grave sospecha de que esta entrada intempestiva estaba previamente concertada entre las dos, inspector —dijo Lord Dixon.

—Yo no me ofendo —la Fanny tenía la nariz enrojecida porque iba a empezar a llorar—. Tampoco es que voy a correrlo de mi casa ni a sacarlo de mi vida, me muera o no me muera mañana. Si él quiere, así como estamos seguimos.

—¿Por qué me malinterpretan? —al inspector Morales el bastón se le cayó de las manos y tuvo que agacharse a buscarlo—. Sólo estaba reflexionando sobre cuándo es más conveniente que hagamos la ceremonia.

—Qué manera más vergonzosa de tocar la retirada —dijo Lord Dixon.

—Pues el padre Pancho sólo espera el aviso, y se presenta aquí sin dilación alguna —doña Sofía recogió el bastón y se lo entregó—. Ni siquiera tienen que molestarse en ir a su iglesia porque está en reparaciones después de la lluvia de balas que le cayó.

—Conste que, si accede, es de su libre voluntad —los ojos llorosos de la Fanny miraron al inspector Morales.

—Y sería bueno que pongamos fecha para pronto, compañero Artemio, porque al padre Pancho lo pueden sacar del país en cualquier momento, por extranjero indeseable.

—Tiene razón —se secó los ojos la Fanny—. Todos los días le vuelan mejenga en la radio Compañera, y de cura golpista del demonio no lo rebajan.

—Es ese tal poeta Lira, que ya dejó el rifle y volvió al micrófono —agregó doña Sofía.

—No sé para qué el empeño en dar tantas patadas de ahogado, camarada, si de todos modos ya no podía sacar la cabeza del agua —dijo Lord Dixon.

Ahora, mientras doña Sofía se ocupaba de los últimos alistamientos en la cocina, pues se ofrecería sangría preparada por ella, y un par de platones de bocas típicas, tostones con queso y triangulitos de tortilla con frijoles molidos, que había cubierto con plástico transparente, el inspector Morales vio que la Fanny dormía y vino a sentarse en la sala, frente al altar de la boda, y buscó en su teléfono la transmisión en streaming de la partida de monseñor Ortez, anunciada en las redes.

Los periodistas de televisión, con los canales clausurados o sacados de la parrilla del cable, hacían sus reportajes en vivo a través de Facebook Live o YouTube, usando sus teléfonos, y se tomaban el riesgo de meterse en lugares bajo estricta vigilancia, como el aeropuerto, adonde uno de ellos, del noticiero *Artículo 66,* había logrado colarse.

La cámara enfocaba a monseñor mientras hacía fila ante el mostrador de Copa, uno más entre tantos pasajeros que no lo conocían, o si sabían quién era, callaban por temor. Más flaco y encorvado que como el inspector Morales lo recordaba, llevaba un grueso traje oscuro de clergyman, como si desde ya fuese vestido para enfrentar el frío que le esperaba en Roma, y un sombrero borsalino de aquellos de Humphrey Bogart; y cuando se volvió hacia la cámara, que lo registró tan de cerca que su rostro resultaba deformado, sonriendo con una sonrisa cansada, se hizo patente su barba de varios días en la que se entretejían hebras blancas.

La cámara iba delante de él mientras avanzaba por el corredor rumbo a las ventanillas de migración. Arrastraba un maletín de rueditas, el pasaporte y el boleto en la mano, y el inspector Morales reconoció a Edelmira, su sobrina de Dipilto Viejo, que caminaba a su lado, enganchada a su brazo, con aire de querer protegerlo. Al otro iba la Rita Boniche, la empleada doméstica de la casa cural de Somoto, el paso solemne, pero vacilante, porque acostumbrada a andar descalza parecían estorbarle los zapatos de calle, un pañuelito apretado en la mano, dispuesta a enjugarse las lágrimas.

En eso, de la gruta llena de chereques y colguijos de una de las tantas tiendas de souvenirs del corredor, salió una gorda de falda corta y delantal blanco almidonado, embutida en una camiseta donde figuraba un árbol de la vida en colores fosforescentes, y se plantó frente a monseñor sosteniendo un pliego de cartulina en el que se leía escrito con plumón:

CURA GOLPISTA DEL DEMONIO
OJALÁ NUNCA VOLVÁS

Y mientras él sonreía con el mismo cansancio de antes, la mujer respondió con una sarta de insultos, que en el teléfono que el inspector Morales sostenía frente a sus ojos no lograban entenderse. La sobrina buscó apartarlo pegándose más a su cuerpo, momento en que la Rita Boniche se abalanzó sobre la gorda y le arrebató el cartel, ya la gente haciendo ruedo, y apareció entonces una pareja de policías mujeres que quería llevarse presa a la Rita Boniche porque la gorda la acusaba a grandes voces de haberle pegado en la cara y haberla arañado, cuando en eso entraron en cuadro el padre Pancho y el padre Pupiro, y se llevaron a monseñor abrazado entre ambos, en tanto la sobrina se quedaba discutiendo con los policías que al fin dejaban ir a la Rita Boniche, quien, mientras se alejaba, les gritaba que ya se sabía que ellos estaban para proteger a los sicarios y perjudicar a los justos. No sabía el inspector Morales que ella, siempre dispuesta a la gresca, conocía esa palabra, sicarios.

Y se fue entredurmiendo, con el teléfono en la mano.

18. Una variada colección de sapos disecados

Son las siete de la mañana cuando un taxi los deja en una de las esquinas de la avenida del Campo, a tres cuadras de distancia de la vieja residencia disfrazada de agencia aduanera, prevención acostumbrada de cuando trabajaban en el lugar. Como siempre, la cerradura eléctrica de la puerta para peatones en el muro se abre con un chasquido, atraviesan el patio donde el taxi Kia Morning gris platino se halla estacionado en un rincón, y al entrar en la sala desierta no dejan de sentir que todo aquello les es ya extraño.

Vuelven por primera vez desde que les han dado de baja, y ninguno de los viejos compañeros de trabajo parece percatarse de su presencia cuando se dirigen a la oficina de Tongolele, que ahora ocupa el enano Manzano. Todos se hallan volcados sobre sus papeles en los escritorios, tecleando informes en sus máquinas de escribir, o transcribiendo grabaciones de escuchas telefónicas, con los audífonos puestos. Son los mismos de siempre, aunque ellos ya no pertenecen a ese mundo oculto dentro del que han pasado tantos años.

En la sala y los corredores hay una nube de trabajadores en overoles de azulón que van y vienen acarreando cajas de equipos electrónicos, y tienden cables e instalan circuitos en armarios metálicos, lo que significa que pronto cada uno de los oficiales trabajará frente a una pantalla. El sistema digital Skorpion está siendo adoptado por fin, y la oficina cuenta con su propio servidor, enlazado a la estación satelital terrestre Chaika, en el cráter de la laguna de Nejapa.

Pedrón reconoció al capataz de la cuadrilla, a media calvicie, de quijada prominente y ojos celestes y cejas borradas. Es Vladimir, de la misión rusa del SVS, quien alguna vez le ha obsequiado una garrafa de vodka Stolichnaya, y un minúsculo pomo de caviar rojo; pero tiene que desistir del saludo que intenta de lejos, cuando el otro le devuelve una mirada inexpresiva.

El enano Manzano, en uniforme de diario, recién bañado y fragante a loción Jean Naté Unisex —tanto que aquel perfume de peluquería se siente a la legua— les ofrece la mejor de sus sonrisas de complicidad cuando los hace pasar, y las arrugas en las comisuras de los ojos y de la boca se repintan en su cara lampiña.

El mobiliario del despacho ha cambiado con su llegada, y los nuevos asientos de estilo romano resultan incómodos. Las sentaderas, lo mismo que las estrechas bandas del respaldo, son de cuero crudo labrado y tienen los brazos demasiado altos. El enano Manzano no va a ocupar su sillón del otro lado del escritorio, donde reposa su quepis encima de una pila de fólderes, sino que, haciendo gala de gran deferencia, se sienta con ellos en uno de aquellos asientos romanos, en plan de tertulia; pero antes, en un susurro confidencial, ordena por teléfono café para los tres y vuelve a sonreírles: si fuera hora de brindar, brindaríamos, pero ni siquiera ha avanzado la mañana, y beber tan temprano sería de alcohólicos sin compostura.

En tiempos de la revolución el enano Manzano había sido jefe de escolta del comandante Cipriano, que fue el primer director de la policía, y de él había heredado una colección completa de sapos disecados que desde entonces lo acompañan de oficina en oficina, y que ha traído consigo de la última de ellas en la Dirección de Seguridad Personal.

Los sapos, acomodados dentro de una vitrina, el pellejo barnizado y rellenos de aserrín, pueden ser admirados en las más distintas poses: uno, en uniforme de fatiga, revisa planos militares, carabina al hombro; otro, de corbata de lazo escocesa y cuello postizo, fuma una pipa curvada, tipo Sherlock Holmes; otro, en ajustado traje de licra, monta en bicicleta; dos más se casan, el novio de smoking, la novia de velo y corona, frente a un tercero con mitra y casulla; y ocupando un tramo completo de la vitrina, un conjunto musical de sapos, todos de cotona, sombreros de palma y pañuelo al cuello, tocan diversos instrumentos: una marimba de arco, una guitarra, un violín y unas maracas, mientras una pareja de bailarines, en traje folclórico, zapatea con garbo. Pero son tan viejos de estar en el encierro, que varios han perdido el barniz, y por las patas descocidas de alguno se escapa el relleno de aserrín.

Le talla la barriguita bajo la guerrera del uniforme al enano Manzano, y sentado en aquella silla extraña, como de escenario teatral, los pies, calzados con botas marrón de cuero de lagarto, pugnan por encontrar apoyo en el suelo. Son unas botas de tacón alto, de media caña y puntiagudas, con cierre lateral de zíper, parte de una extensa colección; porque, igual que los sapos, lo apasionan las botas, todas armadas de manera que, entre el tacón alto, la cuña oculta y la doble suela, le hacen crecer hasta diez centímetros de estatura: botas texanas, de cuero cordobés con bordaduras; botas tipo John Wayne, en cuero de becerra, adornadas con flecos, o con herrajes; botas tipo country, en cuero de cerdo amarillo vintage; botas tipo Elvis Presley, en cuero blanco de ante; y botas tipo Madonna, de tiro largo, en cuero de víbora, para las fiestas nocturnas. Más las negras de charol, que usa con el uniforme de gala.

Les llevan el café en unas tazas miniatura de porcelana holandesa, con guardas azul cobalto, parte de un juego completo que se había quedado extraviado en una de las alacenas de la casa cuando la familia del ministro de Agricultura de Somoza salió huyendo hacia Miami, y del que quedan ya muy pocas piezas. Y mientras el enano Manzano agarra con inevitable delicadeza la oreja de la taza y acerca los labios para probar el café preparado a la cubana, espeso y muy azucarado, mira a la Chaparra con simpatía divertida para darle a entender que todo está arreglado a satisfacción:

La mujer se le resistió un poquito primero, alegando que aquello era una injusticia, un despojo, y hasta fingió llanto: qué injusticia va a ser, doña Fabiola, qué despojo, dese por dichosa de que se libra de la cárcel. Y tras soplarse los mocos y secarse las lágrimas terminó conformándose y accedió voluntariamente al traspaso legal de las compañías a cambio de quedarse con la casa en que vive, y él, por su parte, ha consentido en dejarle también el carro, implacables en el combate y generosos en la victoria, según el viejo refrán revolucionario: podés pasar esta misma mañana, a las once, por el bufete del abogado para firmar las escrituras, Chaparrita, y luego sólo faltaría inscribir la cesión en el registro público de la propiedad, pero eso es ya cuestión de trámite, los libros contables se hallan en orden, los auditores de la Dirección General de Ingresos te esperan hoy en la tarde en tus oficinas de Ciudad Jardín, y digo tus oficinas, porque ya son tuyas, les dije que a las tres, para que proceda a entregarte hasta el último papel, inventarios, comprobantes, pólizas de aduana, recibos, facturas, chequeras.

—Sólo que, como siguiente paso, vamos a juntar todas esas empresas, que andan muy dispersas, en una sola sociedad anónima; de eso ya está instruido el abogado.

—En esa sociedad nueva es donde me había dicho usted que entra conmigo, y yo, pues claro, de mil amores, comisionado —sonríe la Chaparra.

—Es sólo para respaldarte, para que te sintás acompañada —le devuelva la sonrisa el enano Manzano—. Y para que nadie se te quiera ir arriba, o intente despojarte.

—Me gustaría que Pedro sea parte también en esa sociedad, porque vamos a casarnos.

—Por mí, encantado. ¿Cuánto querés que lleve Pedrito? Como entre nosotros dos vamos cincuenta y cincuenta, ustedes se reparten a su mejor gusto la otra mitad. Pero hay un regalito que espero de ustedes, Chaparra.

—¿Qué podemos regalarle nosotros? Hasta me da vergüenza que lo mencione.

—Algo minúsculo, una nada. Un uno por ciento de sus acciones para mi último nieto, que lleva mi nombre.

—Como usted diga, comisionado. Usted dispone lo que más convenga, y eso es lo que nos conviene a nosotros.

—Ya sabe el abogado que mis acciones serán libradas a nombre tuyo, incluyendo la accioncita de mi nieto, vos sólo me las endosás. Es para evitar habladurías.

—No hay precaución que sea en vano —interviene Pedrón.

—Y los felicito por la boda, ya era hora de que le dieras tu apellido a ese niño, Pedrito.

—¿Me haría un favor, comisionado? Le suplico no llamarme más con ese nombre de Pedrito. Y no me malinterprete, pero es que así me decía el finado, y cada vez que oía en su boca ese Pedrito, me estorbaba.

—Pues claro que te entiendo. No voy a estarte dando motivos para recordar lo mal que te pagó, y lo mal que les pagó a los dos.

—¿Le presentamos cuentas mensuales de la sociedad, o va a tener un auditor en la oficina? —pregunta la Chaparra.

—Confianza ciega en ustedes, niña, confianza ciega —asegura el enano Manzano—. Me presentan los ejercicios contables trimestrales, y allí muere la flor.

—Pasando a otro tema, comisionado, le cuento que llegó Paquito a vernos a la casa. El muchacho de Seguridad Personal que estaba asignado a la profesora Zoraida.

—Si quiere que lo reenganchen, está perdido. Se ha puesto cada vez peor con la mariconería. Le ha dado por pintarse las uñas de pies y manos, y hasta un lunar en el cachete.

—Eso ya él lo sabe, que no hay vuelta atrás. Ya el Mono Ponciano lo agarró de mesero en su bar del malecón.

317

—¿Qué es lo que quería entonces?

—Más bien llegaba con un recado de la profesora Zoraida. Que no la traten con tanta ingratitud, manda a suplicar, que ella es una cosa y el hijo es otra, que por qué va a pagar cuentas ajenas, siendo que ella fue siempre tan fiel.

—Qué descaro, todavía habla de fidelidad después de semejante cagada traicionera.

—Que ella puso su ciencia y su saber esotérico para neutralizar todo mal y toda acechanza enemiga.

—Vieja matrera, vieja farsante. Después que entre ella y el hijo urdieron semejante conspiración desestabilizadora. Y por poco tienen éxito, ya ven todo el levantamiento que se armó y lo que costó dominarlo.

—Lo que Paquito transmite es que por lo menos le devuelvan la casa. Que cómo la van a dejar en la calle, sin techo encima de su cabeza, obligándola a vivir con esa arpía de la querida de su hijo.

—Que se maten entre ellas, yo las entierro con todo gusto. Y, a todo esto, ¿de dónde es que conocés vos a Paquito?

—Es sobrino del poeta Lira —interviene Pedrón—. Mi amigo que reclutamos para la operación de la corona de fuego.

—Un irresponsable ese tu amigo. Aparece enseñando la cara en los videos que andan circulando en las redes. Sólo le faltó dar en voz alta su nombre y domicilio.

—Les advertí mil veces, a él y a Cara de Culo, que no debían quitarse nunca el pañuelo. Pero el que es poeta es poeta, y dice que el deber revolucionario se cumple de cara al sol.

—Y Cara de Culo, para colmo, anda desmandado en las cantinas —se queja el enano Manzano.

—Se puso loquito al ver tanta plata junta en su mano. Hasta que no se la beba toda, no para la molienda.

—Voy a tener que meterlo preso una temporada, por ebriedad y escándalo, hasta que la gente se olvide de él.

Y al poeta Lira va a haber que enviarlo a enfriarse a Cuba, como agregado de prensa de la embajada, al menos por un año.

—No puede lamentarse de que le den unas vacaciones como castigo. Panza arriba en la arena blanca de Varadero. Y tal vez así tendrá tiempo de terminar su libro.

—¿Acaso es poeta de verdad? Yo creí que sólo le decían así, porque aquí a cualquiera llaman poeta.

—Es un cuilo para parir poesías. Le está haciendo unos cantos de alabanza a los árboles de la vida. Ése es su libro pendiente.

—Aconsejale que no se meta con ese tema. Puede que no sea bien visto.

—¿Y no es que los árboles de la vida son sagrados y merecen alabanza y reverencia? —pregunta, extrañada, la Chaparra.

—Ya no. ¿No ves que fueron aconsejados por la profesora Zoraida, que es una traidora?

—¿Los árboles de la vida son una traición entonces, comisionado? —se extraña aún más Pedrón.

—Así mismo, jóvenes. La profesora Zoraida, en alianza con Tongolele, los convirtió en un arma peligrosa de la contrarrevolución.

—¿Quiere decir que todos los árboles que los golpistas botaron los van a dejar en el suelo, comisionado? —pregunta la Chaparra.

—Eso va a depender de ya saben quién, conforme el dictamen del nuevo consejero espiritual.

—¿Ya está escogido el consejero? ¿Ya ha sido nombrado?

—Ya tengo luz verde, Chaparra. Después de una selección muy cuidadosa recomendé al profesor Kaibil.

—Nunca he oído mencionar a ese profesor.

—Es porque lo traigo del extranjero. Ejerce en Guatemala, pero estudió en la India. Fue el discípulo preferido del gran gurú Asaram Bapu.

—Me imagino entonces que ese profesor Kaibil usará turbante y túnica —interviene Pedrón—. Y tendrá su propia cobra particular. Y su flauta.

—No es ningún mago callejero para andar haciendo bailar culebras en las ferias —lo reprende con la mirada el enano Manzano—. Es un hombre de ciencia. Me gusta su propuesta de instalar una red de antenas celestes, que absorban las ondas del éter y las transformen en energía protectora.

—¿En todo el territorio nacional? —se asombra Pedrón—. ¿Cuántas antenas serían?

—Me va a presentar la propuesta por escrito. No son antenas corrientes. Éstas tienen unos captadores flexibles que parecen alas.

—A lo mejor esa energía se puede ocupar para generar luz y fuerza —reflexiona Pedrón.

—La energía de las antenas celestes no sirve para eso, porque es espiritual.

—Se ve que el profesor Kaibil es todo un sabio moderno —se admira la Chaparra.

—Lo busqué con lupa porque no quiero vivir la experiencia amarga de lidiar con más farsantes. El profesor Kaibil ha sido nada menos que consejero del presidente Jimmy Morales.

—¿El presidente de Guatemala lo trajo contratado desde la India?

—No, Chaparra, el profesor Kaibil tiene años de vivir en Guatemala. Conoció al presidente en los estudios de la televisión.

—¿El presidente era el dueño del canal de televisión? —pregunta Pedrón.

—No, los dos trabajaban allí. El profesor Kaibil presentaba el horóscopo, y el presidente tenía un programa cómico. Cuando todavía no era presidente, claro está.

—¿El presidente actuaba de payaso? —pregunta la Chaparra.

—Era comediante, que es distinto de payaso. Su programa se llamaba *Nito y Neto*, y lo hacía con su hermano. Se trata de dos rancheros muy simpáticos y desenvueltos. El presidente era Neto, el hermano era Nito. Y siempre terminaba diciendo: «soy Neto, no soy bonito, pero soy coqueto». El público se mataba de la risa.

—Me imagino que por eso de la risa ganó las elecciones —asiente Pedrón—. A la gente le encantan las comedias.

—No se puede negar que en ese programa se basó su popularidad.

—Tremenda adquisición el profesor Kaibil, de verdad. Lo felicito, comisionado.

—Llega mañana, y lo voy a instalar en la casa que dejó libre la impostora. Pero a este gurú, aunque sea de confianza y venga bien recomendado, voy a controlarle hasta los pedos que se tire.

—Tiene toda la razón. No se pueden permitir más traspiés, ni más traiciones.

—Para eso estoy yo aquí. Y muy agradecido de nuevo por la colaboración que me dieron ustedes para desenmascarar al traidor.

—Somos nosotros los que no tenemos cómo darle las gracias de que la investigación que nos estaba haciendo ese coronel haya sido parada en treinta —se sonríe la Chaparra.

—Bastante formalito el coronel Pastrana, no quería ceder —el enano Manzano pone cara desdeñosa—. Mucho cree en esos cuentos de actas y de trámites.

—Nosotros fuimos confiados al interrogatorio, sabiendo que lo teníamos a usted detrás —interviene Pedrón—. Pero al final llegamos a ponernos preocupados, por el tonito amenazante que el coronel agarró.

—Esos oficiales están hechos en serie en las aulas de clase, no han sido fogueados en el combate. Nunca en su vida han oído más que balas de salva.

—¿No cree que el coronel lo que pretendía era seguirle la pista a usted, comisionado? Porque vaya de joder con la pregunta de que quién nos había ordenado el plan, quién nos lo había inspirado.

—Puede ser que algo oliera, pero el que mucho huele arriesga a perder la nariz.

—Nosotros le cantamos un solo cantar: que era un asunto urdido entre nosotros dos, por viejo resentimiento que le teníamos a nuestro superior. Y nadie nos sacó de allí. ¿Verdad, Pedro?

—En lo cual hay bastante de cierto, Chaparra —asiente el enano Manzano.

—Pues, contentos y conformes con él, que se diga, la verdad es que no estábamos.

—Que me había agarrado a mí de criado de la mamá y de criado de la querida, no es ninguna mentira que yo estuviera inventando —agrega Pedrón.

—Y que nunca hizo por donde me promovieran de grado, que no tramitó mi medalla a la fidelidad en el servicio, tampoco es mentira. Si no ha sido por usted, que intervino, jamás me dan esa medalla, comisionado.

—Me moví apenas me lo planteaste, Chaparra, con cautela para que él no se diera cuenta. Pero lástima que, en lo que es la promoción de grado, nada se podía hacer sin su firma.

—Para nosotros sería un alivio inmenso que quemaran ese expediente, comisionado —la Chaparra pone voz de súplica—. Nunca se sabe.

—Quítense eso de la cabeza, el expediente quedó muerto y enterrado. Lo conversé con el superior del coronelito, el general Potosme, y entre los dos lo arreglamos.

—A nosotros todavía no nos han notificado nada de que el caso quedó fenecido —insiste la Chaparra.

El enano Manzano alza un tanto los pies para examinarse las botas, como si buscara algo en ellas.

—Potosme accedió a entregarme ese expediente, y lo tengo bien guardado en el archivo del baño.

—Inteligente el general Potosme, que sabe por dónde sopla el viento —comenta Pedrón.

—No hay quien no le tenga miedo al que recibe todos los días la caja china —se envanece el enano Manzano—. Así que, ahora, disfruten tranquilos de su premio, que se lo tienen bien ganado.

—Sin voluntad ni intención de estarnos metiendo en lo que no nos importa, comisionado, discúlpeme una pregunta.

—Adelante, mi estimada. Cualquier cosa que querrás saber, o consejo que tengás que darme, bienvenida. Considérense los dos mis asesores particulares.

—Ya que me da esa licencia ¿qué va a pasar con ese inspector Morales, y con esa doña Sofía? Ella me vio la cara, y el resto lo averiguó por su cuenta. Así que sabe de dónde venían las informaciones que les estábamos suministrando.

—Todavía estamos en emergencia, hay muchas cosas serias de que ocuparse, hay prioridades —responde el enano Manzano.

—Es que los tuits de Mascarita siguen saliendo. Y los veo muy agresivos. Se están aprovechando del público que los sigue para divulgar calumnias.

—Ya lo sé, pero no son los únicos. Hay mucha tarea de contrapropaganda por delante.

—Los golpistas andan repitiendo en las redes que a estas alturas van ya más de cien muertos —interviene Pedrón.

—Eso es lo primero que tengo que neutralizar, y para eso hay que usar a fondo la tecnología de países amigos.

—Ya vi que está modernizándolo todo, comisionado, ya vi a Vladimir. El proyecto ruso por fin camina.

El enano Manzano se acomoda la guerrera, vigilando que no queden arrugas en la tela.

—Es un aspecto que había sido descuidado por completo. Tenían ustedes por jefe nada menos que a Pedro Picapiedra.

—El pobre era de antes del diluvio universal, es cierto —consiente la Chaparra—. Todo lo que tenía que ver con el ciberespacio lo asustaba.

—Lo primero, vamos a montar un equipo profesional de troles para caerle encima a la propaganda enemiga. Ya bauticé a esa fuerza de tarea como Los Tábanos.

—Pues hay que usar todos esos nuevos recursos contra Mascarita, entonces —la Chaparra se muestra enérgica—. Esos videos que usted mencionó antes, en los que el poeta Lira y Cara de Culo enseñan la cara, han sido los más virales.

—Ya he estudiado el caso. Y me he preguntado si nos están haciendo un daño, o un favor.

—Para mí que se trata de un daño —encoje los hombros la Chaparra—. Está clarito.

—Yo creo que no. Si es por Tongolele, a mí me interesa que se sepa que no hay perdón para los que traicionan; y si es por el incendio, lo mismo: el que no colabora se atiene a las consecuencias.

—Entonces, ¿no piensa siquiera trolear esos tuits?

—¿Para qué nos vamos a meter con ellos? ¿Por qué interrumpirlos en su tarea? Mientras más likes les dé la gente a esas imágenes, más miedo causan.

—De todos modos, ese inspector Morales no deja de ser de cuidado —interviene Pedrón—. Yo de usted no le quitaría ojo.

—Yo no le quito ojo a nadie. Pero no ando desperdiciando los tiros del salbeque en cualquier lagartija.

—Tampoco le quite ojo a esa doña Sofía —le pide la Chaparra—. Todo lo que pueda saberse sobre sistemas operativos, software, aplicaciones, troles, fake news, hacking, cracking, espejos, ella lo tiene en la cabeza.

La sonrisa vuelve a repintarse alrededor de los ojos y la boca del enano Manzano, como trazada con un pincel medianamente fino.

—Pues voy a aprovechar a doña Sofía en el futuro, haciéndole llegar informaciones falsas, para que se divierta con sus tuits. Pienso sacarle partido a todo eso que ahora llaman sembrar verdades alternativas.

—Y al inspector Morales, ¿lo va a dejar que abra de nuevo su oficina de investigaciones? —pregunta Pedrón.

—Mientras lo tenga vigilado, que haga lo que quiera. La verdad es que no sé cuál es la bulla con él.

—Porque es bicho peligroso, ya le advertí. Lo demostró en el caso de la hijastra del ingeniero Soto.

—Estuve estudiando ese expediente. Nada de profesional hallé allí. Tongolele usando su poder para hacer favores personales, y esperando recompensas de un millonario.

—Esas órdenes de apoyar a Soto llegaron en la caja china —insiste Pedrón.

—No me consta eso. Ahora no se sabe cuánto de lo que hacía Tongolele era por su propia cuenta y en su propio beneficio. Expulsar del país a un viejo, que además es renco, fue un abuso de poder.

—Pero, renco y todo, regresó de manera ilegal. Por eso se le dio seguimiento.

—Una pareja de agentes siguiéndolo de El Espino hasta San Roque, de allí hasta Dipilto Viejo, otra pareja hasta Ocotal. Y después, otra de Ocotal a Sébaco, de Sébaco a la iglesia de la Divina Misericordia. Hombres, viáticos, combustibles. Un desperdicio de recursos.

—Tome en cuenta que todo eso se hizo también porque él era el destinatario que escogimos para divulgar los mensajes —interviene la Chaparra—. De otra forma, sin saber su paradero final, hubiera sido imposible hacérselos llegar.

—¿Y qué pasa si decide quedarse en Honduras? Mi plan de acoso y derribo no habría funcionado.

—Sabíamos que se iba a poner en camino a como diera lugar. Escuchamos su conversación con doña Sofía donde le informaba que a su amante le había vuelto el cáncer.

—Y sabíamos adónde lo mandaba a esconderse en Managua monseñor Ortez —agrega Pedrón—. Se lo enviaba recomendado al cura Pancho, de la Divina Misericordia. Eso lo supimos por el sacristán, que también era su chofer, y se lo teníamos infiltrado.

—Y ese mismo día le cayó su castigo a ese monseñor, por lenguaraz —se ríe el enano Manzano—. Sólo que ese Abigail tiene la mano ruda, y le dio más duro de la cuenta.

—Nunca he visto a nadie tan confundido como el finado cuando le informé del tubazo —se ríe también la Chaparra—. Y fue divertido cuando me dio orden de averiguar todo lo que yo ya sabía.

—Hubo que apresurar el anuncio del traslado de monseñor para Roma —dice el enano Manzano—. Y para eso nos sirvió también el bendito Mascarita.

—Ya ve, comisionado, todo salió a pedir de boca, para que no se esté quejando tanto —sigue riéndose la Chaparra.

—Y para ser exactos, del regreso del inspector Morales desde Honduras, Tongolele nada sabía —interviene Pedrón—. Ese seguimiento lo ejecutamos a sus espaldas, aparentando que eran órdenes de él.

—Más fácil hubiera sido, en todo caso, recurrir directamente a doña Sofía. ¿No la tenían a mano, bien localizada? ¿Y no ha sido ella el cerebro de todo, según ustedes dicen?

—Ella no mueve un dedo si el inspector Morales no la autoriza —afirma la Chaparra.

—Está bien, de nada vale estar hablando de lo que pudo haber sido y no fue. Aunque sea de choña, la pegaron, y les resultó. Ya estamos con los caballos del otro lado del río.

—Y cuando llegamos al otro lado del río, a nosotros nos bajan del caballo —suspira la Chaparra.

—Eso sí que ya no tiene remedio —la sonrisa en la cara del enano Manzano vuelve a repintarse, ahora con un pincel de mayor calibre—. A veces hay que sacrificar los mejores jinetes para ganar la carrera.

—Yo ya anduve montado al trote por más de cuarenta años. Ahora voy a probar cómo me va de turco, a pie por los caminos mercando blúmeres y brasieres —se lamenta Pedrón.

—Es lo primero que te atrae —lo reprende la Chaparra—. Siempre tenés la mente llena de morbosidades.

—Al menos no se imagina nalgas, no se imagina chichas, sino las prendas respectivas que cubren esas partes — el enano Manzano reafirma su diversión agitando los pies, que no llegan al piso, como si hubiera recibido una descarga de electricidad.

—Ya estoy bastante roco para andar enredado en malos pensamientos, Chaparrita, vos lo sabés bien.

Ya sosegado de la risa, el enano Manzano se pone de pie, y se estira como para un bostezo, dando por terminada la entrevista.

—El famoso inspector Morales, y el nada famoso Tongolele —dice—. ¿Saben qué son esos dos?

—No, comisionado —Pedrón le presta una atención exagerada.

—Perdedores. Eso es lo que son. Perdedores marcados desde la cuna.

En eso se escuchan tres golpes firmes en la puerta, que se abre de inmediato. En el umbral está el edecán, con todos sus arreos, portando en sus manos enguantadas la caja china, que el enano Manzano se adelanta a recibir de manera solemne. Saluda militarmente, y el edecán le presenta la caja, junta los tacones, y da media vuelta.

El enano Manzano, la caja entre las manos, queda contemplando la tapa laqueada en negro, donde el fénix hembra de alas extendidas ataca con la garra de la pata derecha a la serpiente de fauces abiertas. Y tan abstraído se encuentra, que ya no se despide de ellos.

Cuando salen al corredor, los trabajadores de la brigada rusa se hallan ahora dentro de las oficinas, instalando las computadoras que sacan de sus cajas, mientras los oficiales de inteligencia los ven hacer, orillados contra las paredes.

Al llegar a la sala desierta en busca de la salida, la oscuridad empieza a caer en plena mañana como si se acercara la noche, y se oye un retumbo lejano. Un ventarrón azota los laureles de la India del patio y las hojas arremolinadas van a caer dentro de la piscina vacía. Y, de pronto, los goterones de agua comienzan a redoblar, desbocados, sobre las láminas del techo.

—Vean que llover en este tiempo de canícula y a estas horas —el sargento de guardia los alcanza en la puerta para entregarle a Pedrón las llaves del taxi Kia Morning.

—Yo no soy el dueño de ese taxi —Pedrón esconde las manos como si aquellas llaves fueran brasas capaces de quemárselas.

—Son órdenes del comisionado Manzano —afirma el sargento—; que es suyo, pero que le quite las insignias de taxi.

—Agarrá esas llaves, qué estás esperando —lo urge la Chaparra.

Corren hacia el Kia, y Pedrón lo enciende. Tiene gasolina suficiente. Pone a trabajar los limpiabrisas, aunque ha empezado a escampar, y el sol, de pronto esplendente, ilumina la fina garúa que cae sesgada.

El despacho del abogado está en Bolonia, cerca de la embajada del Japón, de modo que acortarán camino tomando la pista Jean Paul Genie, hasta salir a la rotonda universitaria.

—Ya viste. El enano maldito se dejó en prenda el expediente de la investigación.

—Al entendido por señas, Chaparrita. Con eso nos advierte que nos tiene agarrados ante cualquier desliz.

—Después que tanto arriesgamos para encumbrarlo. Si no ha sido por nosotros se queda a donde estaba, haciéndose viejito.

—Y lo veo muy posesionado de su papel. Todo lo hace él, todo lo controla él, en todo manda él. Por menos se perdió Tongolele.

—Mientras más alto el brinco, más grande es el sopapo.

—¿Y vos creés que esos papalotes siderales vayan a funcionar, trayendo hasta Nicaragua la energía cósmica protectora?

—Tan bien como funcionaron los árboles de la vida.

—Para mí que los días de ese profesor Kaibil están contados.

—¿Cuáles irán a ser más cortos? ¿Los del profesor Kaibil, o los del enano Manzano?

—Vos mejor vas apartando reales de los negocios esos, con disimulo, que de repente nos llevamos un susto.

—En cuanto ponga pie en las oficinas de Ciudad Jardín, empiezo. Camarón que se duerme, se lo lleva la corriente.

—Así ha sido siempre, y así será por los siglos de los siglos —dice Pedrón.

—Amén —dice la Chaparra.

Epílogo

Y adoraron al dragón que había dado autoridad a la bestia, y adoraron a la bestia, diciendo: ¿Quién como la bestia, y quién podrá luchar contra ella?

Apocalipsis 13:4

Un dios que se alimenta de cadáveres

El inspector Morales despertó cuando oyó caer al piso el teléfono que había resbalado de su mano. Se agachó para levantarlo, y luego agarró el bastón, dispuesto a ponerse de pie. Pero, antes, se entretuvo observando el pomo labrado en forma de cabeza de chacal, el hocico y las orejas puntiagudas, como si aquella cabeza lo interrogara.

Cuando Chuck Norris, el jefe de estación de la DEA en Managua, se iba trasladado a Kabul, le dejó como regalo aquel bastón de ébano comprado en un mercado de El Cairo. La cabeza de chacal era una representación del dios egipcio Anubis, uno de los más viejos del mundo, un dios carroñero, porque se alimenta de cadáveres humanos.

De eso hacía ya más de veinte años, y a Chuck Norris lo habían matado los talibanes en una emboscada en la frontera con Pakistán, algo que no supo sino mucho después. Por qué se acordaba de este lejano dios de la muerte precisamente ahora, no podía explicárselo; y cuando por fin se puso de pie, se sintió agobiado por el desánimo, como si dar el siguiente paso fuera una tarea demasiado exigente para su cuerpo. Lord Dixon le reprochó la morriña. Al fin y al cabo, era el día de su boda.

Se acercó a la puerta del dormitorio. La Fanny seguía durmiendo y roncaba levemente con la boca entreabierta. El sudor le había corrido el maquillaje, y el negro de las cejas repintadas —pues las verdaderas se le habían caído—, igual que el cabello, se desleía sobre los párpados.

Al lado de la cama estaba el andarivel, y en la mesa de noche se acumulaban frascos y cajas de medicinas. Todo el mundo, vecinos y conocidos, le recetaban remedios para matar el cáncer, y vitaminas y reconstituyentes para levantarle las defensas y crear anticuerpos, además de lo que ella misma encontraba en internet.

El inspector Morales caminó entonces hacia el pequeño patio trasero atestado de plantas sembradas en maceteras de barro, donde se tendía la ropa a secar sobre láminas de zinc. Era un rectángulo cerrado por arriba con una reja, a manera de techo, para atajar el paso a los ladrones. Un garrobo lapo, de pesada panza y gran papera, se asoleaba tranquilamente en el borde del muro.

Alzó la vista hacia el trozo de cielo de las tres de la tarde, cuadriculado entre los barrotes, y el deslumbre le ofendió los ojos. Los cerró, y como en un relámpago vio a Chuck Norris, en uniforme de fatiga, doblado sobre el asiento delantero de un jeep incendiado en el arcén de una carretera pedregosa, al lado de la que se extendía un campo de amapolas hasta perderse en la distancia, una suave onda roja peinada por el viento; y en otro relámpago vio a Tongolele recostado contra la barricada en una calle de puertas cerradas, la corona de fuego ardiendo en su cuello, y hasta sus narices sintió llegar el olor de la chamusquina.

Ya entraba de nuevo a la casa cuando se detuvo atraído por una música. En un radio del vecindario sonaba un vallenato que volvía de entre sus recuerdos más viejos, el fuelle del acordeón que se desplegaba y se replegaba incitante e insistente, abriéndose paso con compases festivos en sus oídos:

Cuando estoy en la parranda no me acuerdo de la muerte.
La quisiera conseguir pa ponerle una querella.
La muerte me busca a mí yo le tengo miedo a ella...

En la puerta de la calle se escuchaba la voz gruesa del padre Pancho, y enseguida la de doña Sofía, que había salido a recibirlo.

—No olvide que aquí estoy a su lado —le dijo Lord Dixon, y sintió el peso afectuoso de su mano en el hombro.

San Isidro de la Cruz Verde,
junio de 2019-diciembre de 2020

Índice

Este libro se terminó
de imprimir en
Móstoles, Madrid,
en el mes de
septiembre de 2021

«Para viajar lejos no hay mejor nave que un libro.»

EMILY DICKINSON

Gracias por tu lectura de este libro.

En **penguinlibros.club** encontrarás las mejores
recomendaciones de lectura.

Únete a nuestra comunidad y viaja con nosotros.

penguinlibros.club